CHRISTIAN BOURGOIS ÉDITEUR
12, avenue d'Italie - Paris XIIIe

Du même auteur
dans la même collection

LA MORT D'UN LAC, n° 2227

L'HOMME DES TRIBUS

PAR

ARTHUR UPFIELD

Traduit de l'anglais
par Michèle VALENCIA

10|18

INÉDIT

Série « Grands Détectives »
dirigée par Jean-Claude Zylberstein

Titre original :
Man of two tribes

ISBN 2-264-01654-X

NOTE DE L'ÉDITEUR

Après le Juge Ti, Martin Beck, le rabbin Small et quelques autres dont un certain Frère Cadfael, « Grands Détectives » a le grand plaisir de présenter au public de langue française un héros d'une grande originalité : l'inspecteur Napoléon Bonaparte.

Un tel patronyme mériterait déjà quelques explications. On va voir que son inventeur Arthur Upfield (1888-1964), qui a consacré quelque trente romans à la Saga de ce Sherlock Holmes du « bush australien », ne mérite pas moins notre attention.

Né en Angleterre dans une famille bourgeoise, Arthur Upfield fut dès son enfance séduit par Sherlock Holmes, Nick Carter et Sexton Blake. Après des études tumultueuses, ce mauvais élève – sans doute trop marqué par ses lectures – est expédié en Australie par son père à l'âge de dix-neuf ans. Il roule sa bosse dans le bush, part faire la guerre en 1914 et revient en Australie aussitôt après. Pendant dix ans, il va parcourir le pays en exerçant tous les métiers. Il sera successivement manœuvre, trappeur, mineur et berger.

Établi comme cuisinier dans une localité isolée de la Nouvelle-Galles du Sud, il reçoit la visite d'un métis avec lequel, quelques années auparavant, il a sillonné la côte. C'est le moment même où il songe à devenir écrivain. Or, l'homme a une histoire originale. Fils d'un colon blanc et d'une Aborigène exclue de sa tribu pour avoir violé la loi tribale, Tracker Leon (c'est son surnom) avait trouvé un emploi dans la police de l'État du Queensland. Il a du charme, du bagout, a reçu une éducation secondaire et trimballe avec lui une petite bibliothèque portative. Au moment de se quitter, les deux hommes échangent quelques livres, denrée rare vu l'époque et le lieu. Parmi ceux dont Upfield hérite, une biographie de Napoléon Bonaparte.

Le sort en est jeté : Upfield, qui va s'inspirer des récits de Tracker Leon, décide de modifier les caractéristiques du héros des deux livres qu'il a en train. Ainsi vient de naître l'un des personnages les plus originaux de la littérature policière de ce siècle : l'inspecteur Napoléon Bonaparte de la police du Queensland, familièrement surnommé Bony par son auteur.

Mais ce n'est pas tout : au moment de mettre ce volume sous presse, nous apprenons (avec l'intérêt qu'on devine) que Tony Hillerman, reconnaissant sa dette à l'égard d'Upfield, avait vu en ce dernier le pionner du polar ethnologique.

Dans la préface à *Royal Abduction,* un roman d'Upfield réédité en 1984 par Dennis McMillan, Hillerman indique, à propos de l'auteur de *La*

Mort d'un lac et de *L'Homme des tribus* : « C'est lui qui m'a montré comment l'ethnologie et la géographie peuvent être utilisées dans une intrigue et comment ces disciplines peuvent enrichir le roman policier. »

Après Hillerman, partons à notre tour sur les traces de l'inspecteur Napoléon Bonaparte ; la découverte du bush profond et mille intrigues nous attendent.

Jean-Claude ZYLBERSTEIN

Les amis de Nullarbor

Easter, le brigadier de gendarmerie, fut tiré de son sommeil par la sonnerie du réveil à trois heures quarante-cinq du matin. Il dit à sa femme de continuer à dormir, et il passa dans la cuisine où il alluma la cuisinière à bois et remplit la bouilloire en fer pour faire chauffer de l'eau.

Quittant la cuisine, il sortit sur la véranda latérale au moment où le froid qui précède l'aube ternissait la lueur des étoiles. Là, il regarda en direction de l'est, guettant le premier signe du passage de l'express de quatre heures vingt, en provenance de Port Pirie. Au-delà de la maison, le monde perdait toute forme, toute substance.

Easter passa silencieusement sur la véranda du devant, qui faisait face à la gare, au château d'eau, aux réservoirs de carburant pour les nouveaux moteurs Diesel, et aux quelques maisonnettes occupées par les employés des chemins de fer. En dehors de ça, il n'y avait rien à Chifley. Pas de rues, pas de magasins, pas d'hôtel. A l'exception d'une fenêtre illuminée, rien ne signalait l'existence de Chifley à quatre heures du matin.

Par une nuit sans lune, on ne distingue absolument rien de la plaine de Nullarbor, ni de la ligne de chemin de fer qui la sillonne sur cinq cent trente kilomètres, sans un seul angle digne de l'attention d'Euclide. On ne voit rien de ces kilomètres carrés de terre sans arbres, aussi plate qu'une planche. Dessous, d'après les Aborigènes, Ganba vit encore, et la nuit il sort chasser l'homme noir, sans même éteindre son feu de camp, pour que la lueur attire une fille qu'il enlèvera à son propriétaire légitime. Les grottes, cavernes et fractures étaient maintenant masquées, tout comme les kilomètres et kilomètres tapissés de chénopodes que le gendarme et ses hommes avaient battus pour tenter de retrouver Myra Thomas. La jeune femme avait disparu depuis le 24, cinq semaines et trois jours avant ce matin d'octobre.

Myra Thomas devait être descendue à l'un des arrêts de la ligne du Transcontinental, ou alors elle était tombée du train en marche, et dans les deux cas le vieux Ganba l'avait dévorée parce qu'il voulait la punir d'être sortie en pleine nuit dans l'intention de prendre au piège la brute légitime d'une autre femme. Elle pouvait aller se faire voir, d'ailleurs, cette Myra !

Easter retourna à sa cuisine, fit du thé et posa des tasses sur la table sans faire de bruit, pour ne pas déranger sa femme. Il avait le visage, le cou et les mains de la couleur du cuivre patiné, et les yeux gris clair, ce qui offrait un contraste saisissant. Le soleil et le vent lui avaient éclairci les cheveux et ridé la peau, et on lui donnait une quarantaine d'années alors qu'il n'avait pas encore atteint la trentaine. Sa taille et sa carrure étaient telles que seul un ivrogne lui aurait cherché querelle.

Il emporta sa deuxième tasse de thé sur la véranda orientée à l'est. Maintenant, la lumière, bien réelle, même si l'aurore n'était pas encore installée, formait une arche au-dessus du bout du monde, longue flamme blanche magnifique. L'express traversait cette région à cent trente kilomètres à l'heure, une vitesse qu'il maintenait encore quinze minutes avant d'arriver à Chifley.

Bon, il avait fait son possible pour retrouver cette fichue bonne femme. Seize heures, dix-huit heures par jour, il avait sillonné la plaine infinie, organisé ses hommes. Ils avaient trouvé les empreintes d'une gerboise, mais pas celles d'un pied féminin, chaussé ou nu. Semaine après semaine, les recherches s'étaient poursuivies sans relâche, et jamais un foulard ou un chausson n'avait été retrouvé, à plus forte raison un corps.

Oui, il avait fait tout son possible, nom de Dieu, et ses hommes aussi. Son patron le savait et il était d'accord avec lui pour reconnaître que l'idiote avait dû disparaître intentionnellement.

Alors, pourquoi s'en faire ? Pourquoi recommencer à zéro, comme si cette femme était l'épouse d'un directeur des chemins de fer et non pas une garce qui avait assassiné et qu'on aurait dû pendre pour l'empêcher de revoir la plaine de Nullarbor ? Bon, il ferait mieux de se mettre sur son trente et un avant d'aller accueillir ce crack de l'Est dépêché jusqu'ici pour lui apprendre à travailler, à lui, Easter, le brigadier de gendarmerie.

Rasé, vêtu d'un uniforme de coutil, Easter versa une tasse de thé pour sa femme et s'en prit au conducteur de train parce qu'on entendit siffler la locomotive plus d'une fois sur le long parcours. Sa femme se redressa sur son lit, lui adressa son sourire du matin et lui demanda s'il avait pensé à mettre un peu plus de café que d'habitude dans la cafetière.

– Oui. Je ne suis qu'un esclave ! J'ai sorti les côtelettes du frigo. Bon, il faut que j'aille accueillir cet oiseau, maintenant.

– Tu es gentil. Je vais me lever. Ne t'inquiète pas. Ce n'est pas la première fois que nous avons un inspecteur à la maison... on en a déjà eu des centaines.

Il lui déposa un baiser léger sur les cheveux, gagna la porte, jeta un dernier regard à sa femme et fit une grimace parce qu'il n'avait pas envie de sourire ce matin-là.

Elle l'entendit avancer dans le petit couloir qui menait à la porte d'entrée et descendre les marches de la véranda. Le train entrait en rugissant dans ce qu'il était convenu d'appeler gare, une gare dépourvue de quais, au moment où Elaine Easter passa une robe de chambre, ajouta du bois dans le feu et commença à s'habiller. C'est vraiment dommage, pensait-elle. Après tout ce travail, toutes ces habitudes bousculées. Maintenant, des cerveaux plus importants et plus habiles allaient prendre le relais, semblait-il.

Pour qui prenaient-ils donc son mari ? Pour quelqu'un qui venait de débarquer ? Est-ce qu'il n'était pas né, est-ce qu'il n'avait pas été élevé dans une maison qui se trouvait à l'extrémité sud-ouest de cette plaine ? Est-ce qu'il n'était pas resté à ce poste pendant six ans, refusant les promotions qui l'en feraient partir parce qu'il aimait chaque kilomètre de cette région ? Et d'abord, pourquoi se faire autant de souci pour une femme comme Myra Thomas ?

Voilà ce qu'il y avait dans la tête d'Elaine Easter pendant qu'elle surveillait le café et que les côtelettes grésillaient.

Vers la fin du mois d'août précédent, Myra Thomas avait été accusée de meurtre. Le procès avait eu lieu à Adélaïde, et, dans le sud de l'Australie, le cours de la justice se laisse rarement détourner par des influences extérieures.

Myra Thomas avait vingt-sept ans, elle s'habillait avec goût et elle était connue dans la région parce qu'elle écrivait des scénarios pour la radio. Son mari jouait dans des pièces radiophoniques. Il avait trente-quatre ans, il était beau, et tout le monde s'accordait à reconnaître qu'il ne cessait pas un seul instant de boire et de courir les femmes.

La défense affirma que c'était une pure canaille, et que l'accusée avait longtemps souffert le martyre, livrée aux délires mentaux et à la violence physique de son mari. Apparemment, il était un jour rentré tard, après une « conférence ». Ils avaient eu des « mots » et il s'était précipité au garage pour chercher un pistolet. Ensuite, ils s'étaient battus, un coup de feu était parti, et le mari s'était écroulé, mort. Bref, l'éternelle histoire, ce qui prouve que les Australiens ne sont pas originaux.

L'accusation prouva que le pistolet, un souvenir de guerre, avait été récemment graissé, mais qu'il fallait cependant exercer une forte pression sur la détente pour faire feu. Les experts jurèrent que l'arme se trouvait au moins à quatre-vingt-dix centimètres de la poitrine de la victime quand elle avait servi.

Pour les juristes et les journalistes, le procès n'était qu'un procès de plus, mais l'accusée éveilla l'intérêt de tous les hommes. Elle ne cessa de pleurer. Elle pleura pendant l'exposé du juge et pendant la délibération des jurés. Elle pleura pendant que ses amis l'emmenaient du tribunal, devant lequel une foule d'adolescents l'avait bruyamment acclamée.

Le verdict des jurés défiait toute logique. Jamais système de jurés n'apparut plus inutile dans une affaire de meurtre. On avait l'impression qu'ils refusaient de prendre la responsabilité d'une pendaison et préféraient acquitter l'accusée.

Pendant les semaines qui précédèrent le jugement, on fit à Myra Thomas une énorme publicité. Au moment du procès, cette publicité augmenta encore et atteignit le battage habituellement réservé à la Melbourne Cup[1]. Mais on ne publia pas un seul mot de compassion pour le mari assassiné.

L'« héroïne » et sa mère décidèrent de quitter Adélaïde et d'aller s'installer à Perth, en Australie-Occidentale. Elles voyageaient sous un nom d'emprunt et avec elles, dans l'express de quatre heures vingt en provenance de Port Pirie, il y avait deux autres femmes. Les lits avaient été faits lorsque le train avait quitté Reid. Une fois Fisher dépassé,

1. Course de chevaux très populaire pendant laquelle tout s'arrête à Melbourne. *(N.d.T.)*

tout le monde était allé se coucher et avait assez bien dormi. Le lendemain matin, seule l'une des femmes avait déclaré qu'elle avait senti que le train s'était arrêté plusieurs fois.

Le chef de train avait apporté une tasse de thé alors que le train se trouvait entre Deakin et Chifley, et c'est à ce moment-là que les trois femmes s'étaient aperçues que la quatrième n'était pas avec elles. Le train avait été fouillé sans résultat. Toutes les gares situées entre Chifley et Reid avaient été contactées, mais la disparue n'avait pas raté le départ après être descendue. Le train avait dû reprendre sa route, et la gendarmerie avait entrepris des recherches le long de la ligne, mais sans résultat. Finalement, un Easter épuisé et ses hommes, tout aussi épuisés, avaient abandonné après avoir battu la région sur quinze kilomètres de part et d'autre de la voie ferrée.

Elaine Easter n'avait pas eu la tâche facile. Il lui avait fallu faire la cuisine et la conversation à des inspecteurs et à des sergents d'Adélaïde et de Perth, car il n'y avait pas d'hôtel à Chifley. On ne pouvait tout de même pas demander à ces pauvres petits de manger et de dormir dans un hangar.

Enfin la paix et l'ordre étaient revenus, et elle et son mari avaient pu reprendre possession de leur maison. Le soir, ils pouvaient à nouveau écouter le doux chant du silence dans la plaine, accompagné de temps à autre par la musique d'orgue d'un train qui approchait. Il y avait des livres à lire. De la couture à faire. Des recettes à essayer. La gamelle à préparer quand son mari était de patrouille. Et maintenant, voilà à quoi on en était arrivé ! Un policier de plus allait descendre de cet éternel train.

Le diesel rugit et elle entendit le train reprendre son long, long chemin vers Kalgoorlie, à l'ouest. Sa mélodie allait s'effacer progressivement et se fondre dans la berceuse que murmurait la plaine.

L'arôme de café emplit la cuisine. La vieille pendule américaine qui tictaquait sur la tablette accrochée au-dessus de la cuisinière avait égrené le temps pour trois générations successives. Elaine Easter plaça les côtelettes sur un plat qu'elle déposa dans le four. Elle était en train de vérifier si elle n'avait rien oublié sur la table du petit déjeuner quand elle entendit des pas sur la véranda, puis dans le couloir. Le train faisait entendre son au revoir nostalgique et la pendule sonnait la demie quand ils entrèrent dans la cuisine.

L'étranger déçut tout d'abord Elaine Easter. Elle était habituée à voir des hommes très robustes entrer dans sa cuisine, des hommes au visage carré et aux petits yeux perçants. Elle disait d'ailleurs toujours qu'ils faisaient exprès de plisser les yeux. L'homme qui venait d'entrer était mince, svelte, il avait un teint foncé et les yeux bleus les plus étonnants qu'elle ait jamais vus. Ils la fixaient en semblant lui demander pardon de cette intrusion. Elle ressentit un véritable choc en se rendant compte, dans un recoin de son cerveau, que l'homme n'était pas entièrement blanc, mais le choc céda aussitôt devant le charme du sourire qu'il lui adressa en attendant de lui être présenté.

Son mari reposa la grande valise et Elaine essaya de ne pas écarquiller les yeux en constatant qu'il exultait. Il lui dit :

– Devine qui c'est, Elaine ! L'inspecteur Napoléon Bonaparte ! Il dit que nous devons l'appeler « Bony » sinon il demandera à ce que je sois rétrogradé. Voici ma femme... euh Bony.

L'inspecteur Bonaparte ! Le dieu de son mari. Le plus grand enquêteur que l'Australie ait jamais compté... d'après son mari. L'homme qui n'avait encore jamais échoué... toujours d'après son mari.

Maintenant, il s'inclinait devant elle, et une partie de son esprit se demandait pourquoi l'autre partie se sentait femme à ce point, et non pas simplement Elaine Easter. Elle fut captivée par les yeux bleus et se surprit à écouter la voix de l'inspecteur avec plaisir.

– Tous mes amis m'appellent Bony, madame Easter. Même mon patron, ma femme et mes fils m'appellent Bony. Je suis sûr que je ne me ferai que des amis à Chifley.

La mission de Bonaparte

Pendant le petit déjeuner, les Easter furent captivés par leur invité de marque, mais c'est seulement beaucoup plus tard, ce jour-là, qu'ils purent analyser leurs réactions. Tous deux venaient de ce qu'on appelle la « brousse », et ils ne s'attendaient pas à ce que leur invité soit un des leurs.

Ils devaient bien accepter son origine métisse, même s'ils éprouvaient quelque réticence. Ses traits et son maintien étaient très différents de ceux des tribus qu'ils côtoyaient dans ces régions du sud de l'Australie, car Bonaparte était venu au monde dans le nord du Queensland, et ses ancêtres maternels avaient été notablement influencés par les Polynésiens. Quand on croisait les paisibles yeux bleus et qu'on écoutait la voix aux doux accents, il était facile d'oublier que cet homme avait une double origine.

Bony avait plusieurs fois traversé la Nullarbor, en train et en avion ; une fois seulement en voiture, suivant la piste des anciennes lignes télégraphiques, qui contourne l'extrémité sud de la plaine pour rejoindre l'étroit littoral. Jamais encore il ne s'était intéressé professionnellement à cette partie de l'Australie, et il ne s'attendait pas à rencontrer des difficultés autres que celles auxquelles il avait été confronté un peu plus au centre du pays, telles que forêts de mulgas, déserts de pierraille, désolation des bassins salins. Bien que ces zones géophysiques soient radicalement différentes, elles ont en commun leur inhospitalité, et seuls varient les détails des difficultés que doit affronter l'homme.

– Vous avez un bureau avec la carte d'Australie réglementaire épinglée au mur ? demanda Bony, sachant parfaitement que le poste de police est la croix que portent tous les policiers de la brousse.

Easter le conduisit à sa croix personnelle et il alluma la lampe à pétrole suspendue au plafond. Bony put alors voir le bureau encombré habituel, les casiers métalliques habituels, fixés aux murs par des clous, et la carte à grande échelle habituelle. Les doigts roulant distraitement une cigarette, il se planta à côté d'Easter, devant la carte sur laquelle quelqu'un avait entouré au stylo bleu la zone baptisée Nullarbor, ce qui signifie « pas d'arbre ». Le cartographe avait tracé une ligne toute droite d'est en ouest, le Transcontinental, cette ligne de chemin de fer qui coupe la région en deux.

– Les spécialistes ne sont pas tous d'accord sur l'étendue de cette plaine, dit Bony, sans aucune intention didactique, mais simplement pour introduire le sujet qu'il voulait traiter. Elle fait probablement beaucoup plus que les soixante-dix-huit mille kilomètres carrés qu'on lui attribue. Que savez-vous de cette plaine ?

L'index d'Easter suivit la ligne de chemin de fer.

– Près de cinq cents kilomètres de rails droits

comme des i, posés sur un sol absolument de niveau, ou qui apparaît tel à l'œil nu. (Le doigt descendit vers le bas de la carte, à deux centimètres et demi de la côte, remonta lentement pour traverser le chemin de fer, continua vers le haut et sembla être arrêté par une tache bleue qui portait le nom du lac Wyola.) De là à la côte, il y a environ cinq cents kilomètres. Pas d'arbres, pas d'eau en surface, sauf de l'eau de pluie dans des anfractuosités de roches. Juste un grand vide traversé par une voie ferrée. Le train ne croise que quelques maisons et dépôts de service. Aucune exploitation, sauf au sud, et une au nord-ouest. Pas de route excepté celle de la côte. Pas de clôtures, seulement la terre et le ciel. Cette femme n'est pas tombée du train.

– Qu'est-ce qui vous fait dire ça ?

– J'ai mon idée. Mais elle ne repose sur rien de concret.

– Parlez-moi de votre idée.

– Eh bien, je me suis toujours intéressé à la psychopathologie, dit Easter. Je n'avais pas tellement fait attention à l'affaire Thomas parce que c'était une querelle de ménage de plus, mais après le procès nous avons repris les journaux, lu les comptes rendus et nous avons changé d'avis sur la femme. Quand elle a disparu, des informations complémentaires nous sont parvenues.

« A mon avis, Myra Thomas était d'une vanité époustouflante. Elle avait déjà goûté à la célébrité, une célébrité purement locale, d'accord, mais pendant le procès elle a vraiment été à la fête ! Voilà qu'elle fait les manchettes de journaux dans toute l'Australie. Je parie qu'elle a été la première surprise quand elle a été acquittée. Et alors, que se passe-t-il ? Elle a eu beau faire l'objet d'une controverse nationale, au bout d'une semaine, tout est retombé. Les idiots qui lui hurlaient leur admiration quand elle a quitté le tribunal l'ont abandonnée pour courir à l'aéroport accueillir une quelconque vedette étrangère avec le même débordement d'enthousiasme. Alors, comme elle a pris part au festin des dieux, elle ne peut que se glisser sous la table pour essayer de ramasser les miettes.

Bony fut franchement étonné par cette vision lucide des choses.

– Et ensuite, que se passe-t-il ? poursuivit Easter. Elle a elle-même mis en scène cette disparition, elle s'est arrangée pour que ça se passe au milieu de la plaine de Nullarbor, un endroit unique au monde, et par conséquent célèbre. Là voilà donc qui disparaît d'un train célèbre au milieu d'une plaine célèbre. C'est poétique, n'est-ce pas ? En chemise de nuit et chaussons, elle descend du train à Cook et elle monte dans une voiture ou un camion conduit par un copain qui lui fait prendre la seule piste qui mène à la route côtière. De là, ils ont pu aller à l'est ou à l'ouest, sans se faire remarquer.

« Elle a certainement eu ce qu'elle voulait... encore davantage de publicité. Celle qu'on lui avait faite au cours du procès paraît bien peu de chose, en comparaison. Maintenant, elle va se planquer pendant un moment, et puis elle refera surface un beau jour et racontera qu'elle a été prise d'un accès d'amnésie, après l'horreur effroyable du meurtre. Imaginez un peu les manchettes ! Et l'argent que lui rapporteront ses mémoires ! Voilà ce que je crois.

Easter sentit qu'on l'étudiait.

– Si je ne connaissais pas l'existence de preuves dont on ne vous a pas parlé, je serais très enclin à vous donner raison, dit Bony. Je tiens à ce que vous le sachiez, je suis d'accord avec vous sur un point : elle n'est pas tombée du train et elle ne s'en est pas éloignée à pied.

– Je suis content que vous me disiez ça, dit Easter. Je pensais...

– Je sais, Easter. Regardez encore une fois cette carte. Regardez, là, au nord-est de la plaine et bien au-delà de ses limites, il y a la nouvelle ville de Woomera, et plus loin, dans le désert, il y a la zone de lancement de fusées. Et beaucoup plus près, à quelques kilomètres à peine au nord d'Oodea, le long de l'extrémité est de la plaine, il y a Maralingua, le nouveau centre d'essais atomiques. Les Noirs qui se trouvaient dans la région ont depuis longtemps émigré vers la pointe sud de leur ancien territoire tribal, près de la côte, de sorte que toute la zone de lancement et d'essai ne comporte pas de population indigène. Bien, maintenant, au nord de la voie ferrée, comme vous le signaliez, il n'y a que du vide. Ici, à Chifley, nous sommes presque à la pointe ouest de la plaine, et la seule exploitation à plusieurs kilomètres à la ronde se trouve au nord-ouest de Chifley et s'appelle Mount Singular. C'est bien ça ?

– Oui.

– Vous savez que les règles de sécurité sont très strictes dans ces sites gouvernementaux. Vous n'ignorez pas que Myra Thomas a représenté un haut risque pendant la guerre. Est-ce que vous connaissez quelqu'un du nom de Patsy Lonergan ?

– Je ne l'ai jamais vu, répondit Easter. J'ai entendu parler de lui. Il a été prospecteur, et maintenant il est trappeur, il attrape des dingos, tout au moins il en attrapait avant de mourir à Norseman, il y a quinze jours.

– Qu'est-ce que vous savez à son sujet ? insista Bony.

– Très peu de chose. Lonergan était trappeur depuis des années à Mount Singular, même avant que les exploitants actuels ne reprennent la propriété, qui se trouve à cent dix kilomètres de la voie ferrée, sur une falaise qui fait face à la plaine. Il avait des chameaux, et, comme beaucoup de vieux broussards de sa génération, il se rendait en ville une fois par an pour prendre une cuite maison. Il est mort pendant la dernière.

– Des parents à lui habitent Norseman, compléta Bony. Quand il est mort, ils ont naturellement pris possession de ses effets personnels, parmi lesquels il y avait son journal. Comme beaucoup de trappeurs, Lonergan notait tous les jours ce qu'il avait pris, les pièges qu'il avait tendus et s'il trouvait de quoi nourrir et abreuver ses chameaux. Ses notes étaient sibyllines, une vieille habitude de prospecteur ; comme ça, s'il trouvait de l'or, personne ne pourrait savoir à quel endroit en lui volant ses notes. Seul son dernier journal a été retrouvé, ce qui laisse à penser que ses carnets étaient détruits une fois pleins. Je vais aller chercher ce journal dans ma valise.

Easter l'entendit parler à sa femme dans la cuisine. Le ton d'Elaine montrait qu'elle avait très bien accepté le visiteur. Il se sentait lui-même plein d'entrain, car il avait la preuve que ses efforts pour rechercher la jeune femme avaient été approuvés par la hiérarchie. Il était en train d'allumer sa pipe quand Bony revint avec un registre allongé, au papier quadrillé.

– Ce journal nous apprend que Lonergan a quitté Mount Singular pour partir une dernière fois faire le tour de ses pièges le 6 juillet, et qu'il est revenu le 4 septembre, commença Bony. La jeune femme a disparu dans la nuit du 28 au 29 août. Le soir du 26 août, il a écrit : « Pas grand-chose à brouter pour chameaux à Souche de Chêne, alors ai poussé jusqu'à Ruisseau de Cauchemar. Ai attrapé un chiot bâtard à Souche de Chêne avec n° 2. Et deux chiens de race pure au kangourou que j'avais empoisonné huit cents mètres en amont du Ruisseau. » Est-ce que ces noms vous disent quelque chose, Easter ?

– Strictement rien.

– Le lendemain, le 27 août, Lonergan a écrit : « Arrivé assez tard à Trou du Pied-Bot. Encore beaucoup d'eau. Région bien plus accueillante un peu plus près de la maison. Attrapé un bâtard à Creux aux Nerpruns. Piège n° 3 l'a eu. Piège de Pied-Bot avait cassé. Ai mis du n° 4. N° 4 pas fameux. » Est-ce que Pied-Bot vous dit quelque chose ?

– Rien du tout, avoua Easter.

– Le lendemain, pour Lonergan, est le 28 août, poursuivit Bony. A la fin de la journée, il écrit : « Suis allé à Gros Plateau d'Argile. De quoi brouter en quantité raisonnable. Rien dans les pièges à Taverne de la Mi-Parcours. Ai récupéré les pièges et les ai replacés pour la prochaine fois. Temps calme et clair, mais on dirait qu'il va pleuvoir ce soir. » Ça n'évoque toujours rien pour vous ?

Easter secoua la tête et Bony lut les notes suivantes.

– « 29 août. Avais l'intention de camper à Clochette Perdue ce soir, mais ai été retardé par un piège à Trois Chénopodes. Ai dû suivre à la trace le piège sur près de deux kilomètres, jusqu'à l'endroit où le plus gros chien que j'aie jamais attrapé l'avait traîné avant d'y avoir droit. Pas de pluie en vue. De quoi brouter en grande quantité à Trois Chénopodes, mais eau à sec. La nuit dernière... » la nuit qui nous intéresse et qu'il a passée, rappelez-vous, Easter, à Gros Plateau d'Argile... « la nuit dernière, vers cinq heures du matin, ai été réveillé par un hélicoptère. Il volait si bas que j'ai vu les pales se détacher sur le ciel. Confirme plus ou moins l'impression d'avoir entendu un avion quand j'avais campé à Pied-Bot il y a longtemps. »

– Un hélicoptère ! souffla Easter. Par là-bas dans la nuit du 28 au 29 août, la nuit où la femme a disparu !

– Où se trouvait le train à cinq heures du matin ce jour-là ? demanda Bony.

– A Forrest, où on le fouillait. Lonergan ne reparle plus de l'hélicoptère ?

– Non, c'est la seule allusion qu'il y fait. Il continue en disant qu'il a pris un chien à Désespoir de Curley et qu'il a trouvé un piège cassé à Vallée du Groin. Combien d'hélicoptères privés y a-t-il dans la région placée sous votre autorité ?

– Pas un seul. Il y en a quelques-uns au centre

d'essais. Ils nous en avaient envoyé un pour rechercher la femme. On l'a gardé deux jours. C'était une semaine après le début des recherches.

– Ils ont deux appareils à Maralinga, et ils sont restés à terre du 24 août au 6 septembre, jour où l'un d'eux a été envoyé pour participer aux recherches. Quand pouvons-nous partir pour Mount Singular ?

– Pour Mount Singular ? Oh, n'importe quand. Dans moins d'une heure, si vous voulez.

– Mettons dans trois heures, Easter. Il faut que j'envoie des télégrammes à Adélaïde.

– Puis-je vous poser une question ?

– Bien sûr. Toutes les questions qui vous viennent à l'esprit, Easter. Allez-y.

– Vous avez dit que Mme Thomas avait représenté un gros risque pendant la guerre. Quel est le rapport ?

– Elle écrivait le scénario d'une émission de radio qui s'appelait « Avec nos meilleurs souhaits » et était surtout destinée aux troupes. C'était avant que les services secrets de l'armée, ou, en tout cas, l'organisme qui était chargé d'enquêter sur les activités subversives, ne se rendent compte que des informations capitales pouvaient être communiquées à l'ennemi par la radio. L'émission était diffusée une fois par semaine, et Myra Thomas a brusquement été congédiée.

« L'essentiel, c'est qu'elle a été considérée comme un risque à un moment donné, et qu'on la considère encore un peu comme ça. Quand elle a disparu à proximité relative de la zone d'essais atomiques et de lancement de fusées, les responsables de la défense, à Canberra, ont souligné l'importance de ce fait. Et ensuite, Easter, quand le journal du vieux Lonergan a fait son apparition et qu'on a vérifié qu'il n'y avait pas un seul hélicoptère immatriculé à moins de plusieurs lieues de leurs précieux secrets, ils ont additionné deux et deux, et sont arrivés à un résultat qui n'est pas très loin de donner quatre.

– La famille de Lonergan a envoyé le journal aux services de la défense ? suggéra Easter.

– Non. Ils ont remis le journal à l'officier de police de leur localité, qui l'a fait suivre, et finalement il a atterri à votre quartier général de Perth. On l'a envoyé directement à Canberra et, au cours d'une réunion quelconque, on s'est rendu compte que dans son journal Lonergan n'avait pas indiqué la direction prise par le mystérieux appareil qu'il avait vu voler, et personne n'a su dire où pouvaient bien se trouver Désespoir de Curley et Pied-Bot, dans la mesure où les cartes ne les mentionnent pas.

« Heureusement, il y avait à cette réunion, pour représenter la police, un de mes fidèles amis, le commissaire Bolt. Il a soutenu qu'un homme à pied avait plus de chances d'apprendre quelque chose sur le mystérieux hélicoptère, sur les gens qui le pilotaient, sur leurs activités, et sur les rapports qu'ils pouvaient éventuellement entretenir avec la disparue, Myra Thomas, que toute une série d'avions qui survoleraient la plaine de Nullarbor. Quand on lui a demandé qui allait être cet homme, Bolt a fourni la réponse qui s'imposait.

– Vous, bien entendu, dit Easter en souriant.

– Bien entendu, acquiesça Bony sans sourire. Ecoutez ! Le jour se lève. Le meilleur moment pour méditer, c'est l'aube.

Méditer à l'aube, quand le soleil se lève ! Easter se gratta le menton et suivit docilement Bony sur la véranda. Il était un peu comme quelqu'un qui espère gagner cinq livres à la loterie et qui en décroche cinquante mille. Il avait recherché une femme qui, croyait-on, était tombée d'un train ; et maintenant, on lui brossait le portrait d'une espionne, on lui parlait de mystérieux hélicoptères, de fusées et de bombes atomiques.

Un bateau à la mer

Une seule image s'impose pour décrire la plaine de Nullarbor.

La jeep ressemblait à un bateau sur un océan parfaitement paisible. A l'est, la mer était d'un doux gris, à l'ouest, d'un doux vert, et quand le soleil aurait dépassé le zénith, les couleurs s'inverseraient. A la poupe, à cinq kilomètres derrière la jeep, le petit hameau de Chifley, malgré sa taille réduite, paraissait être à moins de huit cents mètres de distance. Les maisons minuscules gardées par le château d'eau étaient le foyer optique d'une clôture qui séparait le monde. On ne pouvait pas distinguer les fils télégraphiques, mais on pouvait compter les poteaux... les poteaux qui flanquaient le ruban d'acier reliant l'est à l'ouest de l'Australie.

La piste consistait en deux traces parallèles de terre écorchée par les pneus, et partout, de part et d'autre de la piste et même entre les deux marques, des chénopodes de trente centimètres tapissaient le sol. Ni devant ni derrière, on ne pouvait distinguer la piste à plus de cinquante mètres, et on avait l'impression qu'elle blessait la vue et n'aurait pas dû être là. Tout véhicule qui n'avait personne devant lui devait éviter les éclats de roche et parfois les anfractuosités, et pour s'en sortir il fallait coller aux traces de pneus.

– Ce Mount Singular, demanda Bony, c'est un grand domaine ?

– D'après le cadastre, pas particulièrement. Deux cent soixante mille hectares, à peu près, répondit Easter. C'est un terrain qui n'est pas clôturé, et comme il n'y a pas d'exploitation mitoyenne, excepté au sud, le bétail des Weatherby peut, en fait, brouter sur des millions d'hectares dont le paysage varie beaucoup. Il y a très peu d'eau de façon permanente. A l'ouest, il y a des salins désertiques, au nord un semi-désert, à l'est la plaine que nous traversons. Je n'ai jamais poussé plus loin que leur maison d'habitation, au nord, et c'était en 49.

– Les Weatherby ! insista Bony. C'est une vieille famille ? Combien sont-ils ?

– Le premier Weatherby a repris les terres en 1900. D'après ce qu'on dit, il travaillait dur et avait épousé une femme aussi solide que lui. Ils sont tous deux morts dans les années trente et ont laissé la propriété à leurs deux fils, Charles et Edgar. Edgar a servi dans les Iles, pendant la guerre, et il est revenu à la propriété, avec sa femme, à peu près à l'époque où j'y suis allé. Ils avaient pris des terres dans l'ouest de la Nouvelle-Galles du Sud, et comme ça n'avait rien donné, les deux frères ont décidé de refaire cause commune. Il n'y a pas de Blancs qui travaillent là-bas. On ne peut pas en trouver, de nos jours. Ce sont tous des Aborigènes.

– Où vont-ils pour écouler leur production ?

– Surtout à Rawlinna. C'est plus loin que Chifley, pour eux, mais en saison humide la route est meilleure. Le vieux Patsy Lonergan devait partir par là parce qu'il n'a jamais pris le train à Chifley.

– Ce sont des gens bien ?

– Nous n'avons jamais eu le moindre problème avec eux... professionnellement parlant.

Une heure plus tard, le paysage était exactement le même, et Bony parla à nouveau des Weatherby.

– Vous avez dit tout à l'heure que les Weatherby n'avaient jamais causé de problème, professionnellement parlant. Vous les avez déjà rencontrés, Easter ?

– Oh oui. Quand ils viennent à Chifley, ce qui n'est pas fréquent, ils passent toujours une ou deux heures avec ma femme. Elaine aime beaucoup leurs épouses, bien que celle du plus jeune frère, Edgar, ait l'air un peu lunatique. Les deux hommes, eux aussi, sont bien. Ils s'occupent de leurs affaires et ne viennent pas fourrer leur nez dans les nôtres. Il n'y a jamais eu de problème avec leurs Abos.

– Quatre-vingts pour cent des disputes tribales résultent de l'intervention des Blancs, dit Bony avant de poser une autre question : Comment communiquent-ils avec l'extérieur ?

– Par radio, c'est tout.

– Ils n'ont pas participé à la recherche de Myra Thomas ?

– Oh, si. Ils ont passé une semaine dans ma bande. Ils ont amené deux chiens pour les ajouter aux miens. Et une demi-carcasse de bœuf, le meilleur qu'on ait jamais mangé. Vous vous intéressez particulièrement à eux ?

– Comme je m'intéresse à tous ceux qui vivent sur les exploitations du sud et du sud-ouest. Si Patsy Lonergan n'était pas mentalement instable, à cause de sa vie solitaire, et s'il n'a pas rêvé et a bien vu un hélicoptère, cet appareil doit avoir une base, laquelle doit se trouver dans la Nullarbor ou à proximité.

– Dans ce cas, comment comptez-vous le retrouver ? En fouillant toutes les exploitations qui se trouvent à la périphérie de la plaine ?

– Non. Même si on retrouvait l'hélicoptère dans une de ces exploitations, on n'aurait rien appris, sauf que le propriétaire ne l'a pas enregistré auprès du Département de l'Aviation Civile et qu'il a violé certains règlements. Je m'intéresse à l'appareil lui-même et à la raison pour laquelle on l'aurait utilisé à des fins secrètes. Trouver la base ne me suffira pas, à moins que le propriétaire ne se décide à parler.

– Là, vous avez raison, dit Easter en réfléchissant. Pour en revenir à ma première question, comment avez-vous l'intention de chercher l'appareil que Lonergan affirme avoir vu ?

– J'ai sur moi une lettre de l'avoué de Lonergan, qui habite à Norseman. Le vieux bonhomme possédait en effet des biens et un compte en banque assez important pour un prospecteur-trappeur. Cette lettre m'autorise, moi, William Black, neveu du défunt, à reprendre les chameaux, le matériel et les affaires que possédait Lonergan et qui se trouvent maintenant à Mount Singular. Parmi ces possessions, il y a les pièges à chiens, et ça fera partie de mon boulot de les récupérer. Ce faisant, je pourrai retrouver les traces du vieux bonhomme tout au long de ses pièges et découvrir les camps auxquels il a donné des noms aussi curieux. Et j'espère... je dis bien j'espère, que je pourrai voir ou entendre cet hélicoptère, savoir où il va et ce qu'il fait.

– Bon sang ! Quel boulot !

– Ce sera peut-être plus facile que nous ne le pensons pour l'instant. Me voilà donc transformé en William Black, le neveu du vieux bonhomme. N'oubliez pas que je suis venu vous voir ce matin au poste, comme le policier de Norseman me l'avait recommandé, et il s'est trouvé par hasard que vous deviez vous rendre à Mount Singular pour une raison officielle que vous avez le temps d'inventer. Vous avez donc accepté que je vous accompagne.

– Je vois, dit Easter.

Mais Bony en doutait. Ils restèrent silencieux pendant l'heure suivante. Le paysage n'avait absolument pas changé, sauf que Chifley se signalait maintenant uniquement par son château d'eau, qui ressemblait à un caillou noir posé sur l'horizon.

Quand Easter suggéra qu'il était l'heure de déjeuner, Bony ramassa des brindilles mortes et fit un feu. Le policier remplit une bouilloire qu'il accrocha à la pointe d'un triangle de fer. Le repas fut déchargé et, pendant que l'eau chauffait, ils restèrent debout et scrutèrent la plaine de Nullarbor, simplement parce qu'il n'y avait rien d'autre à regarder.

– Ça ne doit pas être très agréable quand la tempête fait rage, dit Bony.

Easter lui fit part d'expériences au cours desquelles il avait été content de s'allonger à plat ventre avec un rocher à portée de la main pour s'accrocher au sol.

– D'après ce que j'ai compris, il n'y a ni grottes, ni cavernes, ni tunnels de circulation d'air au nord de la voie ferrée. Vous croyez que c'est vrai ?

– On n'en a jamais trouvé, répondit Easter. Mais pour moi, ça ne veut rien dire parce que la région qui est au nord de la voie ferrée n'a pas été vraiment explorée. Le paysage est le même, que ce soit au nord ou au sud des rails. Et puis il y a autre chose.

– Quoi ?

– On raconte que les poches d'air ont été créées par les courants de l'océan. Les marées ont refoulé dans les galeries souterraines l'air qui a pu ainsi circuler en sous-sol. Vous savez tout cela, bien sûr.

– Et les Aborigènes attribuent les bruits souterrains aux gargouillis et borborygmes de Ganba, le Serpent mangeur d'hommes, ajouta Bony.

– Exactement. J'ai déjà entendu ce vieux Ganba gronder et rugir en surface et sous terre bien au sud de la voie ferrée. Et je l'ai également entendu faire son tintamarre bien au nord des rails. Même bien au nord de l'endroit où nous nous trouvons actuellement.

« Vous avez entendu dire que même les Abos des exploitations répugnent à aller dans la Nullarbor, je suppose, poursuivit Easter. Pas seulement à cause de Ganba, mais parce qu'il y a de larges zones que les troupeaux et les chevaux ne peuvent traverser, peut-être des cavités dans le calcaire. Vous vous intéressez vraiment aux cavernes et à ce genre de choses ?

– Non, avoua Bony. J'ai hérité de mes ancêtres l'horreur de l'obscurité, bien que je ne souffre pas de claustrophobie. (Il rit tout bas.) La voilà, cette fameuse Nullarbor. Tout est visible en surface, mais qui sait ce qui se cache dessous ? Ici, nous avons de l'espace, du soleil et de la chaleur. Mais aucune protection contre les tempêtes. Ici, il est impossible de se cacher, il n'y a aucun abri, même pas un arbre contre lequel s'appuyer pour que Ganba ne vous saute pas dessus. Quand on se trouve dans un monde aussi nu, on ne peut vraiment pas aimer cette nudité.

Ils mangèrent du bœuf rôti et du pain bien beurré, et chacun fut gagné par une pensée qu'il n'aurait avouée pour rien au monde. Cette pensée secrète, c'était que la jeep était une bonne compagne. Quand Easter se tint debout à côté d'elle, le dessus de son chapeau de feutre était le point le plus haut d'un horizon dont rien ne venait déranger l'absolue platitude.

Easter n'était pas encore habitué au changement qui s'était opéré en l'inspecteur Bonaparte, lui qui était arrivé tiré à quatre épingles. Le costume gris bien coupé avait été troqué contre une chemise usée rentrée dans un pantalon collant de gabardine grise, lequel était sali à des endroits qui indiquaient le contact avec un cheval ; et même s'il n'avait pas d'éperons à ses bottes à élastiques, leur état suggérait également qu'elles avaient fait beaucoup d'usage. Ici, en plein soleil, son origine était plus évidente.

Bony sentit qu'on l'examinait. Easter lui demanda :

– Avez-vous décidé de la manière dont vous me contacterez une fois que je vous aurai laissé à Mount Singular ?

Bony détourna timidement le regard de l'homme robuste.

– Je ne sais pas, monsieur Easter, dit-il d'une voix traînante.

Donnant un coup de pied dans une petite pierre, il examina avec un intérêt apparent les pneus de la jeep et ajouta :

– Tout ira très bien.

Il se mit à rire, un rire superficiel, sans objet, puis il regarda la plaine, regarda partout, sauf dans les yeux du gendarme. Continuant à donner des coups de pied dans son caillou, il répéta :

– Tout ira très bien.

– Ça alors ! explosa Easter. On peut dire que vous ne reniez pas vos origines.

Puis, redevenant sérieux, il ajouta :

– Sans vouloir vous vexer.

– Ça ne me vexe pas, Easter. Vous savez, un jour, j'ai lu un livre sur un type qui avait très bien réussi et qui a découvert que sa mère avait un quart de sang aborigène. Il était tellement désespéré qu'il s'est pendu. Comme c'était bête ! En fait, il avait toutes les raisons d'être fier de son succès, comme moi. Je suis au sommet de la profession que j'ai choisie, Easter, malgré les handicaps de ma naissance. L'inspecteur Napoléon Bonaparte, Easter. Quelqu'un qui n'a encore jamais essuyé le moindre échec. Je n'ai jamais connu mon père et, de toute façon, bien sage est celui qui le connaît vraiment, d'après ce qu'on dit. Je n'ai jamais connu ma mère non plus. On l'a retrouvée morte sous un santal, et moi, âgé de trois jours, sur son sein. Vous n'ignorez pas que dans ce pays peu de gens vont loin sans être poussés par la famille, l'argent et les relations, mais moi, j'ai trouvé ma voie à ma façon, à mon rythme, et personne n'est là pour me dire de faire ceci ou cela.

– Reconnaissez que vous sortez de l'ordinaire, monsieur, remarqua Easter.

– Je le sais. En dépit de mon origine, je sors de l'ordinaire. A moins que ça ne soit à cause de mon origine ?

Ils remballèrent leur panier repas et reprirent la route sous le soleil du milieu de la journée. Plus tard, dans l'après-midi, l'horizon nord-ouest, vers lequel ils avançaient, se bossela progressivement et plusieurs cailloux d'un noir profond apparurent, se transformant lentement en rochers, s'élevant toujours plus haut au-dessus de la mer pour former le cap d'une côte qui datait de l'époque où la Nullarbor était le lit de l'Océan du Sud.

Comme un vaisseau sur la mer, la jeep commença à longer cette côte, et bientôt ils passèrent entre deux îles qui portaient des arbres, puis un peu plus tard pénétrèrent dans un large bras de mer où les buissons, de chaque côté, descendaient des terres élevées jusqu'aux plages, étroites bandes d'argile. Brusquement, la jeep déboucha sur une plage et remonta entre les broussailles vers les ondulations de terrain.

– Il y a quelque chose que j'aimerais que vous fassiez en revenant à Chifley, dit Bony. Inscrivez la date à laquelle vous m'avez laissé à Mount Singular. Ajoutez les dernières instructions que je vous ai données, à savoir qu'il ne faut pas essayer de me contacter. Adressez cette note à la boîte SS11, Grande Poste d'Adélaïde. C'est clair ?

– Entendu, répondit Easter. Il nous reste un kilomètre et demi, pas plus.

La piste contournait maintenant les légères ondulations sur lesquelles poussaient des touffes d'herbe, des nerpruns, des groseilliers et des arbres à thé, et, surplombant le tout, le grand chêne à branches étalées et le casuarina, plus petit. Une région à bovins, une bonne région à bovins.

Puis le toit d'une maison apparut au-dessus des broussailles, suivi finalement par des hangars et de petites maisons.

Le domaine était bien entretenu et d'une propreté évidente. Autour de la maison d'habitation à un étage, pourvue de larges vérandas, il y avait une clôture peinte en blanc, et quand la jeep s'arrêta devant la grande barrière, ils aperçurent des lits de fleurs de l'autre côté, des massifs de roses en fleur et un système d'arrosage qui leur permettait de vivre.

Se conformant à son rôle, Bony resta debout près de la jeep quand Easter entra dans la propriété et se dirigea vers la porte d'entrée. Avant qu'il n'y parvienne, deux femmes vêtues de blanc apparurent au coin de la maison pour l'accueillir avec une surprise et un plaisir manifestes. Bony ne put entendre la conversation, mais Easter joua également le jeu en ne mentionnant pas son passager quand il fut invité à entrer dans la maison.

Il était maintenant près de trois heures et demie, et Bony fuma deux cigarettes sans qu'il se passe quoi que ce soit. Avec la nonchalance de l'Aborigène, il traîna autour de la jeep et examina la propriété, de la maison d'habitation aux parcs à troupeaux et à chevaux qu'on apercevait au loin. Il vit une femme aborigène qui ramassait son linge et plusieurs enfants qui jouaient sous un arbre éloigné. Une petite chienne marron vint fraterniser avec lui, et un vol de cacatoès noirs arriva puis repartit en faisant entendre des croassements rauques.

Finalement, un Aborigène déboucha derrière la clôture, marchant avec la grâce sans effort du vrai sauvage. Mesurant plus d'un mètre quatre-vingts, il était la preuve vivante de la bonne vie qu'il menait. Il portait un blouson de type américain, un pantalon de travail aux jambes retroussées, des bottes avec des élastiques sur les côtés et de lourds éperons. Un feutre à large bord complétait sa tenue.

Bien qu'âgé d'une cinquantaine d'années, il avait le visage entièrement rasé. Sur les deux joues, il avait des cicatrices qui indiquaient le passage à l'âge d'homme, et dans le nez un trou, celui par lequel le sorcier glisse sa baguette, indiquait son rang. Sur le large visage apparut un sourire que les grands yeux noirs ne partagèrent pas. Des dents blanches luirent quand l'homme dit :

– La patronne dit tu viens pour boire du thé.

– Très bien, dit Bony, le regard fuyant, évitant les yeux noirs. Boire du thé sera bon.

A côté d'Easter, l'inspecteur Bonaparte n'avait pas l'air insignifiant. A côté de cet immense Aborigène, William Black avait l'impression d'être un nain.

– Toi de Kalgoorlie, hein ? sonda le guide tandis qu'ils longeaient la clôture.

– Non, du Diamantina.

Ils passaient sous un gommier doux, et Bony retira sa chemise et son tricot pour que les yeux noirs se repaissent des cicatrices qu'il portait sur la poitrine, le dos et les bras.

– Mon père était frère au vieux Patsy Lonergan, expliqua-t-il. Patsy est mort à Norseman. Je viens pour chercher ses chameaux et son matériel.

Il enfonça l'index dans la graisse qui enveloppait les côtes du gardien de troupeaux, et ils se mirent tous deux à rire.

Une propriété ordinaire

Après avoir accepté du thé dans un gobelet de fer et un morceau de gâteau, servis par une énorme femme aborigène dans la hutte où les hommes prenaient leurs repas, Bony retourna à la jeep où il n'eut que quelques minutes à attendre.

Le gendarme apparut avec les femmes. Ils avancèrent ensemble sur le chemin dur comme de l'acier, fait de nids de fourmis concassés, et s'immobilisèrent un instant pour échanger d'ultimes recommandations. A ce moment-là, Bony ne savait pas que les deux femmes étaient sœurs, et à les voir, en effet, on ne pouvait pas deviner cette parenté. L'aînée était fortement charpentée et pleine d'entrain, elle avait les yeux gris et une bouche généreuse. La deuxième était plus petite et svelte, avec des cheveux bruns coupés court. Ses yeux étaient grands et ardents et son sourire visiblement forcé.

Toutes deux âgées d'un peu plus de trente ans, elles n'étaient pas maquillées et leur teint était l'œuvre du soleil et du vent. La plus robuste demanda de transmettre son bon souvenir à Mme Easter et la plus jeune rappela ensuite à Easter qu'il ne devait pas oublier le courrier, ce qui était étrange car il avait le sac sous le bras.

Ces deux femmes, surtout la plus jeune, rappelaient à Bony quelqu'un qu'il avait jadis rencontré, et il se creusait la tête à ce sujet, pour passer le temps, quand Easter serra solennellement la main à ses interlocutrices et franchit la barrière. Les femmes retournèrent vers la maison et Easter s'approcha de la jeep et y plaça le précieux sac de courrier.

– J'ai posé des jalons, dit-il doucement. Les hommes sont sortis, mais ils devraient rentrer d'un moment à l'autre. J'ai dit aux femmes qui vous êtes, ou qui vous êtes censé être, et pour quelle raison vous êtes venu.

– Bien ! C'est passé sans problème ?

– Oh oui. Elles ont dit qu'elles pensaient bien que quelqu'un viendrait un jour récupérer les affaires de Lonergan ou écrirait à ce sujet. Je me souviens parfaitement de ce que vous m'avez demandé. Y a-t-il autre chose que je puisse faire pour vous ?

– Mes supérieurs ont accepté que je parte pour cette mission, mais ils vont faire preuve d'une étonnante impatience en ce qui concerne les résultats, Easter. Ils vont probablement vous envoyer une demande de renseignements sur moi dans une semaine ou deux. Traitez-les gentiment, Easter. Dites-leur que je vous ai dit : « Ne venez surtout pas fourrer votre nez là-dedans. »

– J'essaierai de trouver quelque chose d'équivalent.

Easter eut un grand sourire, sachant qu'on ne pouvait pas le voir de la maison. Bony sortit son balluchon de la jeep et Easter s'installa au volant.

Ce fut tout. Le policier fit faire demi-tour au véhicule et il partit sans même agiter la main.

L'air décontracté, Bony se roula une cigarette et l'alluma comme quelqu'un qui a tout le temps devant lui. Il se rendait compte qu'il était observé, pas forcément par les deux femmes blanches, pour lesquelles il offrait bien peu d'intérêt, mais certainement par les Aborigènes avec lesquels il n'était pas apparenté, même au cinquantième degré de cousinage, et n'avait donc aucune possibilité de lien totémique. Dorénavant, il devait être William Black.

Ayant accroché son balluchon à un arbuste, à l'abri des assauts des chiens du domaine qui n'allaient pas tarder à revenir du travail, il parcourut une cinquantaine de mètres pour aller s'asseoir sur un gros caillou, face à la plaine de Nullarbor. Il était alors quatre heures.

Se sentant à son aise, il contempla la plaine, cent vingt mètres plus bas. Au sud et au nord, il y avait d'autres caps sombres, vestiges de cette côte intérieure. Devant lui, il y avait de grandes étendues et une lumière solaire propres à stimuler l'imagination. Derrière lui, l'ombre des arbres, le paysage vallonné et les dunes de sable blanc donnaient une impression de sécurité. On se sentait important, et on avait une sensation de confort après le frisson qu'avait donné la nudité de la plaine.

Pas étonnant si les Aborigènes n'aimaient pas quitter cette côte pour s'aventurer sur la mer de chénopodes. Ils voulaient du bois pour faire de vrais feux, pas des broussailles qui ne donnaient qu'un semblant de chaleur. Ils voulaient pouvoir s'adosser à quelque chose de tangible pour que l'esprit de ce pays, qu'ils appelaient Ganba, ne leur saute pas dessus en leur soufflant de l'air froid entre leurs épaules nues. Il suffisait que l'homme commette une seule erreur dans ce pays. Par instinct, les Aborigènes ne se montraient jamais négligents, et certains hommes blancs, eux non plus, ne commettaient jamais d'erreur et ne se faisaient jamais prendre par Ganba.

Comme le vieux Patsy Lonergan. Il quittait ce domaine avec deux chameaux et un chien, disparaissait dans le grand vide, comme disait Easter, et réapparaissait au bout de plusieurs semaines avec ses scalps de dingos pour qu'on lui verse une prime. Il devait faire ça trois fois par an et, avec l'argent qu'il touchait, il se payait une vraie bonne cuite qui lui durait quinze jours ou trois semaines.

Un fou ? Bien sûr que non. Il faut qu'il y ait un équilibre. Si le corps est affamé, il doit être sauvé de la mort par la nourriture. Et si l'esprit est écrasé par les menaces de Ganba, alors, l'antidote, c'est l'alcool, de façon à rétablir l'équilibre du grand livre de la vie, car l'alcool est le sésame de la convivialité, et il est essentiel pour empêcher les victimes de la solitude de sombrer dans la folie.

C'était vraiment dommage que son journal ne remonte qu'au mois de janvier et qu'il ne couvre que les deux dernières expéditions. Autrement, il aurait pu y avoir d'autres allusions à l'appareil qu'il avait entendu au camp qu'il avait baptisé Gros Plateau d'Argile.

Il était malin, le vrai neveu de Norseman, celui qui avait trouvé le journal. Il avait assez d'intelligence pour comprendre ce qu'impliquait la remarque du vieil homme sur l'hélicoptère. Son avis sur la santé mentale de son oncle, confirmé par celui du policier de sa région, interdisait formellement de croire à un rêve de Lonergan. Un appareil qui survolait la nuit cette partie du territoire de Ganba ne pouvait avoir aucune raison légitime, il ne pouvait avoir pour destination un domaine, et encore moins une ville, car il n'y en avait pas à l'intérieur des limites du « grand vide ».

Quel remue-ménage avait déclenché ce journal ! Que de notes, d'ordres, de conférences ! On imaginait des espions en train de se faufiler derrière la palissade pour observer les essais atomiques ! Comme si les espions étaient assez bêtes pour quitter Canberra, où ils avaient tout ce qu'ils voulaient en matière de bars agréables et de cocktails officiels.

Néanmoins, cette affaire avait bel et bien suscité de l'intérêt dans les milieux chargés de la « sécurité », alors que la police, elle, voulait simplement retrouver une personne disparue. Et si ces deux intérêts se rejoignaient, c'était à cause d'une phrase notée dans le journal d'un chasseur de dingos.

Passer un jour ou deux dans ce domaine pourrait permettre à Bony de récolter un indice auprès des Aborigènes. Le chef des gardiens de troupeaux s'était montré amical une fois qu'il avait vu dans la chair de cet étranger la preuve de son appartenance à une tribu inconnue du lointain Queensland. Bony n'avait donné aucun renseignement important. Il avait simplement dit qu'il était apparenté à Lonergan, il avait évoqué le but de sa visite et la raison qui l'amenait aussi loin de sa tribu du Queensland. Et il n'avait rien récolté d'important, il avait seulement appris que les dingos n'étaient pas aussi nombreux que certaines années et qu'ils semblaient se concentrer à la lisière de la plaine.

Lonergan avait possédé deux chameaux et une chienne baptisée Lucy. Son équipement et ses effets personnels se trouvaient dans la cabane qu'il occupait toujours quand il venait à la propriété et qu'il fermait à clé quand il partait. Le chef des gardiens de troupeaux ne savait pas grand-chose au sujet de ses pièges, et, avec un petit rire complètement dénué d'humour, il dit à Bony que s'il voulait récupérer les pièges il faudrait qu'il aille les chercher. Où ? Dans quelle direction ? Un autre petit rire. Un geste de la main qui faisait penser à une boussole tressautant sous la piqûre d'une puce.

Pas un mot au sujet de l'hélicoptère. Mais pas un mot non plus au sujet des éoliennes, des installations de l'exploitation, de la Melbourne Cup qui allait commencer. Black ne posa aucune question, même pas pour savoir où il pourrait trouver les pièges de son oncle. Comme un Aborigène ordinaire, William Black devait bien passer par les volontés du sorcier.

Il suivit du regard la jeep d'Easter, qui quittait la « côte » et allait en mer, minuscule bateau au moteur hors bord, laissant un sillage de fine poussière. Finalement, tout ce que Black put voir, ce fut une petite bouffée de poussière qui se dissipa bientôt. Cent dix kilomètres jusqu'à Chifley ! Il fallait simplement mettre le bon cap et attendre que Chifley vienne à vous.

Alors que le soleil projetait des ombres allongées sur la plaine, un léger bruit fit tourner la tête à Bony. Il vit un homme robuste sortir de la maison et s'approcher de lui. Il avait la démarche typique du cavalier, et il était habillé à la manière facilement reconnaissable de l'éleveur de bétail. C'était le léger cliquetis de ses éperons qui avait attiré l'attention de William Black.

– Bonjour ! Vous êtes Black ?

Bony se leva et, d'une voix traînante et timide, répondit que c'était bien lui.

– On m'a dit que vous étiez le neveu de Patsy. C'est bien ça ?

Black tenta un sourire pour toute réponse, secoua la poussière d'une de ses bottes, et sortit d'une poche de sa chemise la lettre de l'avoué de Norseman. C'était un bel homme, ce Weatherby, très hâlé par le soleil, endurci par la bataille qu'il lui avait fallu livrer pour réussir, avec l'aplomb de l'homme habitué à donner des ordres. Ses yeux sombres examinèrent attentivement le visage de l'homme plus petit, remarquant inconsciemment les bottes éraflées, le tic nerveux de celui qui se trouve en présence d'un supérieur. Acceptant la lettre, il en déchira l'enveloppe et la lut lentement, comme quelqu'un qui répugne à examiner minutieusement n'importe quoi, qu'il s'agisse d'un bœuf ou d'une lettre.

– Très bien, Black, vous pouvez prendre les affaires de votre oncle. Nous ne voulons pas les garder, naturellement. (La voix était claire et basse, l'accent très « vieille école ».) Toutes les affaires de Patsy sont dans une cabane qu'on lui permettait d'utiliser. Il y a également un crédit en sa faveur dans les comptes. Qu'est-ce qu'on fait ?

William Black hésita et M. Weatherby claqua des doigts.

– Alors ?

– Laissez, il vaut mieux, monsieur Weatherby. L'avoué n'a jamais rien dit au sujet d'argent. Je peux lui en parler.

– D'accord ! Dites-le-lui. Vous feriez mieux de venir jusqu'au bureau pour prendre la clé de la cabane. Et avant de partir, il faut que vous fassiez la liste des choses que vous emporterez. Vous savez écrire ?

– Oui, monsieur Weatherby.

L'éleveur s'éloigna. Black prit son balluchon dans l'arbuste et le suivit en traînant les pieds jusqu'à l'entrepôt, derrière la maison d'habitation. Le bureau n'était qu'un coin de cet entrepôt, bourré de provisions, de pièces de machines, de tissus, et d'une centaine d'autres articles dont on pouvait avoir besoin dans ce type d'endroit.

– Et n'oubliez pas cette liste, Black, dit Weatherby. J'en ferai faire un double, vous en signerez un et je signerai l'autre pour l'avoué. Demain matin, je demanderai qu'on amène les chameaux. Le vieux est mort en douceur ?

Pas la moindre compassion. A peine un peu d'intérêt. C'était un rude bonhomme, ce Weatherby, sans doute l'aîné des frères, se dit Bony.

A nouveau, William Black eut un petit rire et regarda partout, sauf en direction de l'homme installé au bureau.

– Il était complètement soûl, monsieur Weatherby.

Weatherby posa alors une question logique, dans la mesure où on ne savait jamais dans quel état étaient les finances d'un prospecteur d'or. Il demanda si Patsy Lonergan avait laissé beaucoup de biens, et fut aimablement informé que l'avoué n'avait lu le testament qu'à une fille et à un autre neveu.

– Hum ! De quelle région venez-vous ?

C'était une question que se devait de poser tout homme blanc intelligent. Celui-ci fut satisfait de la réponse et il ne sourit pas quand William Black lui dit que Lonergan avait passé plusieurs années dans le Queensland quand il était beaucoup plus jeune. Le triangle du dîner fut frappé et Weatherby se leva de derrière le bureau en disant :

– Votre oncle était un vieux de la vieille et un coriace. Vous savez, Black, en y repensant, il n'était pas aussi fou qu'il le faisait parfois croire. Le pays lui a réglé son compte, ça, y a pas de doute. Il attrape comme ça tous ceux qui se baladent seuls pendant des semaines et des mois, et celui qui part tout seul à la recherche de métaux, de scalps et de ce genre de choses est peut-être idiot, mais c'est un idiot sacrément courageux. Et maintenant, allez donc rejoindre les hommes pour manger un morceau. Je vous verrai demain matin.

– Merci, monsieur Weatherby, dit respectueusement William Black avant de s'éloigner.

Dans la cabane qui servait de salle à manger, il y avait déjà plusieurs Aborigènes, y compris le chef des gardiens de troupeaux et deux métis. Le chef des gardiens de troupeaux se mit à rire en le voyant et il montra du doigt l'énorme cuisinière aborigène en disant :

– Tu vois, Bill ! C'est elle qui cuisine ici. Bonne cuisinière, mais elle arrête pas de crier.

Il y eut un éclat de rire général et William Black sourit à la femme qu'il avait déjà vue au thé de l'après-midi. Elle lui servit une énorme assiettée de bœuf rôti et de légumes, et en riant lui dit de revenir s'il en voulait encore. Quelle race heureuse que celle qui emploie le rire pour dissimuler nombre de choses, y compris la nervosité en présence d'étrangers.

Ils voulaient savoir d'où il venait, il expliqua donc où se trouvait le fleuve Diamantina, comment il était allé jusqu'à Norseman, et comment il était apparenté à Patsy Lonergan. Ils étaient sincèrement navrés d'apprendre que Patsy était mort, et il se mirent à rire, ravis, quand il leur dit qu'il était mort complètement soûl. Bony savait que cette réaction amicale se fondait sur l'opinion qu'avait le sorcier-chef des gardiens de troupeaux. Mais ils ne l'acceptaient pas comme l'un des leurs, et ils ne se seraient pas montrés amicaux si l'étranger avait eu l'intention de chercher du travail parmi eux, ou avait tenté de se joindre à leur communauté conservatrice.

Après le dîner, l'un d'eux lui montra la cabane de Lonergan, et ensuite tout le monde s'éloigna vers les broussailles, derrière la maison du domaine, où se trouvaient sans doute leurs propres huttes.

La cabane ne comprenait qu'une seule pièce. Il y avait un lit grossier fabriqué avec des poteaux reliés par des sacs de toile sur lequel était posé un matelas de toile garni de paille. L'ancien locataire avait rangé là le harnachement de ses chameaux et

Bony dut sortir la selle de bât et la selle de monte avant de pouvoir bouger. Il faisait presque nuit quand il termina l'inventaire, inscrivant sur sa liste une paire de sacoches de selle en cuir, en bon état, deux bidons d'eau de vingt-cinq litres, des entraves et des lanières nasales, une gamelle, des couvertures, des vieux vêtements, y compris un manteau avec des revers de soie qui devait avoir été jadis porté par un duc pour aller présenter ses respects à la reine Victoria.

Il allumait une lampe-tempête quand un bruit, sur le seuil, lui fit lever la tête. Il vit alors le corps frétillant d'une petite chienne marron de la race des Nations Unies, aux petits yeux brillants et aux oreilles qui, grâce à un de ses ancêtres, étaient tombantes.

– Qui es-tu ? lui demanda William Black.

La chienne entra, sauta sur le lit, s'y installa et lui dit timidement qu'elle s'appelait Lucy.

Millie et Curley

Tôt le lendemain matin, le gardien qui avait pour tâche de rassembler les chevaux amena les chameaux de Lonergan. En fait, ils étaient les descendants des premiers dromadaires à une bosse importés dans le pays, mais quand un mot réclame un léger effort de prononciation, on lui préfère généralement un mot plus court et inexact en Australie.

Millie et Curley étaient dans un état satisfaisant, et Bony les trouva dans un parc protégé par une haute barrière, en train de ruminer placidement, une lueur de résignation dans le regard à cause du dur travail qu'ils allaient devoir fournir. Millie était plus claire que son petit ami, et tous deux paraissaient dociles. Millie avait son anneau passé dans les naseaux, mais Curley portait un solide licol de cuir et les lambeaux de chair qui pendaient de ses naseaux étaient éloquents.

– Vous savez vous y prendre avec les chameaux, je suppose, dit Weatherby.

Avec son frère, il s'était approché de Bony, près de la barrière. Le cadet était plus svelte que lui, il avait les yeux et les cheveux encore plus foncés et il n'avait pas la placidité apparente de son frère.

– Oui, reconnut Bony avant de reporter son regard sur les chameaux.

– Ils sont assez calmes, mais un peu capricieux. Vous avez fait l'inventaire des affaires de votre oncle ?

– De la plupart de ses affaires, je crois. Il manque les pièges. Le vieux ne les a pas rapportés.

Un silence lui répondit, peut-être parce que les deux hommes étaient en train de s'intéresser aux chameaux. Finalement, le plus jeune dit :

– Comme personne ne sait où le vieux Patsy posait ses pièges, il vous faudra y renoncer.

– Ça, on dirait, ajouta son frère. Je suppose que même les Abos ne savent pas où le vieux farceur est allé les poser la dernière fois. Sûrement à l'ouest, parce que c'est par là qu'il y a des chiens cette année. Hé ! Ringer ! Viens ici.

Le chef des gardiens de troupeaux, qui faisait sortir une jument sellée du parc, s'approcha de son employeur. Il avait l'air dur et compétent ce matin.

– T'as une idée de l'endroit où le vieux Patsy a posé ses pièges, la dernière fois ? lui demanda Weatherby.

Ringer sourit et, du pied, il souleva de la poussière.

– Sais pas, répondit-il. Le vieux Patsy malin. Tommy a vu traces de chameaux derrière l'Aiguille... juste avant la pluie. Possible que le vieux Patsy allé dans les salins, là-bas.

– Très bien, Ringer. Continue à travailler, et n'oublie pas d'aller voir au Trou du Maçon.

– Ces pièges n'en valent pas vraiment la peine, même si vous saviez où les chercher, remarqua le jeune Weatherby en se roulant une cigarette.

Bony se tourna nonchalamment vers lui, le visage inexpressif, pour répondre à l'attente des deux frères. Ce jeune Weatherby semblait avoir un caractère plus trempé que son aîné, et on avait l'impression qu'il avait évolué dans un milieu bien différent. Il avait beau avoir une tenue d'équitation et cet air chevalin commun à tous les éleveurs, il lui manquait de l'aisance.

– Il vaut quand même mieux que je les retrouve, s'obstina William Black. L'avoué a dit que je devais rapporter tout ce qui appartenait à mon oncle.

– Ces gens-là ne méritent pas qu'on se donne du mal et qu'on perde son temps, insista le cadet. Mais si vous y tenez...

Se laissant glisser de la barrière, il se dirigea vers la maison, le corps tout droit, les jambes raides. L'aîné dit :

– Le vieux Patsy faisait le trappeur depuis des années dans la région. Personne ne lui a jamais demandé où il posait ses pièges. Si vous devez les chercher, Black, juste pour faire plaisir à un avoué, je vous conseille d'aller à l'Aiguille et de suivre les traces des chameaux à partir de là... si vous y arrivez, parce qu'il a beaucoup plu depuis que Tommy est allé là-bas.

– Où est cette Aiguille, monsieur Weatherby ?

– Vous prenez la piste de Rawlinna, derrière le camp des Noirs, et vous la suivez sur cinq kilomètres à peu près. Là, il y a un embranchement qui va vers un forage, à dix kilomètres. Il n'y a plus de piste après le forage, mais continuez pendant vingt kilomètres jusqu'à ce que vous arriviez à un éclat de roche que nous appelons l'Aiguille. Il n'y a pas d'eau, sauf dans les anfractuosités. Il faudra que vous emportiez tout ce que vous pourrez sans trop vous charger. L'eau du Plateau d'Argile est trop salée pour les gens mais les chameaux peuvent la boire. (Weatherby glissa à terre.) En tout cas, finissez cet inventaire pour qu'on puisse tout régler avant votre départ. Et puis, suivez mon conseil et oubliez ces pièges.

Bony resta juché sur la barrière, comme un homme confronté à un problème. Lucy arriva, se faufila sous la barrière et se pavana dans le parc, au milieu des chameaux, passant entre leurs grosses pattes plates avec la familiarité que permet la camaraderie.

La demande d'inventaire des affaires de Lonergan était raisonnable. Ce n'était pas un gros travail, et la liste ne devait pas obligatoirement comporter le contenu d'une petite valise abîmée qu'il avait trouvée sous le lit.

La bonne volonté qu'ils avaient manifestée pour lui amener les chameaux était également normale, tout comme l'exposé des difficultés qu'il rencontrerait en cherchant les pièges du défunt. L'attitude des Weatherby envers lui, William Black, était normale. L'atmosphère qui régnait au domaine était elle aussi normale.

Il y avait cependant quelque chose de curieux. La veille, le chef des gardiens de troupeaux avait dit qu'on trouvait des chiens sauvages au nord de la propriété. Ce matin, il avait confirmé l'affirmation de Weatherby selon laquelle les chiens se trouvaient dans les salins, à l'ouest.

Bony retourna à la cabane du vieux trappeur, acheva l'inventaire et vérifia les conserves et les autres choses que Lonergan avait laissées dans les sacoches de selle et dans le garde-manger. Puis, emportant les solides sacs à provisions en calicot, il se dirigea vers l'arrière de la maison d'habitation pour acheter ce qu'il lui fallait.

Une servante aborigène lui dit d'aller à l'entrepôt où Mme Weatherby le servirait. Il attendait déjà depuis quelques minutes quand la plus jeune des femmes apparut et le fit entrer. Les yeux interrogateurs le regardaient sans intérêt particulier et, à en juger par leur expression, il se dit que cette femme ne devait jamais sourire.

– Qu'est-ce que vous voulez ? lui demanda-t-elle sèchement.

Il commença à lui acheter de la farine, du sucre, du thé, des boîtes de viande et de jambon, du sel, des sauces, du tabac, du papier à cigarettes et des allumettes.

– M. Weatherby acceptera peut-être de déduire le montant de ce qu'il devait à mon oncle, suggéra William Black, et la femme acquiesça et poussa vers lui le registre pour qu'il le signe. Et puis j'ai terminé l'inventaire, ajouta-t-il.

– Alors je vais en faire un double. Attendez.

Elle tapa à la machine à une vitesse professionnelle pendant que Bony s'adossait à une pile de caisses et se demandait s'il ne l'avait pas déjà vue avant de venir à Mount Singular. Son mari, le plus jeune des Weatherby, s'interposa dans son esprit et lui rappela vaguement quelque chose, mais tout cela ne lui donnait pas sa réponse. La machine éjecta le carbone et le papier, et Mme Weatherby trempa une plume dans de l'encre et la lui présenta en disant :

– Vous écrivez très bien, Black.

C'était là une erreur, une légère erreur, dans la composition du personnage de métis itinérant, une petite faille dans un travail par ailleurs parfait, et il en fut ennuyé. A cela s'ajoutait la contrariété causée par son incapacité à rappeler ses souvenirs.

– J'aimais bien l'écriture, à l'école, dit-il. J'étais pas très bon pour le reste. (Il signa les deux feuilles dactylographiées et reprit sa liste manuscrite.) M. Weatherby doit la signer aussi, dit-il. L'avoué...

– Ne vous embêtez pas avec ces gens-là, Black. (Ses grands yeux n'étaient que des taches marron sans aucune expression. Bony s'étonna de cette absence d'expressivité.) Je vais demander à M. Weatherby de signer ça tout de suite, et vous pourrez en emporter un exemplaire avant de partir. Tous les hommes de loi aiment bien faire des histoires, vous savez. Il ne faut pas faire trop attention à ce qu'ils disent.

Il réussit à imiter le sourire de quelqu'un qui a honte de son obstination, il la remercia avec simplicité et emporta les provisions à la cabane. Là, il entreprit de sortir son matériel pour le charger sur les chameaux. Lucy accourut à sa rencontre quand il se dirigea vers les parcs.

Il lança habilement, par-dessus la tête de Millie, la lanière nasale, une corde légère dans laquelle était passée une ficelle formant une boucle. Il fit baisser la tête à la chamelle pour glisser la boucle dans l'anneau de ses naseaux. Elle voulait mordiller l'oreille droite de Bony, mais sans aucune méchanceté. L'extrémité de la lanière nasale pendit à terre pendant qu'il s'occupait de Curley, et, au grand amusement de Bony, la chienne attrapa délicatement la corde et conduisit Millie à la barrière du parc.

Il fallait procéder différemment pour Curley. Il leva bien haut sa grosse tête et ses yeux flamboyèrent de révolte quand Bony l'approcha. Quand il était jeune, on l'avait cruellement traité, et c'est en essayant d'esquiver des coups sur la tête que l'anneau passé dans ses naseaux avait été arraché. Comme le chat, le chameau ne peut jamais être complètement domestiqué et, comme l'éléphant, il n'oublie jamais rien.

Bony réussit à attraper le bout de la courte lanière qui pendait de son licol et il tira dessus pour faire un peu baisser la tête à l'animal afin de fixer la longe. La chienne abandonna Millie à la barrière et s'approcha de Bony en aboyant. Il laissa tomber la longe et Lucy l'attrapa entre ses crocs. Docilement, Curley la suivit et alla rejoindre Millie.

La chienne ne pouvait conduire deux chameaux en même temps, Bony s'en chargea donc, les emmenant devant la cabane. Là, il fit tomber Millie sur les genoux à côté de la selle de monte qu'elle devait porter. Elle ne se baissa pas avec enthousiasme. En fait, elle jouait la comédie, et toute personne intelligente s'intéressant un tant soit peu à la psychologie des chameaux pouvait comprendre son petit jeu.

De temps en temps, elle faisait semblant de vouloir se relever. Elle soulevait la selle de sa bosse en simulant la douleur. Elle gémit lorsque la selle fut fixée sous sa poitrine et sous son cou de serpent. On aurait pu penser qu'on la traitait d'une manière parfaitement indigne. Cette comédie était jouée au seul profit de Curley. Curley était le mauvais garçon dont la colère devait être attisée. Ainsi, quand son tour viendrait, il en ferait voir de toutes les couleurs à ce bipède qui forçait Millie à travailler. Les chevaux sont incapables de tenir un tel raisonnement. A côté du chameau, le cheval n'a pas de cervelle.

Comme prévu, Curley était prêt pour la bagarre quand vint son tour. Il piaffa et blatéra quand Bony tira sur la longe pour le faire baisser. Il tomba sur un genou, se releva, tomba sur l'autre genou. Il rugit et sautilla. Et Millie observa la scène, ses yeux disant clairement à Bony : « Alors, tu es content ? »

Sans se presser, Bony attrapa une corde et en passa une extrémité derrière les pattes de Curley. Le chameau comprit que s'il continuait à se rebeller il serait attaché. Donc, sans qu'on le lui ordonne, il tomba à genoux, grogna et se plaça à côté de sa selle de bât. Le jeu était terminé. Millie ricana de mépris. Un lion, ça ? Bah ! Un agneau, voilà tout.

La charge devait être précisément équilibrée. De chaque côté du bât rempli de paille était accrochés les sacoches et les bidons d'eau. Par-dessus étaient empilées les provisions, les couvertures, la tente, et le tout était ensuite bien amarré. Sous le cordage était fixée la hache, et pour contrebalancer ce poids il y avait les douze piquets de tente en fer et le mât télescopique. La selle de monte métallique était pourvue d'un sac qui servait de coussin. On s'asseyait derrière la bosse et, devant, on plaçait le garde-manger, avec la nourriture et les ustensiles les plus utilisés. Un autre sac contenant une poêle à frire et des conserves était attaché à la selle, avec le fusil pour faire contrepoids de l'autre côté.

Tout cela prit un certain temps. L'équipement était en assez bon état, mais c'était surtout le fusil qui était un vrai bijou et qui avait été la fierté du vieux Lonergan. Un Savage calibre 25, une arme très puissante qu'on transportait dans un étui souple en cuir.

– On dirait que vous savez vous y prendre avec ces brutes, observa l'aîné des Weatherby, qui s'était approché derrière Bony. Voilà votre exemplaire signé de l'inventaire. Vous êtes toujours décidé à partir à la recherche des pièges du vieux ?

Bony opina et regarda ses pieds, puis leva les yeux en évitant de croiser le regard du grand gaillard.

– Il faut que je tente le coup, monsieur Weatherby. Juste pour dire que j'ai essayé. Je suis la piste qui est derrière le camp des Noirs sur cinq kilomètres, ensuite, je la quitte et j'en prends une qui va vers l'ouest et arrive au forage. C'est ça ?

– C'est ça. Et du forage, il y a vingt kilomètres pour arriver à l'Aiguille. Et il n'y a pas de point d'eau après le forage.

– Je vais quand même tenter le coup.

– Si vous vous sentez obligé de le faire.

Prudent jusqu'au bout, Bony donna des coups de pied dans la poussière, contempla l'exploitation en ayant l'air triste de la quitter, s'essaya à un sourire timide et dit :

– Je crois qu'une fois arrivé au forage, je vais me donner un jour pour chercher ces pièges, et ensuite, je prendrai vers le sud pour rejoindre Rawlinna.

– Bonne idée. Vous allez perdre votre temps à les chercher, Black.

Bony fit lever les chameaux. Il attacha l'extrémité de la longe de Curley à la selle de monte et attrapa la lanière nasale de Millie. Il conduisit alors les deux animaux qui avançaient l'un derrière l'autre et il les fit sortir du domaine, passer devant le hangar des moteurs et le bâtiment des employés, qui semblait entièrement inoccupé, puis contourner le camp des Aborigènes. Il y avait là des sacs et des abris contre le vent, et des feux qui fumaient, autour desquels étaient accroupis femmes et enfants, silencieux, intéressés par le départ de cet étrange homme du Diamantina.

Dix minutes plus tard, Bony marchait toujours, la lanière nasale retenue au creux de son bras. Millie ruminait avec résignation. Curley continuait à gémir. Lucy courait en avant, tournant sans cesse la tête.

Ainsi donc commençaient la recherche des pièges de Lonergan et celle du camp qu'il avait baptisé Gros Plateau d'Argile, le camp d'où il avait vu l'hélicoptère inconnu, bref la recherche d'un grain de poussière dans un grand vide.

Les copains de Lonergan

Ce n'est pas agréable de savoir qu'on est suivi. Entendre des pas derrière soi, des pas qui changent de rythme quand vous modifiez votre allure, est particulièrement sinistre, surtout quand la nuit est noire et que les rues ne sont pas bien éclairées. Bony ne pouvait pas entendre le bruit de pas derrière sa petite caravane car la piste sinueuse n'était pas en terre dure. Il s'attendait cependant à être suivi, et ses soupçons étaient constamment nourris par le comportement des oiseaux.

La piste ressemblait au chemin d'un escargot, serpentant entre des bosquets d'arbres nains, contournant un roc de temps à autre, traversant des dépressions peu profondes dans lesquelles poussaient d'épais jujubiers.

Au bout d'environ deux kilomètres, Lucy bifurqua et attendit près d'un buisson qu'ils la rejoignent.

Bony ne s'arrêta pas et ne l'appela pas, mais continua tout droit, et tout de suite Millie commença à tirer doucement sur sa lanière nasale et à pousser des gémissements étouffés pour faire comprendre qu'elle ne voulait plus avancer. Curley était encore plus réticent. Il blatéra et marcha de côté, piaffa et agita l'arrière-train sous sa charge dans l'espoir qu'elle serait déséquilibrée et tomberait.

Prenant soin de ne trahir aucune curiosité devant cette volonté de changer de cap, Bony continua résolument à avancer sur la piste. L'attitude de Curley le forçait constamment à se retourner et il en profitait pour chercher les indices d'une présence étrangère.

Il y a deux raisons pour lesquelles un chameau se rebelle : quand il doit quitter le pré habituel et quand il doit parcourir une région qui n'a pas été récemment visitée, ou qui ne l'a jamais été. Comme la chienne, les chameaux voulaient prendre cet embranchement – réduit à un simple sentier par les pluies – parce que c'était celui que le vieux Lonergan leur avait fait emprunter. Vers le nord, et non pas vers les salins de l'ouest.

Extérieurement, les chameaux semblaient s'être résignés en arrivant à l'embranchement. La piste principale continuait vers le sud. Bony suivit la piste moins importante qui le mènerait au forage, à dix kilomètres, et il décida de poursuivre à pied pour pouvoir mieux surveiller les chameaux qui, bien que dociles, maintenant, avaient toujours une lueur de colère dans les yeux.

De temps à autre, il s'arrêtait, vérifiait les cordes qui attachaient le fardeau de Curley, prenant l'air nerveux en s'assurant du bon équilibre de la charge, et il en profitait pour écouter les oiseaux. Ils ne cessaient de l'avertir que quelqu'un le suivait. Il fut convaincu que c'était pour voir s'il allait bien se diriger vers le forage.

Pourquoi s'intéressait-on à la direction qu'il prenait ? Le chef des gardiens de troupeaux lui avait dit que les chiens se trouvaient au nord de la propriété, puis, pour confirmer les dires des Weatherby, il avait affirmé qu'ils pullulaient à l'ouest. Et, de plus, qu'un Aborigène avait vu les traces des chameaux de Lonergan à l'ouest d'un roc dénommé l'Aiguille.

Pourquoi déployer tous ces efforts pour l'empêcher, lui, William Black, de se diriger vers le nord ? C'était au nord de la propriété que Lonergan avait posé ses pièges. Lucy et les chameaux le faisaient clairement comprendre. Et si c'était une histoire d'or ? Est-ce que l'or avait inspiré ce complot destiné à chasser William Black de cette région et à le renvoyer à Rawlinna ? Le vieux Patsy avait très bien pu trouver de l'or. Il avait pu parler de cette « trouvaille » aux Weatherby, même s'il ne leur avait probablement pas indiqué l'endroit précis. Ou bien étaient-ils, malgré l'aspect ordinaire de leur propriété, associés à ce mystérieux hélicoptère ?

Ils n'avaient jamais dit à Easter que Lonergan avait vu un hélicoptère. C'était là une nouvelle d'importance dans la brousse, et le vieil homme en avait probablement parlé. Mais pour des raisons mystérieuses, ils avaient décidé d'enterrer le sujet avec le vieux Patsy, sans savoir qu'il tenait un journal.

En tout cas, on veillait à ce que William Black quitte les lieux. Il en avait maintenant la certitude, parce que, même si certains oiseaux sont de fieffés menteurs en ce qui concerne leurs propres affaires, ils ne se mentent jamais au sujet des activités des bipèdes ou des quadrupèdes tels que les chiens et les renards.

Les oiseaux dirent à Bony que celui qui le suivait avait abandonné à environ cinq kilomètres du forage, mais il n'en était pas moins indispensable de laisser des traces prouvant qu'il était arrivé jusqu'au forage avec les chameaux et qu'il avait continué encore plus loin. Par conséquent, tout le long du chemin, les chameaux laissèrent des empreintes sur le sol sablonneux.

Il était plus de deux heures lorsqu'il atteignit le forage. C'était un puits qui nécessitait une pompe et une éolienne pour la faire fonctionner. Le paysage n'était pas très beau, il était semi-aride, avec des couleurs ternes, des broussailles rabougries et presque inutiles pour les troupeaux. Il y avait de l'eau dans l'abreuvoir, mais pas un seul chien sauvage n'était venu là depuis qu'il avait plu, une ou deux semaines plus tôt, et il n'y avait aucune trace en direction de la propriété.

Après avoir mangé et accordé une heure de repos aux chameaux, Bony les conduisit directement à l'ouest. Il n'y avait plus de route, maintenant, et plus il avançait, plus le paysage était désolé. Malgré la pluie récente, il n'y avait pas d'eau en surface.

A dix kilomètres du forage, Bony décida de camper pour la nuit au bord d'une dépression. Il déchargea les animaux au milieu de buissons chétifs et les emmena aux chénopodes pour les entraver et leur accrocher des clochettes.

Comme d'habitude, ils se faisaient face et conversaient du regard, échangeant manifestement leurs points de vue sur ce nouveau maître, cette affreuse région qui pourrait leur réserver d'horribles surprises et sur les embêtements de la vie en général. Lucy s'assit à côté du feu que fit Bony et elle les surveilla. Quand la conférence fut terminée, les deux chameaux feignirent la satisfaction jusqu'au moment où ils se dirent que l'homme les avait oubliés. Ils se dirigèrent alors soudain vers les broussailles, à l'est, pour rejoindre les prés de la propriété, et on pouvait uniquement les repérer au son de plus en plus faible de leurs clochettes.

Un chameau chargé marchera toute la journée en faisant quatre kilomètres à l'heure. Un chameau entravé fera un kilomètre et demi à l'heure s'il est poussé par un besoin irrésistible de retourner à un endroit précis. Dans cette région, toute distance se mesure à l'heure, seuls les initiés peuvent espérer se déplacer d'un point à un autre, et seuls les maîtres de la brousse savent trouver de l'eau. Il n'y avait aucun repère, seulement des broussailles brunes et, de temps à autre, un arbre vert foncé qui s'élevait un peu plus haut que le reste. Il n'y avait pas de lapins et Bony était persuadé que les chiens et les renards étaient partis depuis bien longtemps.

Avant le coucher du soleil, Bony alla chercher les chameaux et les ramena au camp. Là, il les attacha pour la nuit à de solides arbustes. Le léger vent d'ouest tomba et seul le tintement occasionnel d'une clochette troublait le silence absolu. La région était désertée, même par les oiseaux.

Le lendemain matin, ils se mirent en route avant le lever du soleil. Les deux chameaux étaient encore furieux. Au cas où quelqu'un de la propriété essaierait de suivre les traces de William Black jusqu'à son premier camp, Bony conduisit directement les animaux au sud-est, en direction de la ville éloignée de Rawlinna, montrant ainsi qu'il avait décidé d'abandonner la recherche des pièges et qu'il retournait à Norseman. Il parcourut trois kilomètres avant de modifier sa trajectoire et de prendre à l'ouest. Il fit encore un kilomètre et demi, puis il prit au nord pour décrire un immense arc de cercle qui allait l'emmener dans la plaine de Nullarbor, à une trentaine de kilomètres au nord de Mount Singular.

Que de longues distances parcourues, que d'heures passées à faire des kilomètres, pour abuser celui qui le suivait.

Une fois sur la piste du nord, les chameaux se transformèrent en petits lords Fauntleroy, quand bien même ils avaient faim et n'avaient plus rien à ruminer. Lucy manifesta sa joie en trottant en tête. Le soleil brillait et chauffait, les mouches étaient moins irritantes, et tout allait bien. Bony put monter Millie, qui avança d'un pas rythmé, comme une jeune fille qui prend plaisir à faire bouger sa jupe pour se montrer à son avantage. Curley la suivait, la tête haute, les yeux brillants, affamé, et son accès de rébellion était passé.

Vers quatre heures, il débouchèrent sur des herbages bordés d'acacias tout dorés, en fin de floraison, et quelques minutes plus tard Lucy s'assit brusquement et sourit à Bony. Elle s'était assise au milieu d'un étroit chemin sur lequel la pluie n'avait pas entièrement effacé les traces de chameaux. Millie manifesta le désir d'emprunter ce chemin qui conduisait à la propriété. Bony dut mettre pied à terre pour la forcer à avancer vers le nord, et une demi-heure plus tard il aperçut cinq santals au-delà desquels il n'y avait rien d'autre que le ciel.

Ces cinq arbres magnifiques semblaient gardés par de gros blocs de pierre. Là, Bony trouva les traces d'un camp de chamelier.

L'endroit était à la pointe d'un promontoire qui surplombait la Nullarbor. Il y avait des marguerites vivaces, des buissons de molènes, des jujubiers luxuriants et d'autres plantes qui constituaient une nourriture exquise pour les chameaux. Bony déchargea et entrava Millie et Curley, pas assez vite à leur goût, toutefois.

C'était le camp de Bois de Santal, celui qui était indiqué dans le journal, le second en partant de la propriété. Dans un abri naturel constitué par trois blocs de pierre, il y avait un amas de cendres prouvant que le vieux Patsy Lonergan solitaire y avait allumé nombre de feux, et ce fut là que sa personnalité se dévoila pour la première fois à Bony.

Il attendit la fin de la journée pour attacher chaque chameau à un arbre. Ils étaient fatigués, repus, placides, prêts à passer la nuit dans ce camp. Une fois l'obscurité venue, il distinguait leur silhouette pâle, et ils pouvaient le voir accroupi près de son feu, en train de pétrir de la pâte au levain et de la déposer dans un lit de cendres chaudes. C'est alors que Curley, tout d'abord, puis Millie commencèrent à s'agiter. Ils se levaient, se baissaient, se relevaient, et trahissaient les signes d'une émotion de plus en plus forte.

Les fourmis ne pouvaient pas en être la cause. Ils

n'avaient certainement plus faim. Ils avaient été habitués à passer trois jours sans boire, donc la soif ne devait pas les tenailler.

Pendant que le pain cuisait, Bony ouvrit une boîte de viande pour le chien et lui. Il avait placé le garde-manger de façon qu'il soit éclairé par le feu, et, devant, il avait étalé la nappe de Lonergan, un carré de toile d'un mètre de côté. Lucy vint se tapir près de lui pour l'observer, et quand il lui proposa de la viande dans la boîte ouverte, elle fronça le nez et prit l'air offensé.

Bony mangea et elle continua à le regarder d'un air suppliant jusqu'au moment où il crut savoir ce qui l'embêtait. La viande devait être coupée et placée dans une assiette en fer-blanc. Elle se mit alors à manger délicatement, puis demanda une morceau de croûte de pain. Bony fut étonné de la voir aller immédiatement l'apporter à Curley.

Curley cessa de gémir. La chienne revint et quémanda un autre morceau de pain qu'elle apporta à Millie. Ensuite, les deux chameaux s'installèrent par terre et ne remuèrent presque plus jusqu'à l'aube.

Voilà qui trahissait une facette de la personnalité du défunt. Sa chienne mangeait dans une assiette et ses chameaux devaient se faire apporter un morceau de pain tous les soirs par la chienne. Le vieil homme devait sans aucun doute converser avec ses trois animaux. Assurément, la conversation devait être à sens unique, opinions, questions et réponses étant verbalement formulées par le même individu, mais il y avait sûrement quand même un échange de pensées.

Ces trois animaux étaient maintenant dans un lieu qu'ils connaissaient, et ils réclamaient les attentions qu'on leur prodiguait normalement à cet endroit. La nuit précédente, dans les salins, la chienne n'avait pas réclamé d'assiette et les chameaux n'avaient pas demandé de croûte de pain.

Après avoir lavé le peu de vaisselle qu'il avait utilisée, Bony fouilla dans les cendres avec un bâton et retira la miche de pain qui était maintenant parfaitement cuite. Il entendit le léger gargouillis provoqué par la nourriture ruminée qui remontait du long cou des chameaux jusqu'à leur gorge. Les étoiles étaient des lampes parfaites. Un peu plus loin, un renard glapit, et sur une branche de santal, un podarge de Cuvier lança son cri.

Comme l'homme l'avait fait de toute éternité, Bony s'accroupit devant le petit feu, poussant de temps à autre les extrémités rougeoyantes des bouts de bois vers le centre du foyer. C'était un moment privilégié pour réfléchir, pour se relaxer mentalement, pour laisser pensées essentielles et images se mêler dans son esprit. Il y avait des questions tout au fond de lui et elles s'étaient manifestées par intermittence tout au long de la journée.

Pourquoi avait-on essayé de le détourner de la lisière nord de la Nullarbor ? Cette région était vraiment hostile à l'homme. Peut-être la réponse était-elle l'uranium, et non pas l'or. Mais même si on y trouvait de l'uranium ou de l'or, quelle était la nécessité d'utiliser un hélicoptère en secret ?

Y avait-il bien un hélicoptère ? Si l'imagination de Lonergan l'avait entraîné à mentionner un hélicoptère dans son journal, était-ce une pure coïncidence s'il l'avait fait le soir de la disparition de la jeune femme ? De deux choses l'une : ou bien c'était la vérité, ou bien il avait rêvé. Bony aurait la réponse à cette question s'il arrivait à savoir quel était l'état de santé mentale de Lonergan.

Les rapports qu'il avait lus sur lui, déclarations des parents du défunt, rapport du policier de Norseman et affirmations du gérant de l'hôtel, contribuaient à en donner une seule image. Lonergan avait beau être vieux, il était encore très résistant. Après une longue abstinence, une fois lancé, il pouvait boire bien plus que ceux qui avaient la moitié de son âge, et, quel que soit son état, il était capable de parler intelligiblement. Le policier de Norseman avait affirmé que le vieil homme avait trop longtemps vécu en solitaire, que son esprit vagabondait quand on lui demandait quelque chose, mais que ce n'était pas dans le but d'éluder les questions.

Pour Bony, c'était là le problème. Le journal prouvait qu'il avait délibérément voulu cacher ce qui se passait au cours de ses voyages. Il le faisait peut-être depuis des années. Mais on devait cependant tenir compte des effets de la solitude, car elle produit des effets extraordinaires, même si les psychologues ne tiennent pas toujours compte d'un certain nombre d'entre eux. Voilà sur quelles bases devait partir Bony, il devait remettre en question l'exactitude des notes du journal.

Les chameaux et la chienne accueillirent la journée du lendemain avec l'absence d'irritation qui prévaut lorsqu'on s'en tient à la routine. Millie se mit à genoux sans protester et laissa Bony s'installer derrière sa bosse. Curley jeta un regard affable sur le camp et décida de bien se conduire. Lucy considéra homme et animaux, puis ouvrit la route... vers le nord. La famille était harmonieusement reconstituée. Le soleil se leva à l'endroit habituel, dans un ciel pur.

Pendant une heure, ils avancèrent le long d'une bande de terre qui surplombait la Nullarbor, puis Lucy leur fit descendre la pente douce d'un chemin qui menait à la plaine. Ensuite, ils continuèrent vers le nord.

Bony devait maintenant se reposer entièrement sur la chienne et sur les chameaux pour le conduire dans les camps successifs de Patsy Lonergan.

Lonergan avait écrit : « Rien dans les pièges à Rocher au Filao. »

Ils arrivèrent à un grand rocher qui semblait avoir voulu se coller à un arbre. L'arbre était un filao, et à son pied il y avait un piège qui contenait un renard doré. Lucy flaira la carcasse, puis leva la tête vers Bony. William Black pouvait encore être suivi, par conséquent, Bony se laissa glisser de la haute selle et il libéra la tête du renard, qui devait faire dans les deux livres. Il accrocha alors le piège à l'arbre.

Sans prendre la peine de faire s'agenouiller Millie, Bony se hissa sur la selle et ils reprirent leur route. Il ne faisait rien pour conduire ou guider la petite caravane. La chamelle suivait la chienne, et parfois la chienne suivait Curley. Le chemin serrait de près la « côte » avec ses falaises abruptes, ses promontoires, ses « bras de mer » et ses petites îles au « large ».

A un moment donné, Millie dévia vers la falaise

et s'arrêta au pied d'un ancien glissement de terrain. Bony en fut étonné parce que le journal ne signalait pas cet endroit. A pied, il fit des recherches et découvrit que la roche contenait du quartz, et que Lonergan s'était arrêté pour le gratter et voir s'il n'y avait pas de l'or. Les chameaux n'avaient pas oublié qu'ils avaient pu se reposer un moment à cet endroit.

La même chose se passa vers le crépuscule. Les deux chameaux s'arrêtèrent sur un sol de sable blanc surmonté d'une saillie rocheuse qui semblait dangereuse à Bony. Il ne trouvait pas que c'était l'endroit idéal pour camper, mais Curley s'agenouilla et se mit à bâiller, et Millie regarda celui qui la montait et imita Curley. Bony aurait voulu continuer, mais du regard les deux chameaux lui disaient clairement : « C'est là que nous avons campé la dernière fois. Alors, qu'est-ce qu'on fait ? »

Déchargés, entravés, et ayant de quoi bien brouter, les chameaux tinrent conseil, comme d'habitude, et quand ils se furent mis d'accord, ils se tournèrent vers le sud et s'éloignèrent.

– Si vous ne vous installez pas, on continue jusqu'à la tombée de la nuit, leur dit Bony.

Ils ne lui jetèrent même pas un regard. Curley marquait une pause de temps à autre pour arracher un peu de fourrage, mais Millie fit à peu près deux cents mètres sans s'arrêter. Curley se rendit alors compte qu'il avait été distancé. Il blatéra et se précipita en avant, avec ses pattes entravées, pour la rattraper.

Finalement, ils disparurent dans un ravin et, de

crainte qu'ils ne grimpent sur le plateau, Bony alla les rejoindre avec la lanière nasale et la longe.

Il les trouva dans ce qui était en fait une étroite crevasse flanquée de parois rocheuses à pic. Ils lui faisaient face et l'attendaient avec une impatience manifeste. Il découvrit alors le trou. Il était recouvert de bois brut maintenu en place par des éclats de roche, pour empêcher les animaux sauvages de tomber au fond et de polluer l'eau qui s'y trouvait. Ça voulait dire qu'il lui fallait retourner au camp pour chercher un seau.

Finalement, les chameaux s'affaissèrent et passèrent une demi-heure à ruminer après avoir bu. Pendant ce temps, Bony sirota du thé chaud et observa les ombres de la falaise, qui couraient sur la plaine. Il fit bientôt nuit et les clochettes tintèrent joyeusement, annonçant que les chameaux se nourrissaient à moins d'une centaine de mètres. Ensuite, les clochettes sonnèrent différemment, faisant savoir que les animaux se pressaient de rentrer au camp. Leurs têtes apparurent à la lueur du feu, alignées, attendant que Bony donne à la chienne les morceaux de pain qu'elle leur apporterait.

Ainsi donc Bony fut emmené dans les camps du vieux Patsy Lonergan, sans route qu'il pouvait suivre, sans traces qui pouvaient le conduire. Il arriva au camp de la Clochette Perdue, à un autre qui était baptisé les Délices de Menzies, et Bony se demanda ce qui pouvait bien ravir M. Menzies[1] dans cet endroit nu et sans aucune protection. Il fut

1. Sir Robert Gordon Menzies, premier Ministre d'Australie de 1939 à 1941 et de 1949 à 1966. *(N.d.T.)*

emmené à Trois Chénopodes, où un dingo avait traîné un piège sur plus d'un kilomètre et demi, et le lendemain à Gros Plateau d'Argile, un endroit qu'on ne voyait pas de la « côte ». C'était le camp où le vieux Lonergan avait vu l'hélicoptère, d'après son journal.

Ayant comptabilisé les heures de voyage, puis les ayant multipliées par la distance moyenne que les chameaux parcouraient en une heure, Bony estima qu'il se trouvait maintenant à cent cinquante kilomètres de Mount Singular.

Prenez garde à Ganba

Sur cette terre gris et pourpre, apparemment parfaitement plate et circulaire, il n'y avait rien de plus haut que la tête de Bony. Toute la journée, l'homme et les animaux s'étaient déplacés sur cette mer de chénopodes qui ne dépassaient jamais le genou de Curley, et comme il n'y avait pas d'autre repère, il fallait que Bony fixe les arbustes pour se rendre compte qu'ils avançaient.

Peu après cinq heures, quand, à l'ouest, tous les arbustes virèrent au violet et, à l'est, au gris argenté, une fine barre sombre apparut devant eux ; elle s'épaissit lentement et, finalement, s'élargit pour révéler une dépression circulaire qui avait un diamètre de huit cents mètres, le niveau du sol étant à environ trois mètres cinquante au-dessous de celui de la plaine.

Bony devina qu'il s'agissait du Trou du Pied-Bot, et une enquête ultérieure prouva que Lonergan avait baptisé l'endroit après avoir découvert les restes d'un dingo qui avait été pris au piège et avait réussi à se libérer. Sa patte antérieure gauche justifiait ce surnom, car son extrémité n'était qu'un simple pilon.

Après des jours et des nuits dans cette plaine qui n'offrait strictement aucune protection, le Trou du Pied-Bot constituait un camp idéal, et les chameaux l'apprécièrent encore plus que leur maître. Lucy les guida pour descendre du bord escarpé semblable à celui d'une falaise, et plus tard, Bony s'aperçut que c'était le seul chemin praticable pour les chameaux. Sur le sol de la dépression, il y avait de quoi brouter, et le journal mentionnait un point d'eau.

A la droite de l'endroit où ils arrivèrent, il y avait les cendres des feux de Lonergan, balayées par la pluie, et dans la face de la falaise, non loin de là, il y avait plusieurs petites grottes, l'une d'elles étant remplie des brindilles sèches que le vieux trappeur avait visiblement stockées.

Les animaux conduisirent Bony à une anfractuosité pleine d'eau. Après avoir posé sa bouilloire sur un feu, il alla explorer les grottes. Il y en avait trois sur cette portion du cercle, et dans l'une d'elles il trouva un bidon à essence de quarante-cinq litres coupé en deux. Une moitié servait à boucher l'ouverture du rocher et l'autre avait dû être utilisée pour stocker de l'eau.

Dans la première grotte, il trouva du tabac et des allumettes à l'intérieur de boîtes en fer hermétiques, des conserves de viande et de poisson, des boîtes de cartouches pour le Savage, des flacons de strychnine, des comprimés contre la douleur et des pilules pour le foie, du cuir pour faire des courroies et des entraves, et des lanières nasales.

Quel camp ! Ce qui prouvait ?... Ce qui prouvait que la dernière fois que Lonergan avait posé ses pièges, il l'avait fait selon un itinéraire habituel. Ses réserves d'eau bien protégées venaient à l'appui de cette théorie.

Le Trou du Pied-Bot était certainement un trou, un endroit où se terrer, il représentait la sécurité, à l'abri de ce quelque chose à qui on ne pouvait rien cacher, même pas les pensées qui vous venaient à l'esprit. Arriver ici, c'était un peu entrer dans une maison chaude et paisible, une fois la porte refermée sur la tempête. Une fois ici, un homme commençait à sentir l'effet de ce monde chauve et vide tourbillonnant dans l'espace. Il se rendait compte qu'il avait jeté des regards furtifs par-dessus son épaule, redoutant inconsciemment ce quelque chose qui le poursuivait, le pourchassait, l'observait, le guettait. Il repensait à une ancienne fable que les Abos racontent sur Ganba, et il n'avait plus envie de railler l'ignorance des indigènes.

Si un novice était tombé sur ce trou, il y serait resté et, après avoir mangé les provisions du vieux Lonergan, il serait mort de faim là-dedans parce qu'il aurait eu bien trop peur de repartir. Le vieux Patsy était blindé contre Ganba. Il s'était fabriqué une coquille protectrice. Son univers nu comprenait des compagnons – deux chameaux et une chienne – avec lesquels il pouvait parler, sur lesquels il pouvait exercer son autorité et par là même conserver un petit peu de son sens des valeurs. Nul doute qu'il entendait des voix, et qu'il leur répondait, mais il n'était pas déséquilibré au point de renoncer à se défendre contre la plaine.

Le vieux Lonergan n'avait pas exagéré et il n'avait rien noté d'inexact dans son journal, depuis ce Trou jusqu'à Mount Singular. Par conséquent, Bony croyait de plus en plus que la mention de l'hélicoptère reposait sur un fait bien réel. Même si le vieil homme n'avait pas noté la direction prise par l'appareil, si on faisait le lien avec la disparition de la jeune femme, il était raisonnable de supposer qu'il volait vers le nord.

Qu'est-ce qui se trouvait au nord ? Seulement des kilomètres et des kilomètres de Nullarbor, une grande plaine d'argile et de ruisseaux, et au-delà un sol qui se soulevait pour rejoindre le Grand Désert Intérieur, un désert s'étendant presque jusqu'à la côte du nord de l'Australie.

Le lendemain, Bony resta au Trou du Pied-Bot. Il fit la lessive et prit la peine de cuisiner quelque chose qui ressemblait à un ragoût. Il remonta le sentier jusqu'au sommet de la falaise, le fusil sous le bras, espérant voir un kangourou, car il avait remarqué des empreintes récentes dans le Trou. Il passa deux heures à examiner les anciens journaux et documents qu'il avait pris dans la vieille valise, sous le lit de Lonergan, dans la cabane, mais ils ne lui apprirent rien, sauf le nom des autres endroits où le trappeur avait parfois posé ses pièges.

Pour Bony, ce jour-là ressemblait à un dimanche, car la plupart des gens de la brousse font leur lessive le dimanche matin et ils lisent des journaux de courses l'après-midi. Après le coucher du soleil, il alla à nouveau chasser les kangourous, et à sa grande satisfaction, il vit quatre biches, deux jeunes kangourous de belle taille et deux jeunes cerfs, tous en train de brouter à quelque deux cents mètres de distance.

La lumière était déjà très faible. Il n'y avait pas de

vent. La surface de la plaine semblait sombrer dans un vert de plus en plus foncé et le ciel ressemblait à un dôme d'ivoire mat qui s'éclairait rapidement. Bony se mit en place et siffla un son aigu pour que les kangourous se redressent.

La détonation ne fut suivie par aucun écho, elle ressembla simplement à un énorme coup de fouet. Déposant soigneusement le fusil à côté d'un roc, Bony sortit du Trou pour s'approcher de la carcasse du jeune kangourou.

Il écorcha l'animal et abandonna le quartier de devant. En commençant à se diriger vers le Trou du Pied-Bot, il s'aperçut qu'il avait disparu dans la surface maintenant universellement noire de la plaine.

Il se retrouva en train de marcher dans une immense chambre dépourvue de murs, sous un plafond bleu et cintré. La pièce était capitonnée, non seulement pour empêcher les bruits de sortir, mais aussi pour les empêcher d'entrer. Le bruit était un mirage auditif, et le silence était réel et menaçant, pesant sur les oreilles de sorte que l'on pouvait entendre son cœur ronronner comme le moteur qu'il était.

En atteignant le bord du Trou, il s'arrêta, content de voir l'étoile rouge que formait son feu de camp, soulagé d'entendre le son des chaînes fixées aux pattes des chameaux. Il était encore sous le coup des dernières sensations qu'il avait éprouvées quand une espèce de léger bruit immobilisa son pied, prêt à amorcer la descente.

Ce n'était pas la chienne, car elle était allongée près du feu. Cela semblait venir de l'une des étoiles qui formaient la Croix du Sud. Il se déplaçait maintenant vers les Trois Sœurs, juste un murmure menaçant... oo-aï... arr-aï... oo-oo... ich-ah. Le bruit s'enfla. Il franchit la barrière du monde maintenant invisible. Il se précipita vers le Trou du Pied-Bot et vers l'homme qui se tenait au bord. Brusquement, il s'arrêta puis vira au nord et s'enfuit sous la terre où il émit grognements et grondements. Il fila dans la plaine à une vitesse redoublée, puis ralentit, s'arrêta. Où ? Impossible de le savoir. Puis il murmura et le murmure se transforma en un grondement qui dévala vers Bony et, finalement, soupira avec une joie infinie, juste derrière son dos.

Les chaînes des entraves continuaient à donner un son musical et le chien continuait à dormir près du feu. Bony se retourna, s'inclina vers la plaine de Nullarbor et dit :

– Salut à toi, Ganba ! Pas maintenant. Bonne nuit !

(Ah, l'imagination ! Et il s'agit ici d'un récit fidèle, pas d'une histoire fantastique.)

La nuit était douce et Bony dormit jusqu'au moment où les chaînes des entraves lui signalèrent que les chameaux se levaient pour prendre le petit déjeuner. Bony mangea des côtelettes de kangourou grillées, et il fit cuire de la viande pour Lucy. Lorsque le soleil embrasa l'horizon, il conduisit les chameaux hors du Trou.

Ensuite, il fit agenouiller Millie et, une fois en selle, il se contenta de se détendre et d'attendre. Lucy s'élança tout d'abord vers le sud. Il secoua la tête et la rappela. Elle courut alors vers le nord et Millie se retourna pour la suivre.

Quand le soleil annonça qu'il était un peu plus de

onze heures, Lucy leva le premier lapin que Bony avait vu depuis qu'ils avaient quitté l'exploitation. La chienne avait eu de la chance. Millie ramena ses oreilles en arrière, vers Bony, elle les redressa, puis s'occupa de ses affaires pendant dix minutes. Après quoi elle s'arrêta et posa une question. Curley s'efforçait d'avancer sur la droite, où on pouvait voir un ruban de nerpruns qui poussaient dans un large ravin.

C'était le Creux aux Nerpruns évoqué dans le journal. Bony en eut la preuve quand il trouva l'endroit où le piège avait été posé, ainsi que la carcasse du chien dont la capture était mentionnée dans le journal.

Comme les chameaux insistaient pour lui faire comprendre qu'il fallait s'y arrêter pour prendre quelque repos, Bony fit du thé et déjeuna de poisson en boîte et de pain.

En début d'après-midi, les chameaux trahirent une légère nervosité et firent très attention à l'endroit où ils posaient leurs gros pieds. Le sol était jonché d'éclats de calcaire et, çà et là, il y avait des plaques de roche nue sur le tapis de chénopodes. Le chemin serpentait beaucoup même si la direction générale restait toujours le nord. Il leur fallut deux heures pour dépasser cette large zone de grottes, de galeries et de poches d'air souterraines. Et à cinq heures, ils arrivèrent au Ruisseau de Cauchemar.

Le Ruisseau de Cauchemar était une fissure en zigzag de six mètres de largeur et d'environ trois mètres de profondeur, barrière évidente pour le voyageur qui voulait se rendre au nord. Le vieux Lonergan s'était frayé un chemin à la pelle pour descendre et remonter de l'autre côté. Il avait campé là, et Bony y campa également.

Il passa la nuit suivante au camp de la Souche de Chêne ; comme l'indiquait le journal, il n'y avait pas grand-chose à brouter pour les chameaux. Souche de Chêne ! Le nom évoquait un arbre, et il n'y en avait pas un seul à des centaines de kilomètres. Il trouva la carcasse du chiot dont avait parlé Lonergan dans son journal, mais il mit un certain temps à découvrir la souche.

Elle mesurait moins de quarante-cinq centimètres de hauteur et c'était celle d'un arbre qui était vieux quand il était mort, un arbre qui avait dû vivre avant que Guillaume Ier n'aille déranger les Saxons. La souche était tellement sèche et pourrie que Bony aurait pu la couper à la hache. Mais il s'en abstint, pensant qu'elle devait avoir eu une valeur sentimentale pour Patsy Lonergan.

Un homme déséquilibré est incapable de sentiment. Ce bois aurait fait un bon petit feu par une nuit froide. Par ailleurs, il n'y avait que des brindilles à brûler et elles se consumaient si vite qu'on avait à peine le temps de faire bouillir de l'eau. Le vieux Lonergan aimait probablement cette plaine, il devait en aimer chaque kilomètre, même si les kilomètres ne se ressemblaient pas. Il venait ici de loin en loin, et, comme Bony le faisait maintenant, il devait rester en admiration devant cette souche parce qu'elle était rare, et donc précieuse. Elle avait été la sienne, comme ce camp, comme ses autres camps, qu'il avait pris la peine de baptiser. Il la saluait probablement en arrivant et en repartant, il devait souvent y penser et se demander comment elle allait en son absence.

Bony était donc de plus en plus persuadé que le défunt avait joui d'une bonne santé mentale.

D'après les étoiles, il était onze heures et demie. Bony dormait depuis deux heures quand il rêva qu'il entendait Ganba. Un grondement d'avertissement de Lucy le réveilla. Enroulé dans ses couvertures, il se redressa à côté du feu maintenant éteint, et il distingua le bruit lointain d'un moteur qui leur arrivait du sud-ouest. Ce bruit n'était pas le chant rythmé d'un avion volant à grande altitude et il augmentait de volume, lentement. Finalement, il passa au nord-est, puis à plusieurs kilomètres à l'est du camp. Bony avait beau ne pas connaître grand-chose aux moteurs, il était sûr que ce n'était pas un avion.

Il l'entendit à nouveau brièvement avant trois heures. L'appareil était sur le chemin du retour.

Quand le jour se leva, Bony était prêt à partir, mais il laissa encore une heure aux chameaux pour qu'ils puissent se nourrir. Il se sentait d'humeur joyeuse, comme tous ceux qui voient leur intuition confirmée par des faits. Avant que le soleil ne vienne brouiller les distances avec son faisceau de lumière, Bony distingua une tache rouge-brun au-dessus de l'horizon nord. Et au-delà, peut-être à cinquante ou soixante kilomètres, la plaine de Nullarbor se terminait, car la tache rouge annonçait le sable, le sable du Grand Désert, qui, après une bonne pluie, pouvait fleurir comme l'Eden. Et à un endroit précis, gros comme une tête d'épingle sur cette vaste carte, l'appareil avait atterri, était resté un moment, et avait décollé pour rentrer à sa base. Il fallait retrouver cette tête d'épingle.

Un changement était intervenu en cet homme à la

double origine, qui s'était amorcé avec la menace furieuse de Ganba, au Trou du Pied-Bot, et s'était poursuivi avec le bruit de cet appareil. Comme toujours, les deux cultures dont Napoléon Bonaparte avait hérité guerroyaient pour gagner son âme, et c'était cette lutte même qui avait façonné l'inspecteur Bonaparte et qui, souvent, l'empêchait de se laisser influencer par la plus primitive des deux races. Quand Easter et sa femme l'avaient rencontré, il était affable, extérieurement sûr de lui, intérieurement humble, conscient, légitimement, d'avoir remporté une longue série de triomphes, pas seulement sur les malfaiteurs, mais sur la moitié de lui-même qui lui faisait peur. Maintenant, les Easter ne l'auraient pas reconnu.

A Mount Singular, il avait joué le rôle du métis à la perfection. Maintenant, il se glissait, sans effort conscient, dans le personnage de l'Aborigène pur sang, et ses instincts maternels devenaient déterminants.

A présent, ses yeux ne connaissaient plus le repos. L'expression de paisible confiance en lui qu'il arborait habituellement s'était effacée. Il jetait constamment des coups d'œil derrière lui, avait des mouvements de tête brusques, alors que d'habitude ses gestes étaient mesurés. L'influence de la plaine se faisait enfin sentir. Elle était forte sur les Aborigènes qui n'auraient pas voulu y passer une seule nuit. Et ce changement dans l'état d'esprit de l'homme se transmettait peut-être à Millie.

Aujourd'hui, elle avançait sur la pointe des pieds. Aujourd'hui, ses oreilles de chat étaient pointées vers l'arrière et elle regardait constamment à droite et à gauche.

Barrières de paille

La plaine était un pavage en mosaïque et les ombres noires qui fondaient sur les chameaux donnaient l'impression qu'ils avançaient très vite. Ce matin, le ciel était pur cadmium entre les nuages isolés, et le vent qui venait du désert du nord était chaud et parfumé, même s'il promettait chaleur et poussière.

Au milieu de la matinée, Bony aperçut quelque chose d'anormal. Il s'agissait en fait d'un ruban de paille, apparemment infini, d'une largeur de six mètres environ, et qui, par endroits, n'avait que trente centimètres d'épaisseur. Il était plus ou moins orienté est-ouest, et d'après l'état de la paille, Bony se dit qu'il devait avoir au moins un an.

La mention de la Route aux Fourrés, dans le journal de Lonergan, avait suscité son intérêt, et maintenant qu'il la voyait, il repensait à la Route de Briques Jaunes du Magicien d'Oz. Deux ou trois kilomètres plus loin, il y avait une autre route aux fourrés, et le lendemain un troisième ruban, qui avait l'air moins éprouvé par les intempéries, fournit la réponse à cette énigme.

Cette année-là, il y avait une vie et une vigueur merveilleuses dans ce qu'on appelle bêtement le *Dead Heart*, « le cœur mort » de l'Australie. Le prétendu désert donnait naissance à une profusion extraordinaire de fleurs, et la terre était couverte du tapis vert vif des fourrés.

Ces arbustes atteignent la taille d'une bouée, et quand ils meurent, ils ressemblent à une sphère de paille en filigrane. Le vent les arrache à la branche mère et les emporte. Des millions de ces boules, transportées par le vent, roulent sur le sol comme des chevaux dans une course de haies, elles viennent s'accumuler sur les obstacles jusqu'à ce que les balles suivantes puissent passer par-dessus.

A la fin de cette année fertile, le vent du nord avait déplacé les fourrés des plateaux désertiques jusqu'à la plaine, et les chénopodes leur avaient fait obstacle. Ils s'étaient alors agglutinés en une corde de plusieurs mètres de hauteur et de largeur, et cette corde de plusieurs kilomètres de longueur avait avancé. Ensuite, lorsque le vent furieux était tombé, les cordes de paille étaient restées sur place et la pluie était venue les tremper et les faire pourrir.

Le vieux Lonergan avait baptisé l'un des ses camps la Ligne de Brisbane, allusion sarcastique à un plan de défense imaginé au moment où le Japon faisait des siennes. C'était le quatrième camp au nord du Trou du Pied-Bot, et il se trouvait au sud de la barrière de paille qui, d'après Bony, devait mesurer trois mètres cinquante de haut. Aussi loin que portait son regard, à l'est et à l'ouest, il n'y avait pas d'ouverture dans cette barrière, sauf celle du camp, que le vieux trappeur avait pratiquée en donnant des coups de pelle pour l'écraser. Et elle resterait en place jusqu'à ce qu'un vent violent la déplace à nouveau.

Derrière cette muraille de paille, marcher présentait des dangers. Le sol était à nouveau jonché de pierraille. Des rocs abritaient des grottes et des couloirs souterrains. Bony vit des trous, dont certains avaient un diamètre de quelques centimètres, et d'autres de plusieurs mètres. On apercevait facilement nombre d'entre eux, tandis que d'autres étaient masqués par les chénopodes. Mais Millie connaissait le chemin, et pas une seule fois elle ne trébucha ou ne prit peur. Toute la journée, ils avaient parcouru cette région dangereuse, et Bony espérait camper à l'endroit que Lonergan avait baptisé le Clocher. L'horizon, toujours lointain, était maintenant barré par quelque chose qui ressemblait à des arêtes de rochers rouges, alors qu'en réalité il s'agissait des sommets des dunes.

Il n'y avait certainement rien, jusqu'à ces dunes, qui puisse faire penser à une église, et quand le soleil disparut derrière la plaine, l'attention de Bony fut attirée par une colonne de fumée noire, qui sortait de la terre en serpentant et semblait résulter d'une activité volcanique.

Les chameaux n'avaient pas peur de cet endroit. Millie hâta le pas pour y arriver encore plus vite. La « fumée » s'étira sans fin vers le haut, puis se retrouva plaquée à une trentaine de mètres du sol. Bony s'aperçut que c'était en fait une énorme nuée de chauves-souris. La petite troupe sortit d'une dépression comparable au Trou du Pied-Bot, et

Bony était tellement captivé par les chauves-souris qu'il faillit se retrouver par terre quand Millie tomba à genoux, bâilla et lui dit de s'occuper du camp.

Là, à quelques centimètres de la tête de la chamelle, il y avait l'endroit où Lonergan allumait ses feux de camp.

Le talus du trou qui se trouvait à côté du camp s'inclinait légèrement vers la face de la falaise, et de cette face, les chauves-souris continuaient à surgir, en nombre impossible à évaluer. Visiblement, elles habitaient dans une caverne souterraine que Bony n'avait aucune intention d'aller explorer. Il trouva le trou plein d'eau de Lonergan, et après avoir fait boire les chameaux, il alluma un feu et observa l'armée de chauves-souris qui s'échappaient de la falaise.

La nuit repoussait le jour au bout du monde, et le nuage de chauves-souris masqua la splendeur du ciel nocturne. Bony recouvrit son feu de terre, sortit ses couvertures et, sans prendre la peine de la dresser, posa la tente sur lui, et sur la chienne, qui aimait encore moins les chauves-souris que lui. Ce soir, il ne cuirait pas de pain. Quand Millie et Curley s'approchèrent pour qu'on leur donne leurs croûtes habituelles et trouvèrent le garde-manger vide, ils se laissèrent tomber près de la toile de tente et, maussades, s'endormirent.

Leurs clochettes réveillèrent Bony à l'aube. Le ciel était alors pur et les étoiles brillaient, mais le jour ameuta les chauves-souris. Elles arrivaient de partout et restaient suspendues dans le ciel comme un nuage de pluie qui, tel un jet d'eau vivant, s'abattait progressivement dans la caverne. Lorsque le soleil se leva, il ne restait plus une seule chauve-souris au-dessus du sol.

Les jours passaient et les camps défilaient : le Gémissement du Fou, un tunnel dont l'air s'échappait avec un gémissement ininterrompu ; le Chemin de l'Amoureux, une anfractuosité entre deux grandes barrières de paille. Depuis que Lonergan était passé, les deux barrières avaient été déplacées et les traces du trappeur effacées, mais Millie chemina à travers des masses rocheuses à côté desquelles une cathédrale aurait fait figure de naine.

Il tomba plus d'un centimètre d'eau pendant la nuit qu'ils passèrent au Désespoir de Curley, et le lendemain ils sortirent de la plaine pour aborder le sable du désert, labouré par le vent. Puis ils prirent à l'est pour atteindre les derniers pièges de Lonergan et ils trouvèrent l'endroit où il faisait son feu, à l'ombre de deux casuarinas. Des arbres ! O loués soient-ils ! Entendre le léger vent du soir murmurer sa complainte dans une frondaison ! Bony veilla tard près de son feu de bon bois, et il félicita plus d'une fois le vieux Patsy pour avoir baptisé cet endroit le Foyer du Broussard.

La pluie avait rempli les cuvettes d'argile peu profondes, entre les dunes, et l'eau s'était écoulée dans les dépressions plus importantes qui bordaient la plaine de Nullarbor. Sur les dunes les plus basses, les jeunes nerpruns attiraient les chameaux, mais la pluie avait à peine cessé que le vent hérissait les hautes dunes de plumes rouges.

La pluie permettait de ne pas être esclave des anfractuosités, mais elle représentait également un désavantage en ce sens qu'elle effaçait toute une page du Livre de la Brousse, et ainsi étaient soustraites de précieuses informations, jusqu'à ce que le temps puisse en imprimer de nouvelles.

Bony resta deux jours au Foyer du Broussard, explorant le coin à pied. Il tomba sur un groupe de kangourous et en abattit un. Il y avait également des chiens sauvages et les lapins pullulaient. Tout ce petit monde était aimable et protecteur.

Mais au nord de cette « côte », le paysage se détériorait rapidement. Bony s'y enfonça sur cinq kilomètres et s'aperçut que les dunes disparaissaient dans une mer de pentes couvertes de spinifex et d'étendues plates et nues jonchées de cailloux. Les pierres étaient tellement polies par les particules de sable que charriait le vent que leur surface réfléchissait le soleil avec une puissance à vous torturer la vue. Plus loin, vers le nord, il y avait une rangée de plateaux rouges et nus, et au-delà, sur trois mille kilomètres, ce serait la même chose qu'ici, un Grand Désert Intérieur peuplé par des Aborigènes qui n'étaient jamais entrés en contact avec l'homme blanc et qui étaient tellement dispersés que, si une fusée en tuait un, ce serait un hasard presque incroyable.

Bony se demanda qui pouvait bien avoir envie d'ouvrir cette porte secrète donnant sur les secrets atomiques de l'Australie.

A partir de là, il avança en longeant la plaine, car il était plus facile de marcher sur le terrain plat. Il bifurqua à l'est pour « couper » la route de l'appareil qu'il avait entendu à la Souche de Chêne. Heureusement, l'eau se maintenait en surface. Les kangourous étaient nombreux et les lapins promettaient de devenir un fléau si l'été n'était pas trop terrible. Bony dépassa des colonies de gerboises. Le toit de leurs « maisons » était bien protégé du vent par des pierres. Des oiseaux-cloches lançaient leur cri moqueur dans les arbustes et la nuit des vols de canards striaient le ciel. Les corbeaux s'affairaient eux aussi, et dans l'ensemble, Bony trouva ces jours-là fort agréables.

Quand les chameaux commencèrent à s'agiter, il se dit que c'était parce qu'ils n'aimaient pas traverser une région inconnue, dans la mesure où rien d'autre ne pouvait expliquer leur attitude. La vue était dégagée. Le temps restait parfait. Il ne trouva pas trace d'Aborigènes sauvages et ne vit rien qui pouvait indiquer leur présence à proximité. Lucy n'était ni agitée ni méfiante, et normalement l'homme peut entièrement se reposer sur un chien pour le prévenir de quelque chose d'inhabituel.

Persuadé qu'il avait effectivement « coupé » la route de l'appareil, il campa sous un buis antique qui poussait en bordure de la plaine. Ce soir-là, il réfléchit à ce qu'il allait faire ensuite, accroupi à côté de son feu, et comme les hommes de toutes les races nomades l'ont toujours fait, il dessina une carte sur le sol, avec un bâton pointu, et il y plaça la voie ferrée, l'arrêt qui s'appelait Chifley, la propriété de Mount Singular, et la trajectoire supposée de l'appareil.

Quand il avait entendu l'appareil à la Souche de Chêne, sa destination pouvait être ou bien au nord de son camp actuel, ou bien tout près... entre le camp et un endroit situé dans la plaine. Il se trouvait à plus de trois cents kilomètres de la propriété connue la plus proche, Mount Singular. Comme il avait pu, ces derniers temps, vivre sur le pays, ses réserves de nourriture dureraient encore sept ou huit jours, et il pourrait s'en procurer d'autres au Trou du Pied-Bot.

Avant de s'endormir, il décida de sillonner le désert pendant quatre jours, après quoi il serait obligé de rebrousser chemin et de se diriger vers le sud, le long de la trajectoire que l'appareil devait avoir prise.

Comme il devait aller le plus loin possible pendant ces quatre jours, il fit sortir ses chameaux de la plaine et leur fit grimper les dunes avant le lever du soleil. La chance l'accompagna mais le lâcha au bout de deux heures.

Il fut forcé d'arrêter sa caravane et de regarder en arrière, vers la grande plaine. Le soleil n'était pas encore levé, l'air matinal avait une pureté cristalline et, à l'horizon, la plaine ressemblait à une haute falaise vue d'une centaine de mètres à peine. Puis Bony cessa brusquement de tourner les yeux dans toutes les directions pour scruter un point unique, de manière à annihiler la distance.

Il vit des corbeaux, une douzaine de corbeaux, tellement éloignés qu'on aurait dit des taches d'encre. Un lapin mort ? Un kangourou mort ? Ni l'un ni l'autre. Oh ! Si seulement il avait une paire de jumelles ! Il y avait sûrement quelque chose qui bougeait, là-bas, qui ne ressemblait pas du tout aux corbeaux noirs. C'était blanc. On aurait dit un corbeau blanc, mais ce n'était pas possible. Ça ressemblait à un mouchoir blanc qu'on agite pour attirer l'attention.

Une fois redescendu dans la plaine, il ne vit même plus les corbeaux. Cela ne le gêna pas. Lucy courut devant, comme d'habitude, avançant contre le léger vent du sud. Heureux de sentir la direction du bercail, les chameaux suivirent l'homme.

Pourtant, le bonheur ne dura pas. Ils avaient parcouru un kilomètre et demi et Bony pouvait distinguer les corbeaux et l'objet blanc qui les attirait quand Millie tira sur sa lanière nasale. Il s'arrêta pour voir ce qui n'allait pas et ne remarqua rien de particulier, rien qui pouvait énerver des chameaux. Le sol était stable. Avec impatience, il leur dit d'avancer et se remit en route.

Ils parcoururent un peu moins d'un kilomètre et arrivèrent dans une zone de cavernes souterraines. Il dut se frayer un chemin sinueux pour éviter les rocs et rester à proximité des chénopodes.

L'objet blanc flottait au-dessus du sol. Ce n'était pas un mouchoir, mais c'était en tout cas un tissu quelconque. Il ne put pas encore déterminer ce qui le maintenait en mouvement.

Quelques minutes plus tard, il sut de quel objet il s'agissait : un foulard de soie, agité par l'air qui s'échappait d'un tunnel, tout à fait comme une balle sur un jet d'eau dans un stand de tir.

Se préoccuper du pourquoi de la chose équivalait, à ce stade, à se laisser aller à échafauder des hypothèses hasardeuses. Se préoccuper de chameaux récalcitrants était également une perte de temps. Il attrapa les cordes accrochées à sa selle et en moins de trois minutes, il attacha les deux bêtes agenouillées de manière qu'elles ne puissent pas se relever.

Avec le fusil, il attrapa le foulard et le retira du courant d'air. C'était de la soie de belle qualité. Il ne portait pas d'initiales, mais c'était certainement un foulard de femme. Quand il se pencha sur le trou, l'air le frappa au visage. Il renifla et l'odeur le déconcerta. En tout cas, il se rendait compte que l'odeur n'était pas uniquement composée de roc humide, d'eau, de chauves-souris, ou d'autres rongeurs fouisseurs. Etait-ce du café ? Non ! Pas du café, tout de même ?

Abandonnant cette poche d'air, il partit en reconnaissance. Lucy se mit à aboyer. Bony sentit un frisson au niveau de la nuque, un avertissement qui l'obligea à se retourner. Les corbeaux semblaient ne plus savoir ce qui les avait attirés. Il ne vit rien. Il fit le tour de la poche d'air et découvrit un grand trou d'un diamètre d'un mètre cinquante, au milieu de rochers calcaires nus.

Derrière lui, Lucy aboya furieusement. Il se dépêcha de se retourner, le frisson devenant glacé sur sa nuque.

En face de lui, il y avait quatre Aborigènes sauvages. Chacun d'eux pointait sur lui une lance qui se terminait par un silex, l'autre extrémité reposant sur un propulseur. Ils avaient une expression impassible. Leurs yeux étaient grands ouverts et ne bougeaient pas, tout comme leurs corps, leurs bras, leurs armes.

L'adversité est un aiguillon

Des feuilles et des brindilles étaient entrelacées dans les cheveux des sauvages, et de la terre humide collait à leurs genoux et à leur poitrine. Ils s'étaient approchés de leur proie avec une perfection digne des plus grands maîtres.

Des cicatrices sur le visage, la poitrine et les cuisses prouvaient qu'ils avaient subi tous les rites d'initiation de la Nation Luritja, dont les derniers membres occupaient encore le Désert Central. Ils étaient petits, incroyablement solides, et ils avaient la résistance du dingo. Leurs cheveux étaient rassemblés au sommet du crâne par un ruban en peau de serpent, qui était noir pour trois d'entre eux et gris pour le quatrième, comme sa maigre barbe. Il était sorcier.

L'aspect de leurs cuisses et de leurs estomacs indiquait qu'ils absorbaient de la nourriture de Blancs. Première chose curieuse. La seconde chose curieuse, c'était qu'ils avaient attendu, pour intervenir, que Bony examine l'ouverture de la caverne.

Il aurait pu se servir du fusil, il aurait pu en tuer un, mais un seul, avant de succomber aux coups de lance des trois autres. Dans une telle situation, il était parfaitement futile de sortir la formule habituelle : « Inspecteur Bonaparte, je vous arrête... » Manifestement, il n'entrait pas dans leurs intentions de le tuer et de s'enfuir avec sa nourriture et son équipement, car dans ce cas, les lances se seraient déjà plantées dans son corps.

Le sorcier, qui était naturellement le chef, lui fit signe d'avancer. Quand il s'exécuta, les autres passèrent derrière lui et s'approchèrent des chameaux. Le sorcier tendit alors la main vers le fusil et fit comprendre à Bony qu'il devait s'asseoir par terre. Il était désormais prisonnier, autant que si on lui avait passé cent paires de menottes.

Les yeux brillèrent mais les lances ne bougèrent pas lorsque Bony retira sa veste et sa chemise. Les Aborigènes étaient aussi immobiles que les statues qu'il y a dans les musées des Blancs. Bony se releva et se tourna lentement pour leur permettre de voir les cicatrices qu'il avait sur le dos. Il remerciait le vieux chef Illawarrie qui, au nord du pays, l'avait initié aux mystères alchuringas.

Ce qui les étonnait, c'était qu'un homme qui n'appartenait pas complètement à leur race ait pu être accepté au sein d'une Nation du Peuple Ancien. Le chef s'adressa aux autres, mais ils restèrent silencieux et ne firent pas un geste. Comme le souhaitait Bony, la situation se compliqua. Créer des difficultés permet souvent de se tirer d'une situation critique.

Le chef s'humanisa. D'un petit sac en peau de kangourou suspendu à son cou par des cheveux humains, il sortit une carotte de tabac et en détacha un morceau d'un coup de dent. Bony se rhabilla, s'accroupit sur ses talons et se mit à rouler une cigarette. Les chameaux n'étaient plus nerveux et Lucy, couchée près de Millie, observait la scène. Les guerriers s'accroupirent, leurs lances posées par terre à côté d'eux. Leur prisonnier ne risquait pas de leur échapper. N'importe lequel d'entre eux aurait pu embrocher Bony en quelques secondes, et toute sa science du jiu-jitsu ne lui aurait servi à rien. Ils avaient un procédé infaillible, et en y pensant, Bony agita les orteils.

– Pourquoi vous autres faire ça ? demanda-t-il.

Il fut surpris quand le chef lui dit :

– Pourquoi toi venir ici, hein ? Tu réponds.

Il avait dû avoir des contacts avec les missions ! A Hermansburg, peut-être ! Ou à Ooldea... avant que la grande Daisy Bates n'ait dû renoncer[1]... il était peut-être allé à Oodea, juste assez longtemps pour apprendre quelques bribes d'anglais.

– Les dingos, répondit Bony. Patsy Lonergan mon père et mon oncle. Patsy Lonergan... tu connais Patsy Lonergan ?

Le nom fit son effet. Ils s'entretinrent tout bas.

– Patsy Lonergan meurt vite, leur dit-il avant de désigner les chameaux. Je prends chameaux de Patsy Lonergan. Maintenant j'attrape dingos.

Ils échangèrent à nouveau leurs impressions à voix basse, pendant une bonne minute. Il n'avait pas été question du foulard de soie. Ils devaient l'avoir vu flotter au-dessus du courant d'air et ils devaient avoir vu Bony le fourrer dans une poche. Finalement, deux des jeunes gens se levèrent et se

1. Romancière qui a passé vingt-cinq ans auprès des Aborigènes. *(N.d.T.)*

mirent à décharger les chameaux, ne s'occupant pas des aboiements indignés de Lucy. Après quoi, ils retirèrent la lanière nasale de Millie et le licou de Curley, malgré ses protestations. Ils défirent les cordes qui maintenaient les bêtes à terre et les obligèrent à se relever et à s'enfuir en leur donnant des coups de pied. Le chef cria un ordre. L'un des hommes attrapa la chienne et l'autre l'attacha avec la lanière nasale.

Ils nouèrent ensuite solidement les cordes et en passèrent une extrémité autour de la poitrine de Bony. Ce dernier était intrigué par le déchargement et la libération des chameaux, et il se dit qu'ils l'avaient attaché – encore que cette mesure n'était pas nécessaire – parce qu'ils avaient sans doute l'intention de l'emmener dans leur camp.

Le chef lui fit alors signe de se diriger vers la zone de rochers nus, au centre de laquelle se trouvait l'ouverture béante de la caverne. Il ne put qu'obéir. Quelques instants plus tard, il comprit qu'ils avaient l'intention de le faire descendre dans la caverne. Au bord du trou, il se retourna, dans un sursaut de rébellion, et le chef lui dit sans aucune émotion :

– Il vaut mieux aller avec corde. Profond.

C'était sage, en effet, même si ces paroles avaient quelque chose de sinistre. En croisant ces quatre paires d'yeux impitoyables, le célèbre inspecteur Bonaparte se rendit compte qu'il était préférable d'accepter l'aide d'une corde dans la mesure où le fond de la caverne pouvait être à un certain nombre de mètres de la surface. Ainsi donc, il atterrit sans dommage sur un sol calcaire, à environ six mètres de profondeur.

Il se trouvait dans une cavité plus ou moins circulaire, d'environ neuf mètres de diamètre, avec des parois qui se rétrécissaient au fur et à mesure qu'elles s'élevaient. Le sol de calcaire était inégal. Il vit l'orifice de ce qui paraissait être une longue galerie, au bout de laquelle brillait une étoile de lumière. D'un côté, sur un large rebord de roche, étaient empilées des boîtes de conserve. Il y avait une ouverture pratiquée dans la paroi et il fut au comble de sa surprise en apercevant, au fond, un fourneau à pétrole.

Ensuite, ceux qui se trouvaient au-dehors tirèrent sur la corde pour lui faire comprendre qu'il devait s'en libérer. Il s'exécuta, et ils la remontèrent.

Il entendait Lucy aboyer au-dessus de lui. De la galerie lui parvint une voix légèrement déformée par l'écho. Elle disait :

– C'est pas moi ! Allez tous vous faire voir, c'est pas moi !

Il aurait pu s'agir de Ganba, sauf que Ganba ne parle pas l'anglais, ça, tout le monde le sait. D'ailleurs, Ganba n'a pas besoin de lumière pour courir la prétentaine sous terre.

On entendit à nouveau une voix qui semblait la même, mais qui ne l'était pas, puisqu'elle disait :

– Et comment, que c'est toi, espèce de salaud !

L'attention de Bony se reporta sur l'agitation qui avait lieu là-haut. L'ouverture fut masquée par la selle de bât de Curley, et il dut s'écarter d'un bond pour l'éviter. Ensuite vinrent la selle de monte, les sacoches, et tous les éléments de son équipement, y compris les clochettes et les entraves des chameaux, bref, tout sauf le fusil. Le fracas qui en résulta n'eut pas d'effet sur la ou les voix qui venaient du fond de la galerie.

– Tu l'as guetté et tu l'as frappé avec une pierre. C'est pas moi, je vous assure ! C'est pas moi ! Oh, fichez-lui la paix.

Là-haut, un nouveau son se faisait entendre, le gémissement effrayant de Lucy. On la descendait au bout d'une corde, et quand Bony la récupéra, la corde fut remontée. La chienne lui lécha joyeusement le visage pendant qu'il la détachait prestement.

– Vous êtes sûr qu'il est mort, Mark ? dit la galerie. Ma chère Myra, bien sûr qu'il est mort.

Le souvenir de son pistolet automatique lui revint en mémoire, entre autres détails qui déferlaient sur lui d'une manière chaotique. Les sauvages n'avaient pas perdu de temps à examiner son équipement et ses affaires. Ils s'étaient contentés de décharger les chameaux et de tout jeter dans la caverne, tout, à l'exception de ce magnifique Savage et des cordes. Ils voulaient faire partir les chameaux et effacer leurs traces pour supprimer complètement toute preuve susceptible de mener à la découverte de cet endroit.

Comme dirait un dramaturge, ça ne correspondait pas à la psychologie des personnages. C'était décidément peu orthodoxe. Le fait qu'ils possédaient du tabac prouvait qu'ils avaient eu des contacts récents avec des Blancs. Et ces gens, dans la galerie, qui étaient-ils ? Que faisaient-ils là ? Myra Thomas ! Bien sûr, qui d'autre ? Mais ils étaient prisonniers, comme il l'était, de toute évidence, lui-même. Dans les sacoches de selle, qui contenaient ses effets personnels, il devait y avoir son pistolet.

Il se précipita sur les sacoches, qui étaient enfouies sous les bidons d'eau, il se dépêcha d'ouvrir la pochette extérieure et saisit l'arme, petite, compacte, et mortelle à six mètres. Il savait que le chargeur était plein. Il glissa le pistolet dans une de ses poches, une boîte entamée de cartouches dans une autre poche, referma la sacoche et la jeta sur le tas d'affaires qui jonchaient le sol.

Dans la galerie, une voix dit :

– Hé ! Voilà un chien !

Jusque-là, c'était de l'anglais. Pas de voix gutturales. Lucy les avait trouvés.

– C'est marrant. Comment s'est-il débrouillé pour arriver ici ? Il doit y avoir quelqu'un là-haut. Venez ! S'il a réussi à entrer, nous devrions pouvoir sortir.

La lumière clignota. On la déplaçait le long de la galerie. Assis sur le tas de ses affaires, Bony attendait. La lumière du soleil qui arrivait par l'ouverture tombait légèrement derrière lui, et il se rendait compte qu'il était en position de force dans la situation qui était en train de se créer.

– C'est une chienne et elle n'est pas sauvage, dit une femme. Elle aime bien qu'on la caresse. Comment tu t'appelles, ma mignonne ?

Un homme pénétra dans la caverne, suivi par la femme, puis par quatre autres hommes. Ils s'arrêtèrent à l'entrée de la galerie. Bony avait l'impression de voir des fantômes surgir d'un recoin festonné de toiles d'araignées, dans un donjon abandonné. La femme tenait dans ses bras la chienne qui se contorsionnait, et seule sa silhouette indiquait son sexe, car elle portait un pantalon d'homme et un veston sur une chemise de sport. L'homme qui tenait la lampe-tempête était grand, avec un profil d'oiseau de proie. Un autre était très bien bâti et musclé. Un tout petit bonhomme fixait sur Bony des yeux fatigués et un autre semblait avoir des ressorts dans les genoux.

Ils avaient tous une mine de papier mâché, et leur regard avait l'éclat terne de braises presque éteintes dans une pièce sombre. Ils restèrent immobiles et fixèrent l'étranger assis sur son attirail, comme s'ils n'arrivaient pas à en croire leurs yeux. Bony avait l'impression que la chienne était la seule à se mouvoir dans ce tableau.

La femme lâcha Lucy qui se précipita vers Bony et se frotta à lui. Bony dit poliment :

– Bonjour.

Ils s'avancèrent, lentement, derrière la femme. Les vêtements qu'il portait étaient une insulte à l'homme de haute taille car son front large, sa crinière de cheveux gris acier, la forme de la bouche et l'expression triste des yeux indiquaient une intelligence au-dessus de la moyenne. Sa voix confirmait ce que son visage laissait présager.

– Qui êtes-vous ? demanda-t-il avec un accent qui trahissait l'homme de la vieille école.

Bony le reconnut.

– Je m'appelle William Black.

– Ça ne m'apprend rien, monsieur Black. Comment vous êtes-vous retrouvé ici ?

– Des Aborigènes sauvages m'ont jeté là-dedans.

– Des Aborigènes sauvages ! Vraiment extraordinaire ! Et sur quoi êtes-vous donc assis ?

– Un équipement de chamelier.

– De chamelier ! Des chameaux ! Des Aborigènes sauvages ! Qui avez-vous assassiné ?

Les yeux bleu clair exigeaient une réponse. C'étaient les yeux d'un homme qui a l'habitude de se faire obéir. Bony savait qu'il s'agissait du Dr Carl Havant, un psychiatre qui avait exercé à Sydney onze ans auparavant.

– Je ne me souviens pas d'avoir assassiné qui que ce soit, répliqua Bony.

– Permettez-moi d'en douter. Dans quelle école êtes-vous allé ?

Ah ! Qu'il est malin celui qui a adopté une identité fictive et peut s'y tenir lorsqu'il est soumis à une brusque tension. L'homme n'avait pas changé de ton.

– Ne vous occupez donc pas de ça, dit sèchement Bony. Qui êtes-vous et que faites-vous tous ici ?

– Nous sommes tout simplement en résidence surveillée, dit l'homme de haute taille en regardant Bony avec gravité. Auriez-vous l'amabilité de nous dire dans quelle partie de l'Australie nous nous trouvons exactement... car nous sommes bien en Australie, je présume ?

– Nous sommes dans le nord de la plaine de Nullarbor.

– Et voilà, Maddoch ! Ne vous ai-je pas soutenu que nous devions nous trouver dans la plaine de Nullarbor ?

Les yeux tristes se baissèrent sur le petit bonhomme dont les vêtements flottaient et qui avait l'air d'être bien mal en point psychiquement. L'homme aux ressorts dans les genoux répondit à sa place :

– Nous aurions pu nous trouver dans l'est du Gippsland, comme le disait Clifford. Ou un peu au nord de Perth, comme je vous le disais.

– Oui, oui ! Tout à fait. Bien, nous sommes donc dans le nord de la plaine de Nullarbor. A nous, monsieur Black. Vous dites que vous avez été « jeté » ici – c'est l'expression que vous avez employée – par des Aborigènes sauvages. Je m'étais toujours dit qu'on ne trouvait d'Aborigènes sauvages que dans le nord de l'Australie. Excusez-moi de me répéter, mais qui avez-vous assassiné ? Je vous en prie, monsieur Black, n'hésitez pas à nous le dire, n'ayez pas peur.

– Bon sang ! explosa l'homme aux ressorts dans les genoux. Ça y est, je reconnais ce monsieur Black. Je parie que je ne me trompe pas. Docteur, mesdames et messieurs, je vous présente l'inspecteur Napoléon Bonaparte.

Bony a droit aux honneurs

Ils étaient jeunes et très amoureux l'un de l'autre. Il était contrôleur de marchandises sur les quais et elle travaillait dans un magasin de la ville. Ils économisaient pour faire construire une maison, mais de nos jours, il en faut, du temps, pour arriver à amasser l'argent nécessaire.

La nature triompha. Ils rêvaient d'un foyer, et non d'un mariage précipité et d'un retour forcé à la campagne, chez les parents. C'était seulement en restant en ville qu'ils pouvaient gagner suffisamment d'argent. Finalement, après en avoir beaucoup discuté avec elle, il parla à un homme qui mentionna le nom d'une femme. La jeune fille alla voir l'infirmière serviable qui s'arrangea pour la faire entrer dans une « clinique » privée, elle et une bonne partie de l'argent qu'ils avaient économisé.

Tout était très mystérieux. Peu de temps après, son corps fut retrouvé dans un fossé, à quatre-vingts kilomètres de la ville. Un policier interrogea le jeune contrôleur et l'emmena à la morgue pour reconnaître le corps de sa petite amie. On lui demanda où l'opération avait été pratiquée, et il expliqua qu'un taxi était venu prendre la jeune fille au magasin, à la fermeture. Elle s'était mise d'accord là-dessus avec quelqu'un dont il ignorait tout.

Il reconnut qu'il savait que la jeune fille avait l'intention d'aller dans une clinique, mais il n'en savait pas plus. Le chauffeur de taxi se présenta pour dire qu'il avait fait monter la jeune fille devant le magasin parce que sa société lui avait donné ces instructions par radio. Le directeur dit que ces instructions résultaient d'un coup de téléphone.

Comme elle le lui avait demandé, le chauffeur avait laissé descendre sa passagère dans la rue principale d'une banlieue. La jeune fille avait réglé le prix de la course. Il l'avait particulièrement remarquée parce qu'elle était jolie et manifestement très tendue. Et puis, le destin avait voulu que son moteur cale. Il avait essayé de le faire repartir et pendant ce temps, une voiture particulière s'était arrêtée et avait fait monter la jeune fille. Il se rappelait cette voiture parce que c'était une Lagonda dernier modèle. Il se rappelait également le numéro d'immatriculation.

La Lagonda était celle du Dr Carl Havant.

Le Dr Carl Havant, le célèbre psychiatre, avait été accusé de meurtre, reconnu coupable d'homicide involontaire, et condamné à dix ans de prison.

C'était en 1947, et aujourd'hui, en 1956, il se trouvait avec l'inspecteur Bonaparte dans une caverne, sous la plaine de Nullarbor. Même avec les habituelles remises de peine pour bonne conduite, les dates ne concordaient pas.

– Inspecteur de quoi ? demanda le Dr Havant.

Edward Jenks, l'homme aux ressorts dans les genoux, gloussa :

– Inspecteur de police, bien sûr.

Edward Jenks avait trente-cinq ans et il était cuisinier dans une petite exploitation quand Bony l'avait arrêté. Maintenant, il en paraissait plus de soixante. Il était de taille moyenne, trapu, encore robuste, et sa grosse tête était posée sur un cou épais et court. A l'époque où il était marin, il était un soir descendu à Brisbane et il avait été escroqué par une prostituée, ce qui l'avait ulcéré. Il l'avait retrouvée plus tard pour avoir la satisfaction de l'étrangler. La peine de mort ayant été abolie dans le Queensland, il avait été condamné à la réclusion à perpétuité. Il avait cependant été libéré sur parole au bout de neuf ans à peine.

– Un inspecteur de police, répéta le Dr Havant tandis que la jeune femme eut un rire légèrement hystérique. Et qui s'appelle Bonaparte. Heureux de faire votre connaissance, inspecteur Bonaparte. Je suis sûr que nous sommes tous ravis que vous nous ayez trouvés.

La lumière du soleil tombait maintenant directement sur Bony, assis, l'air à son aise, sur le tas formé par ses affaires. Le visage du médecin, tout comme celui des autres, avait un aspect crayeux. Les hommes s'étaient rasés depuis peu de temps. Un homme de haute taille qui paraissait âgé d'une trentaine d'années portait le bouc, et le petit bonhomme nerveux avait l'air vieux et malade.

De simples impressions. Les corps avaient l'air tendus, le moins raide étant celui de la jeune femme. Elle avait des mains soignées et des cheveux noués et épinglés en un chignon bien fait. Bony se souvint des voix qu'il avait entendues au fond de la galerie, et il décida de maîtriser une situation que ni eux ni lui ne pouvaient comprendre pour l'instant.

– Etes-vous Myra Thomas ? lui demanda-t-il.

– Oui, répondit-elle calmement. Vous devriez déjà le savoir.

– Il faut que vous le reconnaissiez formellement.

– Bien sûr. Excusez-moi, inspecteur.

– Je vous cherchais.

Le psychiatre-avorteur rit tout bas, puis huma l'air.

– Est-ce une odeur de café que je sens, Myra ?

– Oui. Mais il y a un cadavre, si ça intéresse quelqu'un. J'étais en train de préparer le petit déjeuner quand Igor a été tué.

Le petit bonhomme commença à nier quelque chose, l'homme au bouc se mit à parler plus fort que lui et le médecin ordonna à tout le monde de se taire. Un type gigantesque se fit alors remarquer en disant :

– Ayez donc un peu de jugeote. Ce type est un condé, bon Dieu ! Vous trouvez qu'on n'a pas assez d'ennuis comme ça ? Donnez-moi la lampe, Mark. Je vais m'occuper de ça.

– Ça peut attendre, Joe. Il faut d'abord qu'on sache ce qui s'est passé, dit Bouc avec impatience. Oubliez le condé. Il ne peut rien faire. Nous allons prendre le petit déjeuner et il nous racontera comment il est arrivé ici et ce qu'il a l'intention de faire maintenant qu'il est là.

– Tout à fait, murmura Havant. Le petit déjeuner, Myra. Du café.

Ils se dispersèrent. La jeune femme et Jenks passèrent à côté, là où Bony avait vu le grand fourneau à pétrole. Bouc dit :

– Je vais vous aider à pousser tout ça sur le côté, inspecteur. Je m'appelle Brennan, Mark Brennan.

Où était-il donc tombé ? Mark Brennan ! Bony le regarda attentivement et croisa un regard bleu clair, paisible et candide.

Mark Brennan ! Bony connaissait ce nom et savait dans quelles circonstances il l'avait entendu. Il reconstitua la scène à partir de ce qu'il avait lu :

Les rayons dorés du soleil venaient frapper la petite église, au milieu des eucalyptus, à quelques kilomètres d'Orange, en Nouvelle-Galles du Sud. Les gens rassemblés devant le portail écoutaient *La Marche nuptiale.* C'était en 1939 et les camps militaires commençaient à accepter les volontaires.

Devant l'église, il y avait un jeune homme en uniforme. Il n'avait pas encore l'habitude de le porter. A côté de lui, d'autres jeunes gens l'enviaient un peu, à cause des regards admiratifs que lui lançaient les jeunes filles en attendant de voir la mariée. Le jeune homme était le fils d'un commerçant du village, et c'était sa première permission.

D'autres l'observaient à la dérobée, car à l'intérieur de l'église, son ancienne petite amie épousait son rival de longue date. Il était là, debout, les mains dans les poches, avec la posture décontractée de la recrue qui s'imagine déjà en vétéran.

Les mariés apparurent. Ils formaient un beau couple, ils avaient la beauté de la jeunesse et ils rayonnaient d'avoir échangé leurs vœux. Ils descendirent les marches et la foule se mit à leur lancer des confettis. De la veste de son uniforme, il sortit un pistolet et visa la mariée entre les yeux. Le marié fut presque plaqué au sol par le corps sans vie de la jeune femme. Puis, un bras passé autour d'elle, il se releva et fit face à l'assassin... qui lui tira une balle dans le ventre.

L'affaire suscita beaucoup de passion. Destin tragique du jeune homme ! Déchiré entre son devoir patriotique et le chagrin que lui causait la perte de sa bien-aimée. Les jurés recommandèrent la clémence. Le juge prononça la peine de mort. La chambre d'exécution des peines la commua automatiquement en emprisonnement à perpétuité et inscrivit sur son dossier : *A ne jamais libérer.*

A ne jamais libérer ! Et voilà qu'il aidait Bony à pousser ses affaires sur le côté d'une caverne, sous la plaine de Nullarbor. La barbe lui donnait un petit air artiste et élégant. Les yeux étaient froids, comme ils devaient l'être au moment où il avait pressé la détente du pistolet, deux fois.

Leur tâche accomplie, Bony s'assit sur la selle de Curley et se roula une cigarette. Vigilant, il attendait la solution de ces énigmes. Une toile propre avait été étalée sur le sol de pierre et la jeune femme y déposa des tranches de pain, des boîtes de sardines, une bouteille de sauce et une boîte de confiture.

Jenks arriva avec un pot de café et une boîte en fer contenant du sucre. Il versa du café dans des gobelets en métal et Mark Brennan dit :

– Servez-vous, inspecteur.

Bony retourna s'asseoir sur sa selle avec un gobelet de café.

– Vous avez déjà pris votre petit déjeuner, inspecteur ? lui demanda le Dr Havant avec sollicitude.

– Oui, merci, lui répondit poliment Bony.

– Vous vous trouvez dans une bien étrange communauté, inspecteur, en fait, dans une communauté unique. J'espère bien que j'écrirai un jour plusieurs livres là-dessus. Vous savez, sur l'effet de l'isolement complet sur l'esprit humain. Et j'écrirai également un essai sur l'instinct grégaire chez l'homme.

« Jenks nous a beaucoup parlé de vous, inspecteur. Il vous identifie à Javert, même s'il n'a jamais lu le chef-d'œuvre de Victor Hugo. Il faut porter à son crédit un total manque d'animosité envers vous, alors que vous l'avez retrouvé et arrêté. En cela, il diffère de notre ami Joseph Riddell, qui en veut à tous les policiers.

Joseph Riddell ! En 1941, Riddell travaillait dans une ferme près de Brisbane. C'était alors un homme taciturne de trente ans, fort, bon ouvrier, traité avec considération par son employeur. Un après-midi, une dispute s'éleva entre eux parce qu'une vache était blessée à la tête. Le soir, Riddell tua son patron avec un fusil qui appartenait à la victime. Il s'enfuit dans la voiture du fermier, l'abandonna en route et en vola une autre qu'il laissa également lorsqu'il tomba en panne d'essence.

Finalement, il fut pris et condamné à douze ans de prison. On recommanda également la clémence. C'était un malheureux solitaire qui habitait une cabane alors que le fermier et sa femme vivaient dans une maison luxueuse. Même s'il avait frappé la vache, le patron n'avait pas le droit de venir le lui reprocher ! Après avoir fait neuf ans de prison, il fut libéré.

Et voilà que Joseph Riddell était là, sa force physique encore intacte, ses cheveux et sa barbe commençant à peine à grisonner.

Voyant que Bony le regardait, il s'assit par terre et sourit. Ce sourire précéda un accès de fou rire.

– Merde ! C'est vraiment à se tordre ! affirma-t-il d'une voix grave. Ça, c'est marrant. Vous pourrez écrire des tas de trucs là-dessus, docteur.

– Qu'est-ce qu'il y a de si marrant ? lâcha le petit bonhomme aux fins cheveux blond-roux et à la vue faible. S'il est réellement policier, il peut nous sortir de là. Il n'y a rien de marrant à marcher sur la terre au lieu de vivre dessous comme une colonie de rats.

L'émotion lui faisait hausser la voix mais ne changeait pas son ton. C'était celui d'un homme qui a de l'autorité. Bony pensa à quelqu'un dont il avait vu la photo dans les journaux. Havant mit alors un nom sur cette photo.

– Mon cher Clifford Maddoch, je suis parfaitement d'accord avec Joe. La situation actuelle est réellement marrante. Je n'aime pas ce mot mais je le répète parce que Joseph et vous l'avez employé. Elle est marrante parce qu'il semble que nous, membres de l'I.A.L., nous trouvions dans une situation un peu délicate au moment précis où l'inspecteur Bonaparte vient nous souhaiter le bonjour.

C'était donc Clifford Maddoch. Un beau jour, il avait administré une dose de strychnine à sa femme, le thallium n'étant pas encore en faveur pour répondre à de tels objectifs. Il était directeur d'une filiale importante de courtage en laine, président du club de golf local et secrétaire de mairie. Pendant quatorze ans, il avait souffert le martyre à cause d'une voix qui l'assaillait et s'insinuait au plus profond de son esprit. Par une étrange coïncidence, le juge l'avait condamné à quatorze ans de prison. Et au bout de dix ans, il avait été relâché.

– Fermez-la, Clifford, rugit Riddell. C'est pas la peine de ramper devant l'inspecteur, après ce que vous venez de faire.

Le petit bonhomme se leva d'un bond. On aurait dit que tous les nerfs de son visage se mettaient à tressaillir violemment.

– Je ne suis pas coupable, cria-t-il, faisant des efforts pour articuler correctement. Je vous ai dit que ce n'était pas moi. J'aimais bien Igor Mitski... pour tout un tas de raisons. Il n'y avait que sa voix qui me dérangeait.

Bony se rappela l'affaire Igor Mitski, le réfugié, le chanteur, qui, ayant échappé à la mort, passait ce sursis en Australie et travaillait sur une exploitation, au nord-ouest de la Nouvelle-Galles du Sud. Cultivé, connaissant un peu d'anglais, banni de son pays, obligé de vivre avec des étrangers dans un pays étranger. Un Juif polonais qui avait beaucoup souffert.

L'employeur et sa femme étaient gentils. Au lieu d'en faire un jardinier, ils l'avaient engagé pour enseigner la musique à leur petite fille âgée de huit ans. La situation devint explosive et détruisit à la fois Mitski et l'enfant. D'un côté, il y avait Mitski, encore mentalement blessé par le traitement que les envahisseurs de son pays lui avaient fait subir ; de l'autre, une petite fille gâtée et têtue, comme seul un enfant unique peut l'être. Dans un accès de rage, Mitski l'avait frappée. Condamné pour homicide, il avait été relâché après avoir purgé vingt mois de sa peine.

Mitski ! Bony se trouvait dans une ville perdue de l'ouest quand Mitski était passé en jugement. Il était venu assister au procès le dernier jour et il était là quand le prévenu avait été condamné. Du banc des témoins, une femme s'était ruée sur le banc des accusés, et un homme s'était empressé de la prendre dans ses bras et d'essayer de l'apaiser. Bony ne se trouvait pas au tribunal pour des raisons professionnelles et il n'avait donc pas classé l'incident dans sa mémoire. Il dit alors :

– Mitski a tué une petite fille.

– C'est exact, inspecteur, répondit le Dr Havant. Ici, nous connaissons l'histoire de chacun d'entre nous. Nous discutons souvent de nos expériences, aspirations, ambitions et satisfactions personnelles. En fait, nous sommes une institution très conservatrice. (Il eut un petit rire sec et dénué d'humour et s'adressant aux autres, il ajouta :) Je suggère, messieurs, que nous acceptions l'inspecteur au sein de notre honorable association. J'ai donc le plaisir de proposer son nom. J'ai le sentiment qu'il fera de son mieux pour secourir et encourager chacun de nos membres, qu'il se conduira dignement et œuvrera toujours en faveur des faibles et des opprimés. Qu'en pensez-vous ?

– C'est prendre un sacré risque, grommela Riddell. Il n'a pas les qualités requises.

– Je propose la nomination de l'inspecteur Bonaparte ! gazouilla Clifford Maddoch.

– J'ai grand plaisir à appuyer votre proposition, monsieur le président, dit Brennan d'une voix traînante.

Le Dr Havant se leva. Il regarda l'assemblée d'un air rayonnant et son masque cireux parut sur le point de s'écailler. Les yeux sombres qu'il fixait sur lui rappelèrent à Bony ceux de la jeune femme de Mount Singular. Puis il se souvint de l'endroit où il avait déjà vu cette femme et cet extraordinaire rebondissement lui ouvrit des horizons. Il entendit le médecin annoncer :

– Bienvenue dans notre club très fermé, inspecteur Bonaparte. Je vous déclare donc solennellement membre de l'Institut des Assassins Libérés.

– Je suis sensible à cet honneur, dit gravement Bony. J'ai plusieurs questions à vous poser et vous en avez sans doute plusieurs vous-mêmes, mais allons au plus pressé. Le corps. Conduisez-moi à lui.

– Vous feriez mieux d'arrêter ce crétin, suggéra Joseph Riddell. Il détestait Igor Mitski parce que sa voix lui rappelait celle de sa femme. Il n'aimait pas qu'Igor nous chante quelque chose, et pourtant Igor se débrouillait mieux que tous ces fichus chanteurs de la radio.

Maddoch clama à nouveau son innocence, et quand Riddell l'accabla de son mépris, la jeune femme s'interposa :

– Qu'on ne vous entende plus, Riddell. A partir de maintenant, tâchez de vous faire oublier. Vous n'avez aucune preuve que Clifford a tué Mitski, alors fermez votre grande gueule.

Bony se hâta d'intervenir.

– Apparemment, vous êtes tous des meurtriers, et tous, sauf l'une d'entre vous, vous avez été condamnés et vous avez bénéficié d'une libération conditionnelle. En dehors du fait que vous ne vous êtes pas présentés régulièrement aux autorités, vous ne m'intéressez pas professionnellement. En revanche, vous dites que vous avez un mort sur les bras, qu'il a été tué, et vous laissez entendre que l'un de vous est l'assassin. Où est le corps de cet homme ?

– Jenks ! La lampe ! dit le médecin avant d'ajouter à l'adresse de Bony : Jenks est le gardien des lampes et du pétrole. Nous en avons en quantité limitée.

L'ancien marin craqua une allumette et l'approcha de la mèche d'une lampe-tempête. Le médecin prit la lampe et les précéda dans la galerie. Ils pouvaient marcher en se tenant droits et le sol était égal. Ils dépassèrent, sur la gauche, un embranchement d'où leur parvenait un faible gémissement. La galerie principale déboucha sur une cavité dont l'éclairage n'arrivait pas à montrer les limites. Bony dut contourner un immense bloc qui était tombé du plafond, et il arriva dans un espace dégagé. Havant s'arrêta et sa lampe révéla un homme allongé à plat ventre. Un filet de sang se perdait dans l'obscurité. L'homme était vêtu de vêtements de travail, grossiers et solides.

– Personne ne l'a déplacé ? demanda Bony au médecin.

– Non. Je lui ai soulevé la tête en l'attrapant par les cheveux. L'os frontal a été brisé. La mort était évidente et avant que je n'aie pu l'examiner plus attentivement, mon attention a été détournée par l'arrivée de votre chienne.

– Que quelqu'un le retourne.

Jenks s'en chargea et la jeune femme poussa un cri.

Bony estima que le mort devait mesurer près d'un mètre quatre-vingts. Son corps était raisonnablement bien nourri, son visage était rasé et ses cheveux, d'un gris métallique, étaient courts.

– Avec quoi a-t-il été tué ? demanda Bony.

– Nous n'en savons rien, répondit la jeune femme. Probablement avec une pierre.

– Nous n'avons pas encore cherché l'arme, précisa Brennan.

– Apportez d'autres lampes, si vous en avez. Nous allons chercher cette arme tout de suite.

Jenks partit et Bony observa sa silhouette. En s'éloignant dans la galerie, elle se détachait sur le jour qui pénétrait tout au fond. Il demanda qui avait découvert le corps et Mark Brennan répondit qu'il l'avait trouvé environ une demi-heure avant qu'ils ne s'aperçoivent de l'arrivée d'un étranger. Quand on lui demanda de préciser dans quelles circonstances, il déclara :

– J'étais avec Myra, en train de chercher son foulard dans le passage qui mène au conduit d'air. Nous avons entendu Igor crier quelque chose comme « Non ! Non ! » Et puis il a hurlé une fois « Au secours ! » J'ai laissé Myra et j'ai couru avec la lampe pour voir ce qui n'allait pas. Je me suis cogné au Dr Havant juste au moment où j'arrivais dans la galerie principale. Il m'a dit qu'il venait de la caverne que nous appelons la « salle », donc Igor n'était pas là-bas. En arrivant ici, nous avons rencontré Riddell. Il portait une lampe et Maddoch était avec lui.

– Donc, il reste Jenks. Où était-il ?

– Jenks est arrivé à ce moment-là et il s'est mis à

chercher Mitski avec nous, répondit Brennan. Nous avons regardé par ici et c'est moi qui ai trouvé le corps. L'endroit est assez grand, comme vous pouvez le voir.

Bony ne pouvait pas le voir jusqu'au moment où Jenks arriva avec trois lampes-tempête. Posées sur le bloc de pierre, les quatre lampes lui permirent alors de voir jusqu'aux parois de cette caverne.

– Il est clair, inspecteur, que l'un de nous est un assassin, fit remarquer le Dr Havant, ce qui était une évidence.

– Y a-t-il d'autres passages qui mènent à cet endroit ?

– L'un se termine par un cul-de-sac. Un autre descend jusqu'à ce que nous appelons la Bijouterie, et de là, mène à ce que j'ai baptisé le Saut de Fiddler.

– En dehors de ceux qui sont présents, il n'y a personne d'autre dans cette caverne ?

– Non. L'un de nous a bien tué Mitski avec une pierre.

– Comment savez-vous que c'était une pierre ?

– Parce qu'il a été tué avec un instrument contondant. Nos seuls instruments contondants sont des pierres, allant du petit caillou au roc de la taille de ce bloc. Nous avons aussi des couteaux, des couteaux de table. Mais Mitski n'a pas été tué avec un couteau de table.

– A votre avis, docteur, est-ce que l'instrument contondant devrait avoir des taches de sang ?

– Il n'est pas facile de vous répondre, inspecteur. Probablement pas si un seul coup a été frappé. Très vraisemblablement s'il y a eu plusieurs coups.

Bony leur demanda de reculer, et il passa plusieurs minutes à chercher l'arme du crime. Le sol était entièrement dégagé. Comme il s'en étonnait, on lui répondit que tous les détritus avaient été, depuis longtemps, emportés dans le court passage qui se terminait en cul-de-sac.

– Nous allons retourner à l'endroit où nous nous sommes rencontrés, dit-il.

L'obligeant Dr Havant lui expliqua qu'ils appelaient cet endroit la « salle ». Bony, qui se sentait nettement mal à l'aise dans l'étrange caverne, fut ravi d'y revenir. Tout le monde resta debout et l'observa. Il s'assit sur la selle de bât et se mit à rouler son inévitable cigarette. Leur attitude n'était pas celle de gens normaux, qui auraient cherché à avoir des renseignements et des explications, et il se demanda ce que cela pouvait signifier. Il trouva sage de remettre à plus tard la satisfaction de sa propre curiosité.

– Installez-vous confortablement, dit-il. Je parlerai le premier, et avant de commencer, je voudrais que l'un d'entre vous réponde à une question. Etes-vous retenus ici contre votre volonté ?

Tout le monde se mit à parler en même temps et il leur fit signe de se taire. D'après leur teint, on voyait bien qu'ils étaient emprisonnés là-dedans depuis un bon moment et même un enfant aurait pu en conclure qu'ils n'y seraient pas restés s'ils avaient trouvé le moyen de s'échapper.

– Vous savez qui je suis et ce que je représente, commença-t-il. Vous savez que je poursuis les gens, mais vous ne connaissez pas mon opinion sur les crimes et les criminels.

« Ce n'est pas moi qui ai fait les lois. Officiellement, peu m'importe qu'une loi soit juste ou inefficace. Officiellement, peu m'importe la peine qui est prononcée à l'encontre de celui qui a enfreint la loi. Mais personnellement, en tant que personne privée, je hais le meurtre, et c'est à un meurtre que nous avons affaire. Pour être bien compris, j'ajouterai ceci :

« Chacun de vous, messieurs, a commis un crime et a été relâché quand les autorités compétentes ont jugé qu'il avait été suffisamment puni. Parce que vous ne répondiez pas à certaines conditions, je suis à même de prouver, officiellement, qu'on vous a empêchés par la force de vous plier aux décisions de la justice. Ce n'est pas une conclusion hâtive car je crois connaître la raison qui se cache derrière votre détention forcée. Et vous, la connaissez-vous ?

– Non, inspecteur, dit Havant.

– On aimerait bougrement la connaître, lâcha Riddell.

– Laissons cela pour l'instant, poursuivit Bony. J'avais pour mission de retrouver une personne disparue, Myra Thomas, qui s'était volatilisée alors qu'elle se trouvait dans un train. La police ne lui reprochait rien, dans la mesure où elle avait été acquittée, mais elle s'intéressait à elle, et elle s'y intéresse toujours, parce qu'elle était portée disparue et que le devoir de tout policier est de rechercher les disparus.

« Je suis parti à la recherche de Myra Thomas, et finalement, je suis arrivé jusqu'ici, grâce à plusieurs indices, parmi lesquels figure son foulard.

Une fois Myra Thomas retrouvée, je vous aurais tous libérés, mais j'ai manqué de prudence. D'après ce que je comprends maintenant, je suis comme vous, je suis prisonnier. Je ne doute pas que vous ayez essayé plus d'une fois de trouver le chemin de la liberté, et avec un nouveau cerveau qui va se joindre à vous, ce problème sera peut-être résolu.

« Maintenant, passons à la question de nos futures relations. S'il m'arrivait quoi que ce soit et si vous finissiez par trouver un moyen de vous échapper de ce trou, vous ne pourriez jamais retourner en pays civilisé, même si vous n'étiez pas traqués par les personnes qui vous ont amenés ici, ou par leurs agents. Nous sommes à plus de trois cents kilomètres de l'exploitation la plus proche, et nous nous trouvons dans la région la plus implacablement hostile de toute l'Australie.

« Par conséquent, même si, en tant qu'anciens détenus, vous éprouvez une forte animosité envers moi, qui suis officier de police, vous devez vous rendre compte que vous dépendez de moi pour vous sortir de ce trou et vous ramener en pays civilisé. Pour employer une expression imagée, nous sommes tous dans le même bateau.

– Ben, j'vais pas y rester, grommela Riddell.

Myra Thomas allait prendre la parole quand le Dr Havant se retourna pour regarder le gorille.

– Riddell ! dit-il tranquillement.

– J'ai pas l'intention...

– Riddell, je lis dans vos pensées.

Riddell essaya de ne pas croiser le regard de Havant. Il regarda ses pieds nus, et son énorme carcasse sembla se rétrécir. Bony n'avait encore jamais vu un être humain réduit aussi rapidement à la servilité. Il n'y avait aucune menace dans les paroles du médecin ou dans son expression, et pourtant, sa domination était totale. Sentant cette tension soudaine, Bony s'interposa.

– Je me trouve confronté à deux tâches, leur dit-il. Appréhender ceux qui vous ont illégalement privés de liberté. Et appréhender l'assassin d'Igor Mitski.

– J'espère que vous allez le coincer, inspecteur, déclara la jeune femme qui avait été acquittée après avoir elle-même commis un meurtre. Mitski n'a jamais fait de tort à personne ici. (Elle se baissa pour ramasser la vaisselle du petit déjeuner et, en la rapportant dans la cavité contiguë, elle ajouta :) Et ne croyez pas que parce que l'un de vous a tué Igor, les autres vont avoir leur chance.

– Ça, on ne sait jamais, dit Jenks. Hé, docteur, un jour vous pourrez écrire un livre intitulé *Les Femmes à problèmes.*

– Vous ne serez pas dedans, Ed, dit Mark Brennan d'une voix traînante.

– C'est vous qui le dites, Mark. Nous serons tous dedans. Cette fille cherche la bagarre depuis qu'elle est arrivée. Elle aime ça, la bagarre. C'est pour ça qu'elle a buté son mari.

– D'accord, d'accord ! Pensez à autre chose.

La jeune femme arriva et débarrassa le reste de la vaisselle, s'interrompant pour jeter un regard méprisant sur l'ancien marin assis par terre, adossé au rebord de pierre. Ce que Jenks fit alors fut si rapide que Bony eut du mal à suivre ses gestes. Il bondit en avant, agrippa la cheville de Myra Thomas et tira. La chute fut lente, comparée aux mouvements qui l'avaient provoquée.

Bony se leva tandis que d'autres corps s'entassaient sur ceux de Jenks et de la jeune femme. Il y eut bientôt une masse de fous furieux en train de se battre. Le Dr Havant traversa la salle pour se retrouver à côté de Bony et il lui fit signe de se rasseoir sur sa selle en disant :

– Ce n'est rien, inspecteur. Un peu d'eau sur le feu. Il faut bien qu'elle finisse par bouillir. A mon avis, il faut laisser la vapeur s'échapper si on veut maintenir une situation un tant soit peu saine. Pendant qu'ils se battent pour cette femme, ils ne se battent pas contre nous.

– Mais la femme va être blessée, objecta Bony.

– Ne vous faites pas de souci pour elle, dit Havant avec un calme glacial. Elle sort du ruisseau, ça lui colle à la peau et ça ne partira jamais, malgré son vernis d'éducation.

Myra Thomas essayait maintenant, de toutes ses forces, d'enfoncer ses dents dans le bras de Jenks, et de son côté, il faisait son possible pour lui arracher les cheveux d'une main habituée à manier des cordages. Mark Brennan martelait Jenks d'un de ses poings tandis que de l'autre, il s'efforçait de faire adhérer le nombril de Riddell à sa colonne vertébrale. Pour l'en empêcher, le grand gaillard tirait sur les cheveux de Brennan d'une main, et sur son bouc de l'autre.

Quand le petit Maddoch apparut avec un broc d'eau bouillante, le médecin l'appela et secoua la tête d'un air réprobateur. Pour toute réaction,

Maddoch haussa ses épaules étroites et repartit dans la cavité contiguë avec son moyen de dissuasion. L'extraordinaire était qu'il ait pu entendre la voix du médecin par-dessus les cris et hurlements. Maddoch revint en contournant soigneusement la mêlée et il dit à Bony entre ses dents :

– C'est à cause de la caverne, ça, inspecteur. Ils se conduisent comme ça de temps en temps, mais surtout quand la femme est à proximité. Elle exerce sur eux une influence néfaste.

– Voilà un jugement qui ne manque ni de vérité ni d'originalité, reconnut sèchement Havant. Vous savez, inspecteur, les cheveux possèdent une résistance à la traction remarquable. La fille est en effet à l'origine de ce tumulte. Je pense qu'elle aime ça, même si pour l'instant, reconnaissons-le, elle se trouve dans une situation quelque peu délicate.

Il n'y avait cependant pas lieu de s'inquiéter. La jeune femme s'extirpa soudain de la mêlée, une lueur de triomphe dans ses yeux violets. Elle eut un sourire de défi à l'adresse de Havant et de Bony, elle gifla habilement Jenks, souleva une couverture qui révéla une autre cavité contiguë, et disparut.

Brennan se redressa et se passa tendrement les doigts dans la barbe, semblant avoir besoin de se rassurer en sentant qu'elle était toujours là. Les autres se relevèrent maladroitement et d'un air penaud, ils évaluèrent les dégâts.

Une fois que la violence eut cessé, le silence put s'installer.

Sans se faire remarquer, la chienne était partie.

La sortie d'Arthur Fiddler

De tous les hommes, Clifford Maddoch paraissait à Bony le moins dangereux, le plus sain. A l'exception de Maddoch et du Dr Havant, tout le monde pansait ses blessures. Bony demanda fermement au médecin de ne pas les quitter.

Il retourna auprès du corps d'Igor Mitski et manipula la lampe. De l'autre côté du cadavre, Maddoch l'observait et attendait.

– Il a reçu un rude coup, dit Bony. Et si l'arme du crime était une pierre, elle devait être plutôt grosse et lourde.

– Ce n'est pas moi, inspecteur, s'écria le petit bonhomme avec désespoir. Je ne pourrais tuer personne... pas comme ça. Mitski était un chic type. Je pouvais parler avec lui, et pourtant, il s'intéressait surtout à la musique, alors que je n'y connais rien. Il chantait bien, en plus, et il pouvait même faire de la musique avec une série de gobelets en fer. Je n'avais aucune raison de le tuer.

– Vous n'aimiez pas sa voix, murmura Bony.

– Seulement quand il s'énervait, reconnut Maddoch. A ce moment-là, sa voix ressemblait à celle de ma femme... une voix qui ne vous lâchait plus...

Je l'entends encore. Mais je ne suis pas un véritable assassin. Je serais incapable de faire du mal à qui que ce soit. Je ne crois pas que vous puissiez comprendre, mais Igor, lui, comprenait. Voyez-vous, quand les Russes ont envahi son pays, ils lui ont attaché un truc métallique sur la tête et ils tapaient dessus avec une barre. Le bruit a failli le rendre fou. Alors il savait ce que j'avais dû endurer pendant des années et des années avant d'être obligé de faire quelque chose. Je n'ai pas vraiment assassiné ma femme. Dans mon esprit, je ne l'ai pas fait. Il fallait simplement que j'empêche cette voix de se glisser dans ma tête comme un ver doué de la parole.

Non, il ne pouvait pas faire de mal à sa femme en la frappant. Il ne lui avait pas fait mal quand il avait versé du poison dans son verre de sherry, même si le poison, lui, lui en avait fait. Tous les policiers savent que certains individus sont des meurtriers-nés, mais on ne pouvait pas partir de ce principe. Bony devait donc s'obstiner.

– Quand Mitski était énervé, sa voix vous irritait bien, insista-t-il.

– Oui. Je lui demandais de se calmer. Sa voix ne continuait pas pendant des heures comme celle de ma femme. Avec elle, j'aurais pu hurler tant j'avais besoin de dormir, mais je n'osais pas changer de chambre.

– Où étiez-vous quand Mitski a crié : « Non ! Non ! Au secours ! » ?

– J'arrivais de la Bijouterie. J'y étais allé pour vider des détritus de cuisine dans une fosse, répondit Maddoch. Je connais tellement bien le chemin que je n'avais pas besoin de lumière, et le pétrole est précieux. J'ai entendu Igor crier juste avant de quitter le passage qui mène à cette caverne, et quand je m'y suis engagé, j'ai vu du mouvement à l'endroit où nous nous trouvons maintenant. Sur le moment, je ne savais pas de quoi il s'agissait et quand je me suis approché, je n'ai plus rien vu. En contournant le gros bloc, j'ai entendu quelqu'un derrière moi, Riddell m'a agrippé, et tous les autres étaient déjà là.

– Vous dites que vous n'aviez pas de lumière. Où se trouvait la lampe, dans cette caverne, quand vous avez vu du mouvement ?

– Je n'avais pas besoin de lampe.

– Alors comment avez-vous pu voir du mouvement dans le noir ?

– Je vais vous montrer, inspecteur. Je vais rester ici. Allez donc là-bas et soufflez la lampe.

Bony se conforma à cette suggestion. Ayant éteint la lampe, il attendit que ses yeux s'habituent à l'obscurité et s'aperçut que la lumière qui provenait de la « salle », au fond, éclairait juste assez pour lui permettre de distinguer la silhouette aux contours vagues qui se tenait à côté du corps et le bloc qui se trouvait à plusieurs pas sur la gauche.

– Agitez les bras, ordonna-t-il.

Le petit bonhomme s'exécuta. Bony ralluma la lampe et demanda à Maddoch de venir le rejoindre.

– Combien mesurez-vous ?

– Un mètre soixante-neuf, inspecteur.

– Et quel âge avez-vous ?

– Cinquante-quatre ans.

– Bon, montrez-moi le reste de ce souterrain.

Maddoch le conduisit dans un court passage qui se terminait en cul-de-sac, en lui expliquant qu'il avait tout d'abord servi de décharge, mais que Jenks y creusait maintenant un tunnel en pensant que c'était la seule issue possible.

– Ça fait longtemps qu'il y travaille, dit Maddoch.

Il lui montra un trou qui était assez large pour la corpulence de Riddell. Bony regarda à l'intérieur et s'aperçut que le tunnel avait été creusé sur moins de deux mètres.

– Tout ce qu'il avait pour creuser, c'était un couteau de table. C'est pour ça que la lame des couteaux est pointue et usée jusqu'à la moitié. Quand il en a cassé deux au niveau du manche, le Dr Havant lui a dit d'arrêter.

Pour Bony, il y avait bien des choses qui demandaient à être élucidées, mais il se força à se concentrer sur le cadavre et sur le plan de ce labyrinthe souterrain.

– Très bien, Maddoch, continuez.

Il y avait une autre cavité, contiguë à celle-ci. Son guide lui dit que c'était la plus grande. Il s'agissait, manifestement, de la chambre à coucher des cinq hommes survivants. Elle n'avait pas d'autre intérêt. Maddoch l'emmena ensuite le long d'un passage en pente qui avait un sol inégal et qui n'était pas assez large pour permettre à deux personnes d'avancer de front. Après de nombreux tournants, parfois brusques, ils arrivèrent à ce que Maddoch appelait la Bijouterie.

La lampe que portait Maddoch était réfléchie par

un million de points. La salle regorgeait tellement de stalactites et de stalagmites que ces colonnes de carbonate de calcium formaient des draperies cannelées, des tuyaux d'orgue en perles, et même des dents de requins, des grottes mystérieuses et des instruments de torture.

– Regardez, je vais vous montrer, s'écria Maddoch avec une note d'extase dans sa voix fluette tandis que l'écho renvoyait une voix de colosse.

Passant derrière les colonnes, il agita la lampe et les colonnes se parèrent de reflets de perle et d'argent, faisant naître, et aussitôt mourir, une myriade de barres chatoyantes. Le plafond était semé d'étoiles qui clignotaient au gré des mouvements de la lampe. Le petit bonhomme continua à jouer le rôle d'Aladin dans cette vaste et glorieuse maison pleine de trésors. Bony dut le faire redescendre sur terre. Il voulait savoir si un grand bassin d'où ruisselait une cascade, qui s'écoulait dans une faille, était leur réserve d'eau.

– Oui, inspecteur. Il y avait des poissons, là-dedans, avant mon arrivée. Igor disait qu'il jouait avec eux et ça lui a fait de la peine quand Fiddler les a attrapés et les a fait cuire. Ils n'avaient pas d'yeux, ils étaient d'un blanc terne et ils n'avaient pas tellement bon goût.

Après cette caverne, ils s'engagèrent dans un passage dans lequel il était moins facile d'avancer. Il variait constamment de largeur et il était parfois si étroit que Bony se demandait si Riddell avait pu y passer. Il s'abaissa brusquement et au bout du plan incliné, ils durent ramper, un roc suspendu au-dessus de la tête. Un claustrophobe aurait réellement souffert. A partir de là, le passage s'éleva légèrement, avec de nombreux tournants abrupts, et il déboucha sur une autre caverne. Il fallut un petit moment à Bony pour déterminer la forme qu'elle avait.

En fait, elle était rectangulaire et ils se trouvaient sur une plate-forme rocheuse, au-dessus d'une large cassure. De l'autre côté de cette cassure, il y avait une plate-forme similaire, et derrière, une pâle lumière trahissait l'ouverture d'un autre passage qui, avant que la terre ne se fende, était la continuation de celui qu'ils avaient emprunté.

Cet endroit était peuplé de sons. De l'eau bouillonnait. De la large crevasse leur parvenait le lointain rugissement de l'eau, ainsi qu'un autre bruit qui vous amenait à vous demander si, après tout, Ganba n'était qu'une légende aborigène.

Maddoch s'avança au bord du gouffre. Il agita sa lampe pour inviter Bony à venir le rejoindre et à regarder en bas. Mais Bony n'en fit rien, car il n'était pas encore complètement sûr de M. Clifford Maddoch.

– Vous n'aimez pas le vide, dit Maddoch. Moi non plus, mais parfois, je me force à faire des choses que je n'aime pas. A votre avis, ce trou noir a quelle largeur ?

– Avec si peu de lumière, je ne peux qu'émettre une supposition. Trois mètres, peut-être.

– En tout cas, ça représente un sacré saut, admit Maddoch. Fiddler l'a fait... dans un seul sens. Vous voulez vous reposer et fumer une cigarette ? Vous vous souvenez de Fiddler ?

Ils s'assirent le dos à la paroi rocheuse, les pieds

à environ deux mètres du bord du gouffre. Bony s'affaira avec son tabac et son papier à cigarettes. Maddoch sortit un couteau dont la lame, très pointue, était usée presque jusqu'au manche et il détacha un morceau de tabac d'une carotte.

– Je me souviens partiellement de son affaire, répondit Bony. Mais racontez-la-moi.

– Je ne connaissais pas Fiddler. En arrivant ici, tout ce que j'ai appris à son sujet, c'est Mitski qui me l'a dit... par exemple, qu'il était arrogant et souvent désagréable.

« Arthur Fiddler devait être déséquilibré. Il a fait de la prison très jeune. Quand il a eu une trentaine d'années, alors qu'il était réparateur de cheminées, son coéquipier est tombé d'un toit et s'est tué. Fiddler a pris chez lui sa veuve et ses deux enfants. Il aurait pu épouser cette femme, mais il ne l'a pas fait.

« Apparemment, pendant deux ans, il s'est occupé de cette famille d'une manière louable. C'est alors que la femme les a abandonnés, lui et les deux jeunes enfants. A ce moment-là, vous vous rappelez, il a asphyxié les gosses avec le gaz de la cuisinière, et s'il a lui-même échappé à la mort, c'est grâce à un miracle médical. Et ensuite, l'histoire habituelle, vous savez, peine de mort commuée en réclusion à perpétuité, et libération sur parole, après onze ans de détention.

« Quand on l'a amené ici, ça faisait dix mois que Mitski était seul, car il était le premier occupant des lieux, et l'arrivée de Fiddler l'a empêché de devenir fou. Fiddler était agile, comme on pouvait s'y attendre pour un réparateur de cheminées. Il a discuté avec Igor de la possibilité de sauter de l'autre côté. Il voulait savoir si la lumière qu'ils apercevaient indiquait une issue.

« Vous voyez bien que de l'autre côté, le rebord est légèrement plus bas que celui-ci. Admettons que la distance soit de trois mètres. Mais le problème, c'est que l'endroit d'où on peut sauter est étroit, trop étroit pour s'élancer en toute confiance, à mon avis.

« Bref, Arthur Fiddler a décidé de tenter le coup, en reculant dans le passage pour prendre son élan, tandis que Mitski se tenait au bord avec la lampe pour le guider.

« Fiddler a réussi à passer de l'autre côté. Il l'a dit à Igor, qui l'a chaudement félicité, et puis il s'est engagé dans le passage et il a disparu. Igor a attendu son retour et à ce moment-là, il n'y avait plus de pétrole dans la lampe. Fiddler lui a crié qu'il n'y avait rien du tout dehors... pas une maison, pas un champ cultivé, pas une route. Le paysage était plat comme une crêpe jusqu'à l'horizon, dans toutes les directions, sauf au nord où il y avait des dunes. Il lui a dit qu'on se croyait sur Mars. Il s'était un peu éloigné de l'endroit d'où il était sorti, et se rendant compte qu'il risquait de ne jamais retrouver ce trou, il avait retiré sa chemise, qui était blanche, et il l'avait posée sur un buisson, pour lui servir de point de repère. Mais après avoir parcouru plus d'un kilomètre en direction des dunes, il s'était aperçu que s'il allait plus loin, il ne verrait plus la chemise, alors il était revenu.

« Igor m'a dit qu'il était très énervé et qu'on sentait qu'il avait eu très peur. Il voulait rejoindre ce qu'il considérait maintenant comme un refuge. Il lui a fallu attendre qu'Igor aille remettre du pétrole dans la lampe. Il était encore là quand Igor est revenu, mais il semblait découragé et il a dit que dans ce sens-là, le saut paraissait plus difficile que dans l'autre.

« Ils ont essayé de trouver un moyen pour qu'Igor puisse l'aider, mais il n'y en avait pas. Finalement, Fiddler n'a plus voulu attendre davantage. Igor a donc posé la lampe au bord du gouffre, et Fiddler a reculé le plus possible pour prendre son élan. Et il a loupé le rebord de quelques centimètres à peine. Igor ne pouvait rien faire pour l'aider. Fiddler s'est tué en tombant au fond, et Igor est resté seul cinq mois de plus. A ce moment-là, on a amené le Dr Havant.

– Il n'y a pas de chemin qui descende dans cette crevasse, je suppose ? demanda Bony.

– Non. Et elle est profonde. On peut compter jusqu'à sept sans se presser avant d'entendre un caillou tomber dans l'eau.

– Qui est arrivé après le Dr Havant ?

– Moi. Ensuite, Brennan, puis Riddell. Après lui, Jenks. La fille est venue il n'y a pas longtemps. Je ne me rappelle plus exactement quand. Nous avons cessé de compter les jours. Qu'est-ce que c'est que ça ?

Lucy pénétra dans le cercle de lumière, remuant la queue tellement elle était contente de les avoir trouvés.

– J'avais oublié cette petite chienne. Pas vous ? s'écria Maddoch en la serrant contre sa poitrine.

– Oui... et non, avoua Bony. Racontez-moi ce

qui vous est arrivé et la manière dont on vous a amené ici.

– Eh bien, en un sens, ça s'est fait exactement comme pour les autres, inspecteur. J'ai été libéré à condition de partir tout de suite pour l'exploitation que possède mon frère et de ne pas bouger de là. J'étais dans le train quand une femme, qui voyageait avec un homme dans le même compartiment que moi, m'a demandé si j'étais bien Clifford Maddoch. Quand j'ai répondu oui, l'homme a dit qu'ils étaient ravis de faire ma connaissance parce qu'ils étaient des voisins de mon frère. Il leur avait dit que je serais dans ce train.

« J'ai trouvé que c'était très gentil de leur part de m'accueillir comme ça. Quand vous restez plusieurs années en prison, le monde extérieur vous fait un peu peur. Lorsque le train est arrivé à une voie de jonction, il s'est arrêté pendant vingt minutes et l'homme m'a proposé d'aller me dégourdir les jambes avec lui. Nous sommes donc descendus, et tout naturellement, nous nous sommes dirigés vers les toilettes qui, comme dans presque tous les arrêts, se trouvaient au bout du quai, au-delà des lumières.

« Au moment où j'allais entrer dans les toilettes, j'ai été frappé par-derrière, et ensuite, je n'ai fait que dormir et rêver que j'étais dans un camion qui allait quelque part... où, ça m'était égal. Je me rappelle avoir été sorti du camion – c'était peut-être une voiture – et puis j'ai eu l'impression d'être soulevé du sol et au-dessus de moi, il y avait un bruit. Quand j'ai repris connaissance, j'étais allongé sur des couvertures, dans la caverne que nous appelons la salle, le Dr Havant me donnait du café et Igor Mitski était agenouillé près de moi.

– Pouvez-vous me décrire l'homme et la femme qui étaient dans le train ?

– Oui. L'homme, ou la femme, ou tous les deux, ont joué un rôle dans notre enlèvement à tous. La femme était brune et frêle. Elle souriait souvent, mais jamais avec ses yeux, et Myra Thomas m'a fait penser à elle. L'homme était mince mais nerveux et dynamique. Il avait les cheveux bruns et les yeux marron. Il parlait beaucoup, il me semble, mais je n'en suis pas absolument sûr.

– Est-ce que vous les reconnaîtriez ?

– Oh, oui. Je les reconnaîtrais sûrement, inspecteur, répondit Clifford Maddoch.

Le ton dur et cassant, haineux, choqua Bony.

Bony se trouve un allié

– Et maintenant, Maddoch, détendez-vous et laissez-moi réfléchir.

Si l'on comptait Arthur Fiddler et Igor Mitski, qui était mort et pas encore enterré, sept hommes accusés de meurtre et condamnés à de longues peines de prison avaient été relâchés, puis enlevés et conduits dans ces cavernes. Et une femme acquittée d'un meurtre avait également été enlevée et conduite ici.

Dans chacun des cas, la libération était intervenue avant l'expiration de la peine prononcée par le tribunal. Dans l'un des cas, celui de Mark Brennan, le prisonnier avait été relâché malgré la mention *A ne jamais libérer* qui figurait dans son dossier. Un officier de police n'avait pas à se prononcer sur un problème d'éthique et à juger les autorités qui avaient commué la peine prononcée par le tribunal compétent.

Ce que cherchait Bony, c'étaient des faits. Appréhender ceux qui avaient enfreint la loi, voilà quelle était sa tâche, il le répétait souvent. En revanche, les influences politiques qui avaient pesé dans la libération de chacun de ces sept meurtriers ne lui étaient pas connues, en tout cas, elles n'étaient pas de son ressort.

Ce qui lui importait, professionnellement, c'était qu'après avoir été libérés, ces sept assassins avaient été à nouveau incarcérés sans que l'Etat ne l'ait ordonné, et dans un endroit qui n'était pas réglementaire. Ces hommes étaient à nouveau des citoyens libres, même si leur liberté devait être surveillée pendant un certain temps et s'ils devaient respecter certaines règles. S'ils ne s'étaient pas conformés à ces règles, c'était en raison de circonstances totalement indépendantes de leur volonté.

Peu de temps après leur libération, ils avaient été assommés ou drogués, transportés à des centaines de kilomètres par route, puis, très probablement par hélicoptère, puis descendus au fond de ces cavernes, où les conditions de vie étaient pires que celles qui prévalaient dans une prison australienne moderne.

Ils avaient de la nourriture, en boîte ou déshydratée, ils avaient un fourneau pour faire la cuisine et du pétrole pour alimenter une demi-douzaine de lampes. On leur avait donné des paillasses, des couvertures et des médicaments courants, mais le médecin ne pouvait pas avoir d'instruments. Alors qu'ils pouvaient disposer des objets les plus usuels, tels que tondeuses à cheveux et rasoirs de sûreté, on leur refusait de nouvelles chaussures quand les leurs étaient usées, ainsi que des nourritures spirituelles, sous forme de livres et de journaux.

La livraison des provisions était irrégulière et une fois, pendant cinq jours, ils avaient manqué de pétrole pour le fourneau et les lampes. Par la suite, Jenks avait été chargé de veiller aux réserves de carburant. Les prisonniers n'étaient pas tous d'accord sur le mode de transport qui avait été utilisé pour les amener dans la caverne et pour leur livrer leurs provisions. L'un affirmait qu'il avait beau être drogué, il pensait avoir vu les pales d'un hélicoptère, un autre avait l'impression qu'il avait fait tout le chemin en camion. Parfois, quand on leur livrait des provisions, ils se disaient que ce devait être par camion, à en juger par le bruit du moteur. Mais Bony était sûr que le transport se faisait par voie aérienne.

– Racontez-moi ce qui se passe quand on vous livre des provisions, dit-il.

– Elles arrivent toujours la nuit, répondit Maddoch. Nous entendons le bruit du moteur bien avant qu'il n'y ait effectivement quelqu'un. La première chose qui se passe, c'est qu'ils allument une torche puissante qu'ils dirigent vers la salle. Et puis un homme dit : « Allez, montrez-vous tous, là en bas ! » C'est peut-être pour compter ceux qui sont toujours en vie. Il y a longtemps, le Dr Havant s'y était opposé et on lui avait dit que les provisions seraient distribuées en fonction du nombre de personnes qui se montreraient. Il avait continué à s'y opposer et personne ne s'était montré. Rien n'avait été descendu et quand ils étaient revenus, la fois suivante, nous avions commencé à nous rationner et nous étions presque morts de faim.

« Depuis, nous nous montrons tous. Les trucs sont descendus dans des sacs, le pétrole arrive dans des bidons d'acier de vingt litres. Ils remontent les bidons vides. Un jour, Jenks a attrapé la corde et il a essayé d'y grimper, mais on lui a dit qu'il allait recevoir un coup sur la tête. Un autre jour, Mitski s'est accroché à la corde et a refusé de la lâcher. Les types d'en haut ont tiré un coup de feu en guise d'avertissement, et la question a été réglée.

D'après Maddoch, l'ennui était leur plus grand ennemi, surtout lorsqu'ils furent convaincus qu'il n'y avait pas d'issue possible, sauf par le gouffre qui avait englouti Fiddler. Après lui, personne ne tenta le saut. Chacun repensait à la terreur qu'avait éprouvée Fiddler en s'apercevant que la région était complètement isolée.

Le Dr Havant exerçait une énorme influence sur Igor Mitski, auquel il était venu se joindre, et sur ceux qui étaient arrivés après lui. Maddoch affirma que le Dr Havant les avait empêchés de se sentir ravalés au rang d'animaux. Il avait certains pouvoirs hypnotiques qui agissaient sur Riddell et sur Jenks, mais pas sur Mitski, Brennan ou la jeune femme. Maddoch dit qu'il pouvait y résister, mais il reconnut que seul un chef à poigne pouvait sauver cette petite communauté de l'abîme.

– Vous savez, inspecteur, voilà ce que je crois, poursuivit-il avec beaucoup de sérieux. Le Dr Havant dispose d'une bibliothèque inépuisable... c'est réellement une bibliothèque. Nous l'écoutons nous raconter des histoires aussi longtemps qu'il le désire, par exemple *Les Raisins de la colère*, de Steinbeck, ou *Les Trente-Neuf Marches*, de Buchan. Il fait comme Schéhérazade, qui a sauvé sa vie avec les *Contes des Mille et Une Nuits*, et si on ferme les yeux et qu'on l'écoute, on peut presque arriver à vivre ce qu'il raconte. Il nous a sauvé la vie, parce que même Riddell a fini par comprendre que ces cavernes renfermaient quelque chose de pire qu'une perpétuelle obscurité.

– Et pourtant, il y a des bagarres comme celle à laquelle nous avons assisté aujourd'hui, intervint Bony.

– Oh, oui. Le Dr Havant ne fait rien pour les empêcher. Il dit que la vapeur doit s'échapper par une soupape de sûreté et que cette soupape, ce sont les accès de violence. Ces cavernes oppressantes ont affaibli notre virilité. Elles n'encouragent pas précisément l'instinct sexuel. Nous sommes assez sensés pour comprendre que le premier qui attaquerait la femme se ferait tuer par les autres.

« Igor Mitski est mort à cause d'elle. Il était seulement poli et amical avec elle, alors qu'elle, elle se montrait provocante, et les autres le savaient. J'ai vu Myra encourager Mark, et même répondre aux avances de primate de Riddell. Elle invite au meurtre. Pas au sien, bien sûr. A mon avis, elle veut que nous nous entre-tuions jusqu'à ce que le meilleur gagne. Entre-temps, elle s'imagine qu'elle nous manœuvre tous, y compris vous-même.

– Qu'est-ce qu'elle vous a raconté sur sa propre affaire ? demanda Bony.

Maddoch eut une expression de dégoût.

– Elle a dit qu'elle avait tué son mari parce qu'elle en avait assez de lui et de ses mensonges, mais en même temps, elle s'est vantée de la manière dont elle a présenté ça aux jurés, à la presse et au public. Elle se vante d'être bonne actrice. Vous ne croyez pas réellement que j'ai tué Mitski, n'est-ce pas ?

Bony tourna la tête pour croiser le regard de Clifford Maddoch. Devenir directeur de filiale d'une entreprise importante de laine n'est pas à la portée d'un faible de caractère. Bony essaya de s'imaginer comment pouvait être le petit bonhomme avant d'être brisé. Il devait avoir un esprit dynamique. Il devait être expert en variétés de laine, il devait avoir un jugement sain et savoir prendre des décisions rapidement et à bon escient.

Une fois qu'il était arrivé à la conclusion qu'il ne pouvait plus supporter davantage la voix horripilante de sa femme, il avait dû commencer à concevoir un plan pour supprimer cette voix. Et maintenant... ce directeur, jadis important, était en train de supplier pour qu'on le croie quand il disait qu'il n'avait pas tué une nouvelle fois. La lumière jaune révéla les grands yeux, le teint livide, la bouche tremblante d'un homme ébranlé par la torture mentale, détraqué par la disgrâce et le châtiment, exposé à la violence et à la dépravation des hommes. L'exécution aurait été une mesure de miséricorde.

– Je répondrai à cette question si vous me promettez de ne pas en laisser échapper un seul mot devant les autres, dit-il, et il fut troublé par l'empressement avec lequel Maddoch acquiesça. A moins d'avoir fabriqué une paire d'échasses, Clifford, vous n'auriez pas pu tuer Igor Mitski.

Maddoch eut un soupir sonore.

– Merci, vraiment, inspecteur.

– Soyons donc alliés, Maddoch. J'ai besoin d'un allié. Vous comprenez bien que ma situation n'est pas, disons, normale, par rapport à vous tous. J'ai besoin d'être guidé, discrètement, pour savoir ce que je dois faire et dire. J'ai besoin d'un allié secret qui me préviendrait de tout complot contre moi. Qu'en pensez-vous ?

– Vous pouvez compter sur moi.

– Je vais donc compter sur vous. Dites-moi, que pensez-vous du Dʳ Havant ?

– C'est un esprit brillant qui a un rouage qui ne fonctionne pas quelque part. Je ne veux pas dire qu'il est déséquilibré, seulement qu'il a un truc qui n'est pas bien enclenché. Ça s'applique peut-être également à nous tous, sauf à vous. Ici, la vie n'est pas naturelle, surtout pour le docteur. La prison, en comparaison, c'était le paradis, inspecteur.

– Je vous crois volontiers, Maddoch.

– Ici, nous ne pouvons pas échapper aux autres. Pis encore, nous ne pouvons pas échapper à nous-mêmes, sauf pendant ces précieux moments où le Dʳ Havant se fait conteur. Habitué à des distractions telles que les livres, le théâtre, le cinéma, les journaux, l'homme moderne se détériore rapidement s'il est privé de ces moyens d'évasion. Cette menace pèse sur nous tous.

– Oui, c'est vrai, reconnut Bony en se levant.

– Hé, cette chienne a à nouveau disparu. Elle n'arrête pas, hein ? Elle est là, et une minute plus tard, elle n'y est plus.

Lucy était en train de se faire caresser quand ils pénétrèrent dans la « salle ». Un nuage masquait le soleil. La lumière était très faible et le dôme du plafond invisible. Le Dʳ Havant et Riddell étaient assis sur le rebord rocheux, à une distance d'environ un mètre l'un de l'autre, et ils poussaient des cailloux. En s'approchant, Bony s'aperçut que les cailloux étaient des pions et qu'ils jouaient aux dames, le damier étant gravé dans la pierre au couteau.

Comme les deux hommes s'absorbaient avec grand sérieux dans leur jeu, Bony se dirigea vers Mark Brennan. Un peu trop négligemment, celui-ci glissa un bloc plus ou moins carré sous sa cuisse droite. Il était en train de creuser ce bloc avec un couteau quand Bony s'était approché, et il se servit de son couteau pour détacher un morceau de tabac. Bony s'assit à côté de lui, s'adossant à la paroi rocheuse.

– Vous vous souvenez de Jim Ord, inspecteur ? lui demanda Brennan.

– Oui. Pourquoi ?

– Il était à Goulburn avec moi. Il nous disait toujours qu'il aurait réussi à s'en tirer, après avoir assassiné un Suédois près de Milprinka, si vous ne vous en étiez pas mêlé.

– Ord était malin, Mark. Il n'a commis que deux erreurs. Est-ce qu'il vous a raconté ce qu'il a dit quand je l'ai arrêté ?

– Oui. Ça lui ressemble bien. Il vous a dit qu'il ne pouvait pas se plaindre. Que quand un type enfreint la loi, il fait un pari avec les flics, et les chances sont égales. Et il était fier de ce que vous lui avez répondu : « Ord, vous m'avez vraiment donné du fil à retordre. »

– Je m'en souviens, reconnut Bony. Il avait l'esprit sportif. Et pourtant, tabasser quelqu'un avec une bouteille remplie de sable et le tuer à coups de pied n'est pas très sportif.

– Bon, mais regardez ce que Stassan avait fait à sa petite fille. Ce n'est pas moi qui irai lui reprocher quoi que ce soit. Il a cogné Stassan là où il fallait.

– Est-ce que vous pensez vraiment, Mark, que le meilleur moyen de prendre sa revanche, c'est de tuer ? lui demanda Bony.

– Avec un lascar comme Stassan, oui, c'est ce que je crois. Et c'est aussi ce que croient la plupart des types de Goulburn. Les pédés, les maquereaux et les violeurs, on devrait les pendre systématiquement, et quand Ord a expédié Stassan en enfer, on aurait dû le décorer. Dieu merci, nous n'avons pas de Stassan ici. Il ne ferait pas long feu.

– Est-ce que vous classeriez Igor Mitski dans cette catégorie ?

– Non, inspecteur. Il a simplement giflé cette gosse un peu trop fort, c'est tout. Vous savez, il faut parfois donner un peu de mou. Voilà Mitski qui a eu un succès fou et qui a fait le tour de l'Europe. C'est un musicien et un chanteur hors pair, et qu'est-ce qui se passe quand il arrive en Australie ? Il s'enfonce dans l'ouest et donne des cours à une môme stupide à qui on a répété qu'elle était la fille d'un riche éleveur, et que le reste du monde n'était que de la merde. Je ne reproche pas à Mitski de l'avoir remise à sa place. Manque de pot, il l'a cognée trop fort. Qu'est-ce qu'on va faire de lui, maintenant ?

– Compte tenu des circonstances, il faudra se débarrasser du corps sans les formalités habituelles.

– Vous savez qui l'a buté ?

– Pas encore, Mark, mais je le saurai.

– Je m'en doute. Nous savons tous que quand vous vous y mettez, vous y arrivez. L'un de nous a tué Mitski et il doit savoir que tôt ou tard, vous le coincerez. Son seul espoir, c'est de vous liquider avant que vous ne pigiez que c'est lui. (Brennan sourit et le fait qu'il en était capable fut une révélation.) S'il vous descendait avant que nous arrivions à sortir d'ici et à retourner chez nous, je lui en voudrais vraiment.

– Savez-vous qui a tué Mitski ?

Brennan secoua la tête.

– Savez-vous pour quelle raison il a été tué ?

– Oui.

– Eh bien ?

– C'est contre le règlement de l'Institut d'aider les flics.

– Le règlement de l'Institut ?

– Oui, le règlement de l'Institut, inspecteur. L'Institut des Assassins Libérés. Vous savez bien, vous avez été élu membre, vous vous rappelez ? Tenez, voici votre titre.

De sous sa cuisse, Mark Brennan sortit la fine plaque de calcaire. Il avait gravé avec son couteau, bien lisiblement :

Inspecteur N. Bonaparte
Membre de l'I.A.L.

Bony leva les yeux de la pierre pour croiser le regard de l'homme qui avait tué deux fois en trente secondes.

– Merci, Mark, je garderai précieusement cette tablette unique en son genre.

Un Jonas féminin

Le nuage s'écarta du soleil couchant et immédiatement, la salle se transforma en un lieu inondé de couleurs chaudes. L'effet se fit même sentir sur le visage cireux du Dr Havant. La première impression que Bony avait eue de lui s'en trouva confortée. Il était assis sur le rebord rocheux, détendu, en train d'étudier le damier, et Bony n'arrivait pas à savoir si le docteur encourageait délibérément Riddell ou s'il était véritablement mis en difficulté par un homme d'une intelligence nettement inférieure à la sienne.

Ayant empoché sa « tablette », il se releva et traversa la salle pour aller observer le jeu. Riddell leva les yeux, des petits yeux dans lesquels il y avait une lueur de triomphe. Le docteur continua à étudier le damier, fit mine de bouger un pion, hésita, puis décida de ne pas le bouger. Là-dessus, Riddell le contra, le plaçant dans une situation sans issue.

– Félicitations, Joe, dit Havant en faisant glisser son long corps du rebord de pierre. Alors, inspecteur, comment vous êtes-vous entendu avec Maddoch ?

– Je me fais maintenant une idée assez claire de

ces cavernes et des différents passages, docteur. Découvrir l'assassin de Mitski est un problème qui ressemble au jeu de dames, et je vais gagner la partie. En attendant, il faut s'occuper du corps de Mitski.

– D'accord. Que suggérez-vous ?

– Je suppose qu'un enterrement est hors de question.

– Dans la terre, oui. Il n'y a qu'un endroit pour déposer le corps, et c'est la crevasse dans laquelle Fiddler est tombé. Dois-je le faire transporter là-bas ?

– Oui, merci, docteur.

Havant considéra Riddell. Il appela Jenks, et Jenks sortit de l'alcôve qui servait de cuisine. Toujours aussi calme et protocolaire, le Dr Havant dit :

– Je voudrais que vous emmeniez tous les deux le corps de notre ami défunt au Saut de Fiddler, pour l'y ensevelir.

La large bouche de Riddell se crispa. Le visage carré de Jenks ne trahit aucune émotion, mais l'ancien marin dit :

– Vous vous rappelez ce qui s'est passé, d'après Mitski, après la chute de Fiddler ?

– Oui, Ed, je me rappelle ce qu'il a dit, répondit le médecin. Après sa chute, il a entendu un bruit de conduite partiellement bouchée. Si votre esprit supérieur voulait bien considérer ce problème et suggérer une autre solution...

L'esprit supérieur s'y essaya sans succès.

– Bon, d'accord. Allez, Joe, fit Jenks.

– Vous pourriez les aider en les éclairant, Mark et Clifford, suggéra le Dr Havant.

Brennan alla chercher les lampes à la cuisine et ils entendirent Myra Thomas lui dire :

– Mark, ce qu'on qualifie de dîner sera prêt dans une demi-heure. Si vous voulez tous que je continue à faire la cuisine, il faudra que vous soyez revenus d'ici là.

– D'accord, Myra, dit Brennan. Si jamais on arrive à sortir de là, vous n'aurez plus besoin de faire la cuisine.

– Vous me l'avez déjà dit, Mark. (La voix était claire mais grave. Ils entendirent un rire léger et le cliquetis d'une poêle.) Allez-y, Mark. Les chiens de garde ne sont pas loin.

Riddell expira en émettant un sifflement. Jenks gloussa. Maddoch dit :

– Voilà ce que je voulais dire, inspecteur.

Le gorille s'élança et donna un coup de poing au petit bonhomme, en pleine poitrine. Maddoch fut projeté en arrière, titubant, haletant. C'était cette conversation qui avait déclenché la réaction de Riddell. On aurait dit qu'une étincelle, sautant du fourneau, avait mis le feu aux poudres et que l'explosion de Riddell s'était propagée à Jenks.

Jenks recula vers le mur pour prendre son élan et Riddell, sans écouter l'ordre que lui criait le Dr Havant, s'élança vers Bony. Jenks ne s'élança pas. Havant ne répéta pas son ordre. Mark Brennan se tint à l'entrée de la cuisine et le petit Maddoch lutta pour retrouver son souffle. Ils virent Bony esquiver le gorille qui s'apprêtait à charger, s'élancer derrière lui, glisser les bras sous les aisselles du grand gaillard et lui bloquer la nuque de ses mains croisées.

La lumière indirecte tomba sur le visage contorsionné de Riddell. Dans ses yeux, la fureur fit place à la douleur. Sa large bouche s'ouvrit pour hurler et les spectateurs se rendirent compte qu'il était trop paralysé pour émettre un son. Riddell avait beau être peu inhibé et parfaitement habitué à la violence, son expression trahissait une souffrance indescriptible et extrêmement prolongée. Les pouces de Bony s'activèrent sur la nuque de Riddell et même l'assistance fut choquée par ce spectacle.

Myra Thomas rejoignit les autres et en voyant le visage de Riddell, ses yeux violets s'écarquillèrent et sa bouche se retroussa en un sourire.

– Vous n'avez pas l'air de vous amuser, Joe, dit-elle.

Bony recula et comme un arbre déraciné par la tempête, l'énorme carcasse tomba, toute raide, sur le sol. Riddell se retrouva sur le dos, sa bouche s'ouvrant et se refermant jusqu'à ce que le soulagement le gagne et qu'il puisse hurler.

Le hurlement se termina en sanglots angoissés auxquels vint se mêler le rire léger de la jeune femme.

– Retournez dans votre cuisine, lui dit Bony.

Myra Thomas lui aurait répliqué si elle n'avait été sous l'effet des yeux d'un bleu glacial, qui s'élargissaient de plus en plus jusqu'à ce qu'elle ne puisse plus rien voir d'autre. Elle avait résisté au regard hypnotique du Dr Havant, mais ces yeux étaient différents, terrifiants, magnétiques et provocants. Une fois libérée, elle courut obéir.

– Riddell ! Levez-vous ! ordonna Bony.

Riddell gémit, se retourna, se ramassa sur lui-même et se releva maladroitement. Les jambes écartées, il titubait comme un ivrogne, les yeux injectés de sang, la mâchoire pendante.

– C'est une prise aborigène et beaucoup de gens paieraient une fortune pour en connaître le secret. Je n'aime pas m'en servir, Riddell, et je ne voudrais pas être forcé de recommencer. Quant aux autres, faites bien attention. C'est moi qui commande, ici. J'espère vous ramener en pays civilisé et il n'est donc pas question que vous conduisiez comme des bêtes sauvages. Dorénavant, vous m'obéirez sans discuter et vous ferez ce que je vous demande. Emportez ce corps là où on vous l'a dit et disposez-en.

Le bruit de leurs pas décrut dans la galerie. Maddoch se traîna jusqu'au matériel de chamelier de Bony et eut un haut-le-cœur. Havant s'approcha de lui. Bony entra dans la cuisine.

– Madame Thomas, commença-t-il doucement. J'ai déjà eu affaire à des femmes qui étaient exactement comme vous. Le Dr Havant a sûrement un terme scientifique pour qualifier votre conduite. Vous avez une seule ambition, mais elle n'est pas de mise ici. Dans des conditions normales, la coquetterie féminine est acceptée par la société. Nous ne vivons pas des circonstances ordinaires, vous le savez fort bien. Donc, dorénavant, vous voudrez bien vous conduire avec une discrétion exemplaire.

Les yeux sombres de la jeune femme n'exprimaient qu'admiration tandis qu'il la réprimandait. Elle avait l'air soumise mais ses yeux défiaient Bony. Sa voix était douce, avec une note de gravité.

– Je sais être la discrétion même, inspecteur. Dites-moi seulement ce que je peux faire pour vous aider. Et j'espère que vous abandonnerez votre réserve et que vous m'appellerez Myra.

– Où étiez-vous quand Igor Mitski a appelé à l'aide ?

– Ici, en train de m'occuper du café. Quand je l'ai entendu, j'ai compris qu'il avait des ennuis, je me suis précipitée dans la galerie et je me suis aperçue que les autres y étaient déjà.

– Les autres... Est-ce que Brennan y était ?

– Je crois, mais je peux me tromper. Vous comprenez, j'étais troublée en voyant Mitski dans une mare de sang.

– Vous le montiez contre les autres ?

– Que voulez-vous dire ?

– Je répète, dit Bony d'un ton glacial. Est-ce que vous montiez Mitski contre les autres ?

– Je ne comprends toujours pas ce que vous voulez dire, inspecteur.

– Je crois que vous comprenez parfaitement, mais je vais tourner ça autrement. Est-ce que vous provoquiez les hommes en encourageant Mitski, comme vous les avez provoqués tout à l'heure en faisant du cinéma à Mark Brennan dans cette cuisine ?

Le regard de la jeune femme flamboya de mépris.

– Vous croyez réellement que j'encouragerais les avances d'assassins ?

– Oui. Ils n'en sont pas moins des hommes. (Il lui fit signe de s'asseoir sur une caisse vide.) Je m'en tiendrai à Igor Mitski, et vous ferez de même, que ça nous prenne une heure, un jour ou davantage. Mitski, comme Mark Brennan, à l'instant, n'était qu'un révélateur de votre ambition, de votre attitude envers les hommes, de vos réactions face à la situation dans laquelle vous vous trouvez actuellement. Vous ne manquez pas d'intelligence, et vous devez savoir que même en enfer, on ne peut pas trouver de haine plus violente que celle qui consume le cœur d'un homme qui se sent ridicule. Avez-vous accordé vos faveurs à Igor Mitski ou l'avez-vous mené en bateau ?

– Pour moi, Mitski était un musicien, un chanteur, c'est tout, déclara-t-elle d'une voix maintenant chaude et vibrante. Quand on m'a jetée dans cette fosse, j'avais l'impression d'être une poule au milieu de coqs. Vous ne pouvez pas le savoir, mais je n'y ai pas encore laissé de plumes. J'ai été élevée à la dure, et si j'ai fait mon chemin, c'est uniquement en utilisant les dons que j'ai eus à la naissance. Vous les hommes, vous me fatiguez. Vous vous croyez intelligents, protecteurs ! Moi, je me sers de ma cervelle, et j'en ai à revendre si vous en avez besoin.

Etait-elle sincère ? Bony en doutait.

Elle poursuivit, sur un ton plus calme :

– Mitski était doux et parfaitement correct. Il ressemblait à Cliff Maddoch, un rêveur, le genre d'homme dont une fille rêve à dix-sept ans, alors qu'à vingt ans, elle préfère un homme fort, décidé, le genre de types dont elle doit repousser les avances pour préserver sa virginité. Bref, ce qu'on voit dans les films.

« Quand j'ai été balancée là-dedans, c'est le

Dr Havant qui a tenu les coqs à distance, et c'est Mitski qui l'a aidé à me transporter dans l'autre caverne et à me soigner pour dissiper l'effet de la saloperie de drogue qu'on m'avait administrée. Je ne pouvais pas faire de favoritisme, alors j'ai bien été obligée d'être aimable avec Brennan, Riddell et les autres.

Plausible. Bien raisonné. Etait-elle sincère ou jouait-elle la comédie ? Croyait-elle ce qu'elle disait ? Ou était-elle aveuglée par la vanité ?

– Je vais vous dire ce qui se serait passé si vous n'étiez pas arrivé, poursuivit-elle. Celui qui a assassiné Mitski avait l'intention de tuer tous les autres pour être le seul coq de la basse-cour. A mon avis, c'est Riddell. Riddell s'est dépêché d'accuser Maddoch. Et c'est le genre de plan que pourrait concevoir Riddell. C'est pour ça que j'étais bien contente quand je vous ai vu vous occuper de cette brute, ça va l'obliger à penser à autre chose qu'à moi.

– Donc, vous pensez que mon arrivée va modifier la situation ?

– Elle ne peut pas la faire empirer. Ce n'est pas votre avis ?

– Alors je vous serais reconnaissant d'adopter une attitude de réserve et de vigilance envers tout le monde... et particulièrement envers moi.

– Certainement, inspecteur... envers les autres.

– Vous connaissez l'histoire de Jonas... vous vous rappelez que les marins l'ont jeté à la mer parce que sa présence à bord était désastreuse ? Vous pourriez vous trouver dans la même situation, sauf qu'il n'y aurait pas de gros poisson pour vous sauver au Saut de Fiddler. Réfléchissez-y.

Elle secoua brusquement la tête pour rejeter ses cheveux en arrière, et au moment où il allait partir, elle se mit à remuer la grande casserole posée sur le fourneau. Sous l'arche dépourvue de porte qui séparait cette petite caverne de la plus grande, il se retourna pour l'observer. Elle dut sentir le poids de son regard car elle lui lança un coup d'œil par-dessus son épaule et lui sourit. Il se dit alors qu'une petite dose du remède qu'il avait administré à Riddell pourrait également se révéler efficace avec elle.

Il alla retrouver Clifford Maddoch, qui s'était remis, même s'il avait toujours des douleurs dans la poitrine. Le Dr Havant lui promit d'une voix douce qu'il n'aurait plus mal le lendemain. Ils prirent tous trois des serviettes et du savon et se rendirent à la Bijouterie. Ils se lavèrent et rapportèrent des bidons d'eau pour la cuisine. Ceux qui avaient enseveli Mitski revinrent et, sans un mot, s'éloignèrent eux aussi avec leurs serviettes.

La cuisinière servit un plat nourrissant de ragoût bien cuisiné avec des oignons et des pommes de terre, et Jenks aida Maddoch à faire la vaisselle. Ensuite, ils s'aperçurent que la lumière du jour avait fui et Myra Thomas demanda à Havant de leur raconter une histoire.

– Oui, si vous le souhaitez tous, acquiesça le docteur. Hier soir, j'ai terminé *Burning Daylight*, de Jack London. En l'honneur de l'arrivée de notre nouveau membre, je vais vous raconter *Le Mystère du récif aux espadons*, que j'ai lu il y a plusieurs années. C'est l'histoire de l'une des enquêtes criminelles de l'inspecteur Bonaparte. Vous êtes d'accord ?

– A l'unanimité.

Bony s'adossa à la selle de bât de Curley, tandis qu'une Lucy rassasiée s'endormait à côté de lui. Les deux lampes posées par terre, au centre de la caverne, permettaient de distinguer le médecin, assis à l'orientale sur une couverture pliée, le dos appuyé au rebord de pierre. Les autres personnes avaient adopté des postures diverses. Le Dr Havant commença son récit, et Bony fut étonné par sa manière de raconter. On aurait dit qu'il faisait la lecture. Son auditoire était tellement captivé qu'il ne remarqua pas qu'une heure plus tard, Lucy quittait Bony et passait derrière Brennan pour entrer dans la cuisine. Peut-être au bout de dix minutes, ou un peu plus, elle aboya en direction de l'assistance absorbée. Quand le docteur s'interrompit, l'assemblée s'aperçut que la chienne se trouvait au bord de l'ouverture, au-dessus d'eux, et tout le monde resta silencieux pendant une bonne minute. Puis Mark Brennan exprima ce que tout le monde pensait.

– Si cette chienne peut sortir, nous aussi.

Mitski ou Ganba

A un moment donné, pendant la nuit, la nuit en surface, bien sûr, Ganba tira Bony de son sommeil bien mérité. Ganba remua dans les intestins de la terre, créant des sons qui couraient le long des galeries, se faufilaient dans les crevasses et étaient renvoyés de rocher en rocher par l'écho. Parfois, on pouvait entendre Ganba se glisser dans un passage, être retenu par une saillie, puis s'élancer, libre, vers une issue d'où il pourrait prendre au piège un Aborigène.

Bony était installé sur le sol de la caverne principale, à quelques pas de la cavité dans laquelle dormaient les hommes. Une fois réveillé par Ganba, il se roula une cigarette sans prendre la peine d'allumer la lampe-tempête, et Lucy, manifestement nerveuse, se blottit contre lui.

En la réconfortant, il se demanda si le défunt Mitski n'usurpait pas le rôle de Ganba. Selon Mitski, après la chute d'Arthur Fiddler dans la rivière souterraine, des bruits lugubres s'étaient élevés, qui faisaient penser à une énorme bête repue en train d'éructer. Lorsqu'il s'était retrouvé seul, il avait eu le courage de chercher à comprendre et il avait découvert que ce bruit montait de la faille qui avait emporté son compagnon. Il en avait donc conclu que le corps bloquait la rivière, du moins partiellement, comme un chewing-gum qu'un enfant de chœur aurait collé dans un tuyau d'orgue.

Dans la chambre des hommes, quelqu'un gratta une allumette et alluma une lampe. Le Dr Havant dit :

– Tout va bien, Clifford. C'est seulement ce pauvre Mitski qui se plaint de son enterrement.

– J'aimerais bien qu'il arrête, grommela Jenks. Il devrait savoir qu'il n'y a pas de terre ici.

Personne ne dit plus rien et bientôt, la lampe fut soufflée. Les rugissements et gémissements s'atténuèrent et Bony se prépara à dormir. Quand il fut à nouveau réveillé par une autre série de pérégrinations de Ganba, il se dit qu'il n'avait plus besoin de sommeil et pour la deuxième fois, il se roula une cigarette.

Une lumière jaillit dans la chambre des hommes, puis Jenks apparut, une lampe à la main, et il considéra Bony.

– Ça fait un sacré raffut, dit-il. J'espère que ça ne va pas durer un mois.

Sans y être invité, il s'accroupit au pied des couvertures de Bony et mordit dans une carotte de tabac. Avec la désinvolture des Australiens qui sont dans le pays depuis plusieurs dizaines d'années, il demanda :

– Comment ça va, inspecteur ?

– Raisonnablement bien, malgré une foule de questions qui se pressent dans ma tête, répondit Bony. Notamment une question à laquelle j'aimerais bien avoir une réponse maintenant : qu'est-ce que vous avez déjà tenté pour vous évader d'ici ?

– Oh ! fit le marin d'un air indifférent. Nous avons essayé de faire un numéro de cirque. Le toubib a calculé la distance qui nous séparait de l'ouverture, dans la salle. L'idée était que Joe se mette en dessous et que Mark lui grimpe sur les épaules. Ensuite, je devais grimper sur eux deux et me mettre debout sur les épaules de Mark, et Maddoch devait monter sur mes épaules. Le toubib se disait que Maddoch devrait alors arriver assez haut pour agripper le rebord du trou et pour se hisser à l'extérieur. On aurait alors fabriqué une corde avec les couvertures, Cliff en aurait pris un bout pour l'attacher quelque part et après, tout aurait dû marcher tout seul.

– C'était une bonne idée, approuva Bony.

– Oui, une idée géniale. Mais ça n'a pas marché. Nous nous sommes beaucoup exercés, mais nous n'avons jamais pu y arriver. Mark a réussi à se tenir sur Joe, mais ni moi ni Cliff, on n'a pu grimper sur Mark, parce que Joe vacillait trop. On a abandonné quand certains d'entre nous se sont fait mal.

– Et vous n'avez pas pensé à jeter une corde de couvertures par-dessus le Saut de Fiddler ? insista Bony. Vous n'avez pas essayé ?

– On y a bien pensé, mais personne ne se sentait le courage de sauter, et puis de l'autre côté, il n'y a pas grand-chose à quoi on pourrait accrocher une corde. Oh, on s'est cassé la tête, inspecteur. Je me suis dit que j'allais essayer de creuser un tunnel. Ça a été pendant un mètre ou deux, mais le roc est trop dur et ils m'ont empêché d'user d'autres couteaux.

Mais il y a un moyen de sortir, hein ? Il doit bien y en avoir un. Cette chienne l'a trouvé.

– Oui, elle l'a trouvé, reconnut Bony.

– Ça fait rien si c'est tout petit, inspecteur. Si cette chienne a réussi à sortir, nous y arriverons. En tout cas, elle est sortie, ça, c'est sûr.

– Est-ce qu'une issue n'aurait pas pu vous échapper ?

– Je ne vois pas comment, affirma Jenks. Nous avons passé des jours et des jours à quatre pattes, à fourrer le nez dans tous les trous, les fissures et que sais-je encore. Mark et moi, nous avons grimpé à tour de rôle sur les épaules de Joe pour pouvoir examiner les parois aussi haut que possible. Ces salauds qui nous ont fourrés là-dedans ont dû s'assurer qu'il n'y avait aucun moyen de sortir.

– Il y a l'endroit où l'air est évacué, Jenks. Si vous le voulez bien, nous pouvons aller l'examiner tout de suite.

– Ça me va. De toute façon, j'ai assez dormi.

Jenks passa devant avec la lampe et quand ils entrèrent dans la galerie principale, une nouvelle journée était annoncée par la lueur qui envahissait la salle, au fond. Après l'embranchement, le passage secondaire était tortueux, très étroit et à certains endroits, à peine assez haut pour leur permettre de bouger. Puis il s'élargit et gagna de la hauteur. Au-dessus de leur tête, le bruit de l'air qui s'échappait était fort et continu.

– C'est pas comme d'habitude, ce matin, dit le marin en se frayant un chemin. On avait l'impression d'entendre un chiot gémir. Et maintenant, on croirait percevoir le gémissement du vent dans la voilure. Seigneur ! Je donnerais mon âme pour être en mer et pas dans ce fichu trou à rats.

Le passage se rétrécit et ils furent obligés de ramper, comme s'ils se trouvaient dans une canalisation. Le courant d'air devenait nettement plus fort et le bruit s'enflait au-delà d'un rugissement continu. En rampant sur environ trois mètres ils arrivèrent dans une petite cavité pleine de tintamarre et de vent, ce qui fit vaciller la flamme. Au bout de cette cavité, il y avait une niche qui n'avait ni sol ni plafond. Le jet d'air arrivait d'en dessous, avec tant de puissance qu'il continuait vers le haut, à travers la paroi rocheuse de l'excavation. Bony, qui avait tendu lentement la main vers le jet d'air, dans la niche, avait l'impression de sentir une barre de métal. Il comprit alors comment le foulard de la jeune femme avait pu être attiré par le jet d'air et soulevé du sol. Ce n'était certainement pas là une sortie possible pour Lucy.

Il retourna vers la galerie, vérifia le courant d'air et en conclut que la jeune femme n'avait pas eu besoin de se trouver près de l'appel d'air pour que son foulard s'envole. Ici, il était possible de parler et Brennan avait dit qu'il y était venu avec elle dans ce but.

– Le père Havant dit que la pression de l'air qu'il y a ici est provoquée par l'eau qui s'accumule quelque part, en dessous. C'est vrai ? demanda Jenks.

– Oui. Est-ce que ça s'est arrêté depuis que vous êtes là ?

– Non. Le bruit change un peu de temps en temps. J'ai connu un ingénieur, à un moment donné. Un type intelligent. S'il était là avec les outils nécessaires, il ferait fonctionner une génératrice avec ce jet d'air pour qu'on ait de l'électricité. Dites donc, la chienne n'était pas avec nous, il y a une minute ?

– Elle est peut-être partie voir la cuisinière.

– Vous devez avoir raison, inspecteur. Je sens l'odeur du café.

Ils trouvèrent Riddell à l'entrée de la cuisine, en train de parler à Myra Thomas. Il n'était pas rasé et il ne portait qu'un pantalon. Son torse charnu était couvert de poils. Il s'écarta quand il les aperçut et la jeune femme, qui ne les avait pas vus, dit :

– Mais Joe, vous savez pertinemment qu'une femme a besoin d'un ami dans un endroit comme celui-ci.

– Nous avons des visiteurs matinaux, dit Riddell d'une voix forte. Où étiez-vous passés, tous les deux ?

– On travaillait, naturellement, lâcha Jenks. La chienne est ici ?

– Ouais, dans le coin. Pourquoi ? demanda Riddell.

– Bonjour, Myra, dit Bony en entrant dans la cuisine qui semblait déjà pleine avec le fourneau et la jeune femme. Ce café sent formidablement bon.

– Ça fait des heures que je m'en occupe, lui dit-elle en remplissant deux gobelets. Je ne pouvais pas dormir à cause de ce tintamarre. Contrairement à vous, je suppose. Vous semblez toujours faire ce qu'il faut au bon moment, inspecteur.

Ses cheveux noirs étaient coiffés derrière les oreilles et dans cette lumière, ses yeux paraissaient bleu indigo. Les vêtements masculins qu'elle portait, malheureusement – mais sans doute était-ce là une nécessité –, ne lui convenaient pas et dissimulaient complètement son corps.

– Il vaut toujours mieux regarder où on pose le pied, c'est une simple précaution, dit-il sans sourire. Merci bien pour le café.

Il se retira dans la salle et s'assit sur le siège que constituait la selle de bât. Il sirota le café brûlant et le trouva bon. Le Dr Havant apparut, Maddoch sur ses talons, suivi par Brennan, qui sourit à Bony et le complimenta pour son flair.

– Le premier café et la première cigarette de la journée ! soupira Havant qui avait exactement la même allure que lorsqu'il était allé se coucher la veille. Quelle nuit ! Ce bruit lugubre a recommencé.

– Ça me met les nerfs en boule, se plaignit Maddoch.

Riddell ricana :

– Comme de juste ! Ça a bouché la canalisation de balancer Mitski là-dedans. Maintenant, le pauvre diable appelle au secours. Il a froid et il est tout trempé. Vous aussi, petit malin, vous seriez dans le même état, si quelqu'un vous avait cogné avec une pierre et balancé dans la crevasse.

– Je ne veux plus vous entendre, Joe, lui ordonna le Dr Havant.

– Mais il a...

– Maîtrisez-vous, Joe. Il est trop tôt pour se laisser aller à des réactions nerveuses. Nous avons du travail.

– Du travail ! Comment ça ? ricana Riddell.

– Faire travailler nos muscles qu'aucun d'entre nous, à l'exception de l'inspecteur Bonaparte, n'a utilisés depuis bien longtemps. Et la chienne ? Quelqu'un l'a-t-il vue ce matin ?

– Elle est avec moi, dit la jeune femme, de la cuisine. Nous devons nous protéger mutuellement, nous autres femmes. Au menu du petit déjeuner, il y a du porridge et les conserves habituelles, ces saletés que notre pays voudrait bien faire avaler aussi à l'Angleterre. Je vous les apporte dès que vous serez prêts.

Il y eut un exode général et Bony suivit les autres, avec serviette et savon, en se disant que s'il ne se rasait pas bientôt, il ressemblerait à un singe, comme Riddell.

Dans la Bijouterie, dont les pierreries scintillaient à la lumière de deux lampes, Ganba était décidément bien bruyant. Le tapage venait du passage qui menait vers le Saut de Fiddler. Avant de se laver, Bony décida de prospecter et, prenant l'une des lampes, il entreprit de se glisser dans un trou qui n'était pas beaucoup plus grand qu'un terrier de lapin.

En arrivant au bord de la grande crevasse, Bony perçut un changement. La lumière qui frappait le bord opposé était toujours la même, mais le lointain bouillonnement de l'eau avait cessé. Le niveau de l'eau arrivait à trente centimètres du rebord, alors que précédemment, il était tellement plus bas qu'il fallait compter jusqu'à sept pour entendre tomber une pierre au fond.

La lumière éclairait la surface sur laquelle venait de temps à autre crever une grosse bulle d'air, avec un bruit qui n'était pas sans rappeler celui de quelqu'un qui nage sous l'eau. Il explosait dans les limites étroites de cette cavité rocheuse et martelait les oreilles avec la régularité d'un pic de mineur.

En repensant à la théorie de Mitski – l'homme dont le corps avait été jeté dans cette cavité bruyante –, l'horreur gagna Bony, et lui fit éprouver deux sensations distinctes. Une partie de son esprit s'imaginait Ganba en train de se glisser dans ce large ruban d'eau noire pour venir lui souffler dans le dos. L'autre partie de son esprit nota le fait qu'en quelques heures à peine, le niveau de l'eau s'était élevé presque jusqu'au rebord. S'il continuait à monter, toutes les cavernes et toutes les galeries allaient être inondées. Consterné par la menace d'une telle catastrophe, il retourna à la Bijouterie, poursuivi par la voix de Ganba.

Il y resta juste le temps nécessaire pour se laver et se donner un coup de peigne. En entrant dans la salle, il trouva les autres en train de prendre leur petit déjeuner. Il resta muet car la fureur de se sentir gagné par une phobie héritée de ses ancêtres le réduisait au silence.

Le Dr Havant lui demanda si la chienne l'avait suivi.

– Elle a à nouveau disparu, inspecteur. Nous avions oublié de la surveiller. Vous êtes sûr qu'elle ne vous a pas accompagné au Saut de Fiddler ?

– Tout à fait, docteur. Si elle m'avait suivi, le bruit qui s'élève de la crevasse l'aurait arrêtée. Il faut que nous nous mettions sérieusement à chercher par où elle passe pour arriver là-haut. En restreignant le champ des possibilités, nous pourrons affiner les recherches. Brennan et moi, nous allons boucher avec des déblais le passage qui se trouve entre la Bijouterie et la crevasse, et vous autres, vous pourrez combler celui qui mène à l'évacuation de l'air. Si Lucy sort par l'un de ces deux passages, elle nous fera bientôt comprendre qu'elle est bloquée. Myra peut rester là pour surveiller son retour.

Pendant que Brennan et lui bouchaient la galerie avec des pierres pour que la petite chienne ne puisse pas passer, Bony se sentait assailli par une foule de pensées. Il n'avait pas informé les autres du danger qui les menaçait si l'eau continuait à monter, de crainte de voir la panique annihiler leurs efforts. Il tenait absolument à savoir par où la chienne pouvait s'échapper, mais il souhaitait que les autres ne l'apprennent pas jusqu'au moment où ils sauraient parfaitement ce qui les attendait dans la plaine de Nullarbor. La montée de l'eau les affolerait certainement, mais s'ils se retrouvaient libres sans préparation préalable, ils seraient encore plus démoralisés. Il dit à Brennan :

– Est-ce que Mitski avait dit pendant combien de temps il avait entendu ce bruit après la chute de Fiddler ?

– Il ne le savait pas vraiment, répondit Brennan en poussant un bloc avec un grognement. Mitski n'avait pas l'heure. Nous non plus, depuis que Myra a cassé sa montre. Tout ce qu'il a dit, c'est qu'à son avis, le tintamarre a dû durer près de vingt-quatre heures.

Au milieu de la journée, le bruit s'interrompit pendant environ deux heures, selon l'estimation de Bony. Il reprit au « déjeuner », comme disait le Dr Havant avec solennité. Tout le monde regarda son voisin avec nervosité et Bony déclara à haute voix, pour qu'on le comprenne bien :

– On a l'impression d'entendre une foule de noyés, vous ne trouvez pas ?

– Je vous en prie, inspecteur ! supplia Clifford Maddoch.

Une minute plus tard, Bony dit avec un frisson bien imité :

– Je me demande si Mitski ne fait pas des pieds et des mains pour revenir accuser son assassin.

– Bon sang ! s'écria Jenks. Arrêtez ça, inspecteur. Ça me donne la chair de poule.

Et Maddoch hurla :

– Oui, oui, arrêtez. C'est de la cruauté.

Maddoch se boucha les oreilles. Havant regarda tout le monde à tour de rôle, un léger sourire de dérision sur son visage d'un blanc crayeux. Brennan avait résolument fermé les yeux et Riddell était ramassé sur lui-même, muet, dans l'expectative. La jeune femme se tenait avec raideur sur le seuil de la cuisine, comme si elle s'attendait à ce que Mitski apparaisse parmi eux.

Les rugissements, gémissements et déglutitions cessèrent brusquement. Le silence qui s'ensuivit fut encore plus pénible. Puis il y eut un long craquement sonore, et un autre silence. La voix de Bony s'éleva alors :

– On dirait que Mitski démolit le mur que nous avons construit, Brennan et moi. Il arrive peut-être de la Bijouterie.

Maddoch gémit et frissonna. Les autres ne firent pas le moindre bruit. Ils étaient figés, on aurait dit qu'ils n'allaient plus jamais se mettre à respirer.

Puis un tumulte assourdissant les engloutit. Ils

avaient les oreilles assaillies. La pierre sur laquelle ils étaient assis trembla. La chienne surgit de nulle part et se précipita sur Bony pour enfouir la tête sur ses genoux. Maddoch attrapa la nappe et se l'enroula autour du crâne.

Bony s'adresse à l'I.A.L.

L'air légèrement compatissant cette fois, Bony s'adossa au mur et observa l'affolement qui déferlait sur eux. Brennan remua les yeux en paraissant faire un immense effort. Riddell se passa la langue sur la lèvre supérieure, les yeux fermés, tout en ouvrant l'un de ses poings. Jenks fouilla ses poches, à la recherche de tabac, et la jeune femme parcourut l'assemblée du regard, semblant voir chaque homme pour la première fois de sa vie. Le Dr Havant paraissait le moins affecté de tous. Il continua à sourire, comme s'il s'agissait d'une plaisanterie que personne ne pouvait comprendre.

Bony attendit. Sa tentative pour faire croire au retour d'Igor Mitski s'était avérée infructueuse. L'assassin ne s'était pas effondré et seul Clifford Maddoch avait failli craquer.

Le geste que fit alors Myra Thomas fut d'une normalité inattendue. Elle s'avança et se mit à rassembler la vaisselle qui avait été éparpillée quand Maddoch avait arraché la « nappe ». Les assiettes et les gobelets en fer qui s'entrechoquaient faisaient un bruit familier et c'est ce qui fit retrouver un peu d'animation aux hommes.

Maddoch retira le morceau de toile de sa figure et regarda autour de lui d'un air stupide. La terreur lui faisait un masque de cire qui, réchauffé par le silence bénéfique, commença rapidement à fondre. Ses poumons s'élargirent pour s'emplir d'air et expirèrent après cette longue et profonde inspiration. Jenks dit :

– Alors, ça vous a plu, Cliff ?

– C'était... Ma femme était comme ça... entre ses crises... pendant son agonie. Je ne pourrais pas supporter ça... une nouvelle fois. Ça va recommencer ? Vous croyez que ça va recommencer ?

Le Dr Havant eut un petit rire. Il s'adressa à Bony.

– Les accessoires de théâtre avaient beau être magnifiques, inspecteur, la résurrection de notre ami défunt était par trop atterrante... ce qui est regrettable. Elle n'a pas levé le voile sur notre assassin doublement breveté.

– Mes compliments pour votre perspicacité, dit Bony sur un ton glacial. Pour l'instant, ce qui importe, c'est de savoir comment nous allons pouvoir nous échapper.

– Le principal, c'est de sortir, et cette fichue chienne sait comment faire, déclara Riddell d'un ton important. Pourquoi faudrait-il se faire mal au dos et au cou en rampant alors qu'il nous suffit de rester sans rien faire et de surveiller la chienne. C'est pas parce qu'on va la regarder qu'elle va s'arrêter d'aller et venir.

Jenks, le seul à avoir tenté de s'échapper, suggéra d'attacher la chienne à quelqu'un.

– Nous devons nous rappeler que Lucy n'est pas

une chienne d'appartement, leur dit Bony. Même si elle est de la race des Nations Unies, l'un de ses ancêtres au moins était un dingo pur sang.

« La plupart de ces chiens de la brousse se rapprochent du dingo. Sachant que sa première portée a été détruite, une chienne va cacher ses chiots avec tant d'habileté que vous ne les trouverez jamais, à moins qu'elle le veuille bien. Vous ne les retrouverez pas en attachant à son collier une ficelle que vous vous passez autour de la cheville. Si la chienne se doute un tant soit peu que vous la surveillez, elle ne vous conduira jamais à eux. Vous devez l'observer sans qu'elle s'en aperçoive, et ce n'est pas facile. Il ne faut pas qu'elle sente qu'on s'occupe d'elle plus que d'habitude. Bref, si vous vous acharnez sur cette chienne, elle ne va pas bouger et elle va se moquer de vous.

– L'idée de lui barrer la route est meilleure, dit Havant. Persévérons. Si la chienne arrive à sortir ce soir, nous saurons qu'elle n'est pas passée par le conduit d'évacuation de l'air ou par celui qui se trouve derrière la Bijouterie. Nous nous répartirons alors à différents endroits pour attendre son retour... le retour de la fille prodigue.

– Il y a beaucoup de bon sens là-dedans, jugea Jenks. Il faut bien qu'elle se trahisse à un moment donné, et le plus tôt sera le mieux. J'en ai assez de cette fichue crémerie. Il y a des moments où j'ai l'impression que je ne pourrais pas y rester une minute de plus.

– Ça ne va plus durer très longtemps, maintenant, Jenks, dit Havant d'un ton confiant en voyant que l'ancien marin était sur le point de s'effondrer. Ce n'est pas le moment d'abandonner l'espoir. Au contraire, c'est l'espoir qui doit nous redonner le moral. Comme vous l'avez dit, la chienne finira bien par nous montrer le chemin. Et alors...

– Et alors, je vais me foutre à la recherche du salaud qui nous a jetés là-dedans, dit Jenks avec la solennité du croisé qui prête serment. Une fois que j'aurai mis la main sur lui, je vais faire comme le terrier irlandais que j'avais. Je ne vais plus le lâcher. C'est le gouvernement qui nous a envoyés ici ?

– Certainement pas, répondit Bony. Je ne sais pas qui vous a amenés ici... pas encore.

– Vous n'avez même pas une petite idée, inspecteur ? Vous nous avez posé des tas de questions. A vous de répondre, maintenant. Répondez donc à cette question.

– Ça ne sert pas souvent à grand-chose de faire des hypothèses.

– Ouais ! Mais ça fait plaisir d'imaginer ce qu'on fera à ceux qui nous ont mis là.

– Bonne idée, Ed, ronronna la jeune femme. Et en attendant, vous pouvez mettre du pétrole dans le fourneau et aller chercher de l'eau. J'ai envie de faire du pain cet après-midi.

– Il lui faut encore du pétrole, à ce fourneau ? lâcha Jenks en se levant. Mince alors, il le bouffe.

– Comme vous voudrez, c'est à vous de décider, dit-elle d'un ton cassant. Pas de fourneau, pas de pain, rien.

– C'est bien dommage que personne n'ait pu te faire marcher droit, salope ! s'écria Jenks.

Brennan s'élança de la cuisine.

– Ça suffit ! Arrêtez ! hurla Bony.

Ils se figèrent comme du sang coagulé et leurs regards furieux furent captivés par le sien.

– Asseyez-vous tous. Vous entendez ? Asseyez-vous !

Jenks se fit tout petit et alla s'asseoir sur une couverture. Brennan sourit d'un air méprisant et obéit. La jeune femme fit mine de regagner sa cuisine et Bony la rappela.

– Vous aussi, Myra. Vous ne m'avez pas entendu ?

Elle se retourna, lui jeta un regard hautain et continua à avancer. Brennan lui dit entre ses dents, de sa voix traînante :

– Vous feriez mieux de vous asseoir, Myra. Autrement, vous pourriez recevoir un mauvais coup. On dirait que les formules de politesse sont passées de mode. (Elle s'assit et Brennan continua à l'observer.) Je vais vous rouler une cigarette, promit-il, mais elle l'ignora.

– Voilà qui est mieux, leur dit Bony. J'ai l'intention de vous expliquer plusieurs choses pour que vous compreniez bien ce qui nous attend et que vous sachiez à quel point il est stupide de vous chamailler.

« Je crois savoir par où sort la chienne. Si je ne me trompe pas, ça pourrait vouloir dire des jours, peut-être même un mois de travail pour élargir cette ouverture, et vous êtes suffisamment intelligents pour comprendre que Joe Riddell ne peut pas passer là où passe Lucy.

« Mais quelle que soit la date de notre évasion,

les obstacles seront nombreux et sérieux, et vous devez vous rendre compte du degré de ces difficultés si vous voulez survivre. Le meilleur moyen, le plus sûr, c'est que vous m'attendiez tous tranquillement ici pendant que j'irai chercher du secours et un moyen de transport. Vous n'aurez que trois semaines à attendre. Vous...

– Pas question ! lâcha Riddell.

– Attendre ici ! hurla Jenks. Je ne le ferai pas pour un million. Je vais me ruer dehors en un clin d'œil.

– Ça ne me dit rien, inspecteur. Je n'apprécie pas beaucoup la Marche Funèbre de Mitski, dit Brennan. Et vous, docteur ?

– Je vais être raisonnable et attendre de savoir ce que Bonaparte a à nous dire, répondit Havant. Et je vous serais obligé de garder le silence et d'écouter ce qu'il désire nous dire.

– Vous n'aurez plus à supporter ce bruit, dit Bony d'un ton rassurant. Ce qui bouchait le fond du Saut de Fiddler est parti et l'eau peut à nouveau s'écouler. Voilà donc un danger écarté. Et maintenant, écoutez-moi bien.

« Une fois libres, nous devrons parcourir plus de trois cents kilomètres pour arriver à la propriété la plus proche. Nous pourrions faire quarante kilomètres par jour, ce qui nous demanderait huit jours. A condition, bien entendu, d'être entraînés. Est-ce que l'un d'entre vous peut dire en toute sincérité qu'il a déjà parcouru quarante kilomètres, ou même vingt-cinq kilomètres par jour ? Est-ce que l'un d'entre vous est sûr de pouvoir faire vingt-cinq kilomètres par jour pendant une semaine après avoir été enfermé dans ces cavernes pendant des années ? Bien sûr que non. Si l'un, ou plusieurs d'entre vous, ne craque pas avant une semaine, je veux bien me faire gangster.

« Mais nous pouvons partir du principe que nous arriverons tous à faire au moins quinze kilomètres par jour, de sorte que notre retour prendra vingt jours, disons trois semaines. Nous devrons donc emporter les provisions nécessaires pour ces trois semaines, et avoir suffisamment d'eau, car il est possible que nous n'en trouvions pas pendant plusieurs jours de suite.

« Ce qu'il faut que vous compreniez, c'est qu'il n'est pas question de sélection naturelle. Si, maintenant que vous connaissez les cartes que nous avons en main, vous êtes toujours déterminés à ne pas attendre de moyen de transport, vous obéirez à mes ordres sans discuter, parce qu'il est de mon devoir de vous ramener tous en pays civilisé, et pas seulement les plus aptes, en laissant mourir les plus faibles.

« Vous comprenez également que je suis le seul parmi vous à pouvoir vous faire traverser la plaine de Nullarbor, et que si quelque chose devait m'en empêcher, disons, par exemple, un coup derrière la nuque, vous tourneriez tous en rond jusqu'à ce que vous tombiez d'épuisement et finissiez par mourir. Je peux vous assurer que mourir de faim, et surtout de soif, est la pire des morts.

Bony s'interrompit pour leur permettre de faire des remarques. Ils l'observèrent et restèrent muets.

– Il y a beaucoup de gens qui, sous prétexte qu'ils sont nés en Australie, croient tout savoir sur ce continent. Ils se déplacent en voiture ou en autocar dans des villes de la zone agricole, ou en autocar ou en voiture sur les autoroutes qui traversent ce continent ou en font le tour, et ils croient qu'ils n'ont plus rien à apprendre. Médecins, professeurs d'université, marins et vieilles filles... tout le monde sait tout sur l'Australie. Et je n'ai aucune raison de penser que vous n'appartenez pas à cette catégorie de je-sais-tout.

« Puisque je vous ai dit que vous vous trouviez à l'extrémité nord de la plaine de Nullarbor, vous êtes-vous demandé pourquoi on vous avait amenés ici alors qu'il y a des tas de grottes à quelques kilomètres de la voie ferrée, tout près de la seule route touristique qui borde la partie sud ? Non. Vous avez été bien trop occupés par vos récriminations, imaginaires ou autres. Pourquoi vous a-t-on amenés ici ? Parce que si par extraordinaire, vous arriviez à sortir, la plaine de Nullarbor vous tuerait aussi sûrement que si vous vous précipitiez dans une forêt peuplée de tigres dévorants.

« En fait, si vous êtes décidés à m'accompagner, vous allez être exposés à bien pire que des tigres. L'épuisement va vous faire souffrir. Votre imagination torturée va engendrer des monstres qui vont vous pourchasser. Et la peur va vous coller aux talons.

Bony marqua une pause pour laisser ses paroles s'imprégner dans les esprits.

– Rappelez-vous, je serai avec vous. Vous ne vous allongerez pas quand vous serez fatigués parce que je vous ferai lever à coups de pied. Vous ne pourrez pas gémir d'épuisement, parce que je vous stimulerai avec une allumette sous le nez. Si vous partez d'ici avec moi, vous arriverez avec moi, même si vous devez y arriver réduits à l'état d'idiots aphasiques.

« Vous ne pourrez pas me rouler. La plaine ne pourra pas me rouler. Mais les Aborigènes sauvages, eux, en sont bien capables, de sorte que ceux qui m'accompagneront devront parcourir plus de quinze kilomètres par jour. (Avec une insolence étudiée, il ajouta :) Je suppose que j'ai été assez clair pour vos capacités de compréhension limitées.

A nouveau, il s'interrompit pour permettre des remarques, et à nouveau, il n'y en eut pas.

– Quand je me suis mis en route pour retrouver Myra Thomas, je n'étais pas informé de la disparition des hommes qui sont ici. Le fait que vous ne vous soyez pas présentés conformément aux conditions de votre libération étant sans doute attribué à la volonté de braver la loi. Je suis resté trois semaines dans cette partie du pays, et pas une seule fois, je n'ai remarqué de traces d'Aborigènes. J'avais envisagé cette possibilité... celle d'Aborigènes sauvages errant au nord de cette plaine. Mais je n'avais aucune raison d'aller imaginer que j'allais tomber sur des Aborigènes qui travaillaient pour les kidnappeurs d'assassins libérés, qu'ils avaient reçu l'ordre d'attendre mon arrivée, de me capturer si je repérais ces cavernes et de me faire rejoindre les membres de l'Institut.

« Si j'admets l'idée que les Aborigènes ont été contactés avant mon arrivée, et je l'admets, je dois également supposer qu'ils ont à leur tour contacté les Blancs qui vous ont amenés ici. Les Aborigènes ont alors été chargés de continuer à surveiller la région pour le cas où je réussirais à m'échapper et à aller chercher du secours. Par conséquent, les Aborigènes sauvages représentent le plus grand obstacle qui se dresse face à moi, votre guide.

« Vous croyez tout savoir sur les Aborigènes, parce que vous les avez vus conduire des camions ou des tracteurs, que leurs enfants vont à l'école et que leurs femmes suivent des cours de couture. Vous les avez peut-être vus boire des milk-shakes dans les cafés, en ville, et même lire des journaux et des livres, ou aller au cinéma. Vous les avez sans doute considérés comme des crétins qui manquaient de force de caractère et étaient infiniment en dessous de votre superbe intelligence de Blancs.

« Ça ne vous fera pas plaisir si je vous dis que l'Aborigène sauvage, dans son propre pays sans clôtures et sans fermes, vous considère comme de petits canetons naïfs et bavards qui ne demandent qu'à se faire tordre le cou. Est-ce que vous arrivez à vous imaginer en petit canard, docteur Havant, ou vous, Joseph Riddell ? Moi, j'y arrive très bien.

« Je ne prétends nullement que si nous sommes capturés par les Aborigènes sauvages, nous serons massacrés ou qu'ils nous feront passer un mauvais quart d'heure. Non, j'affirme avec la plus grande conviction que si nous sommes pris, nous serons ramenés à ces cavernes et bien gardés jusqu'à ce qu'une nouvelle prison nous soit trouvée, ou que la sortie de celle-ci ait été définitivement scellée. Et je n'ai aucunement le désir de rester ici pendant le restant de mes jours.

« Si vous avez encore un peu de bon sens, vous ne bougerez pas d'ici jusqu'à ce que je revienne avec un moyen de transport. Je pourrai y arriver en quinze jours. Ma réputation vous garantit que dans trois semaines, vous serez de retour parmi les vôtres, au milieu des lumières de votre ville favorite. Et alors, que d'histoires vous aurez à raconter ! Quelle publicité, quelle gloire ! On vous paiera à manger et à boire. Vous aurez même la possibilité de gagner assez d'argent pour museler les limiers des impôts.

« Si vous venez avec moi, vous aurez beau pleurer de fatigue, gémir sous mes coups de bottes, vous pourrez même mourir, rien n'y fera, votre corps arrivera en même temps que moi à destination. Et ce voyage, vous pourriez le faire dans une voiture confortable ou en avion.

Visions de liberté

– Vous êtes un dur, hein ? ricana Riddell.

– Taisez-vous, lui ordonna le Dr Havant avec une sévérité inhabituelle.

– Que vous dites, persista l'homme poilu.

– Riddell, regardez-moi. (Riddell était têtu, le Dr Havant déterminé. Riddell s'aplatit visiblement devant lui.) Allons, Riddell ! reprit Havant avant de s'adresser à Bony : Comme vous nous l'avez demandé, nous vous avons écouté attentivement. Ce que vous avez dit est d'un rare bon sens et le tableau que vous nous brossez de la plaine fait de cette traversée un test d'endurance indéniable. Je suis d'accord pour que nous attendions ici pendant que vous irez chercher du secours. En tant que médecin, je partage votre avis, nous ne sommes pas assez robustes pour entreprendre le voyage.

– Je ne vais pas rester à moisir ici, affirma Jenks. Ça, sûrement pas. Je peux faire le voyage. Je m'en vais avec Bonaparte.

– Moi aussi, déclara Brennan. Je serai sur la ligne de départ. Si je n'arrive pas à marcher pour faire ces trois cents kilomètres, j'avancerai à quatre pattes. Je veux pouvoir sentir le soleil et le vent. Les grands méchants Noirs ne me font pas peur.

Ils se turent, semblant attendre que Riddell se prononce, mais celui-ci leur jeta un regard furieux et resta muet. Maddoch dit alors :

– Si vous décidez de rester, je reste avec vous, docteur.

– Merci, Clifford, répondit Havant. Riddell, je crois que vous feriez mieux de partir.

– Je m'en vais, docteur. C'est pas la peine de vous inquiéter.

– Moi aussi, ajouta la jeune femme.

– Non, lui conseilla Havant. Il faut que vous restiez avec Clifford et moi.

– Je m'ennuierais trop. A vous deux, vous ne valez même pas un homme, un vrai. (Elle eut un regard moqueur. L'affirmation d'Easter se trouva ensuite confirmée.) Vous tous, vous m'avez fourni de quoi faire des émissions de radio sensationnelles. Je vais pouvoir gagner beaucoup d'argent et je ne vais pas abandonner en route. Je n'ai pas l'intention de jouer le rôle de Daniel, abandonné à deux lions domestiqués.

– Vous pourriez être une catastrophe, Myra, pour les lions que vous accompagneriez, lui dit-on d'un ton glacial. Les lions, comme vous nous appelez maintenant, pourraient bien ne pas réussir à cause de vous, parce que vous êtes une femme, et par conséquent un maillon faible de la chaîne.

– Je suis aussi forte que n'importe lequel d'entre vous, et personne ne va m'empêcher de partir avec l'inspecteur Bonaparte. Même pas Bonaparte.

– Que vous dites, lâcha Riddell.

Elle se retourna vers lui.

– Taisez-vous, espèce d'horrible gorille, lui cria-t-elle. Taisez-vous, espèce de... de...

– Moi non plus, je ne suis pas d'accord avec vous, Myra, s'interposa doucement Mark Brennan. Calmez-vous. Vous êtes une dame, vous l'avez oublié ? Vous ferez exactement ce que l'inspecteur décidera. S'il dit que vous devez rester ici, vous resterez. Parce que je n'ai pas envie que vous me gâchiez mes chances de retourner à Pitt Street le samedi soir, Myra. Je préférerais vous étrangler. C'est bien compris, Myra ?

Les yeux violets se tournèrent vers Bony, qui se dit qu'il serait plus sage d'avoir la jeune femme auprès de lui pour mieux la surveiller. En effet, ceux qui resteraient pourraient parfaitement trahir les autres. Il dit :

– Il y a quelque chose qui plaide en faveur de Myra, c'est qu'elle est là depuis peu de temps. Physiquement, elle sera plus en forme que ceux qui sont ici depuis un an ou plus.

« Et maintenant, soyons bien clair. Le Dr Havant reste, et Clifford pense qu'il devrait également rester. Les autres ont choisi de partir avec moi. Mark Brennan, j'aime bien votre esprit. J'applaudis à votre décision de ne pas laisser Myra, ou les autres, ruiner vos chances de retrouver la civilisation. Puis-je espérer avoir votre soutien pour toutes les décisions que je serai amené à prendre ?

– Oui. Ah ça oui, alors.

– Bien, passons à la phase suivante. Il nous sera peut-être relativement facile de suivre le chemin qu'emprunte la chienne, mais je vous avertis qu'une évasion en pleine journée pourrait bien anéantir tous nos espoirs. Ces Aborigènes sauvages ont un regard d'aigle. D'où nous sommes, nous ne pouvons pas savoir où ils se trouvent. Ils peuvent très bien nous surveiller et attendre que nous sortions, comme des dingos prêts à bondir sur des lapins. Notre grand avantage, c'est qu'ils redoutent la plaine quand il fait nuit. Nous nous préparerons donc pendant la nuit. Nous sortirons la nuit. Notre voyage vers la liberté et la lumière commencera la nuit. Et maintenant, allez-y. Cherchez l'endroit où passe Lucy, c'est dans la cuisine.

Bony resta seul, assis sur la selle de bât de Curley, et il se roula une cigarette. Même le Dr Havant se précipita dans la cuisine. Bony repensa à ses trois fils, chez lui, quand, pour les récompenser, il les avait un jour embarqués dans une chasse au trésor.

Havant avait accompli des miracles dans ces circonstances peu ordinaires. Il leur avait fait conserver leur santé mentale, et ce faisant, il avait préservé le respect de l'individu dans des conditions particulièrement destructrices.

Ils avaient obéi à de simples règles sanitaires, ils étaient restés raisonnablement soignés et avaient gardé une manière civilisée de s'alimenter. Ils se conformaient aux exigences dures mais utiles de la vie en société et s'ils perdaient parfois leur sang-froid, c'était temporaire et bénéfique.

Pendant vingt-cinq ans, Napoléon Bonaparte avait traqué des assassins. Il considérait le meurtre comme le crime le plus odieux. Il avait examiné les corps de personnes assassinées. La compassion que les gens témoignaient aux meurtriers et leur froide indifférence envers les victimes lui donnaient la nausée. Il était persuadé qu'un meurtre devait être sanctionné d'une seule manière : œil pour œil, dent pour dent. C'était la justice de la Bible et la justice des Aborigènes.

Voilà qu'il se trouvait avec six assassins, lui qui méprisait les assassins et les traquait sans relâche. En ce moment, pouvait-il haïr Clifford Maddoch ? Ou Mark Brennan ? Ou même Joe Riddell, cette brute ? Havant était un peu une énigme. La jeune femme appartenait à une catégorie qu'il détestait, outre le fait qu'elle avait assassiné.

Quand il s'engageait dans une chasse à l'homme, le meurtrier était pour lui une chose impersonnelle, une sorte de chien sauvage. Cette fois, la recherche d'une femme disparue, qui avait conduit à la découverte d'une communauté d'assassins, ne pouvait pas être abordée de façon aussi détachée. Ces gens l'avaient accepté sans rancœur, le nommant même membre de leur absurde Institut des Assassins Libérés.

Il n'y avait pas, parmi eux, de tigre humain qui ne pût s'amender, sauf, peut-être, celui qui avait tué Mitski. La prison avait imposé discipline et absence de responsabilités. Le temps tendait à effacer l'animosité qu'ils ressentaient envers les policiers qui les avaient arrêtés et envers le juge qui avait prononcé leur peine. Comme Brennan l'avait laissé entendre, ils avaient appris à se montrer loyaux vis-à-vis des autres prisonniers, et ils se sentaient presque fiers de la prison dans laquelle ils avaient purgé leur peine. Une fierté un peu comparable à celle qu'éprouve le soldat pour son régiment, une loyauté semblable à celle qu'il ressent envers ses camarades.

En accueillant Bony au sein de leur Institut, ils agissaient conformément à des règles. La police avait effectué un certain travail, les gardiens de prison, un autre. Les malfaiteurs et leurs adversaires appartenaient à des syndicats différents, voilà tout.

Il devait se méfier de telles réflexions, car elles pouvaient l'influencer dans ses futures chasses à l'homme. Amoureux de la justice, il devait reconnaître le danger de la sentimentalité larmoyante. L'Etat – derrière lequel s'abritent si facilement les diplomates, les hommes politiques et les fripouilles officielles – avait défié et frustré les tribunaux pour en retirer un prestige personnel. L'Etat était coupable d'avoir cédé à l'hystérie collective, parce qu'il y avait là de nombreuses voix à gagner. Il avait rabaissé le meurtre au niveau de, disons, la bigamie. Le devoir de Bony était maintenant de faire son possible pour ramener ces assassins dans le monde civilisé. A partir de là, il ne se sentait plus concerné professionnellement. A une exception près.

Ils revinrent de la cuisine, flétris comme des fleurs coupées.

– Le trou est derrière le roc caché par le fourneau, annonça Mark Brennan. Impossible de déplacer ce roc. Il nous faudrait des outils, un pied-de-biche, par exemple. On dirait que nous sommes fichus.

Bony entra dans la cuisine. Le fourneau avait été poussé sur le côté. Un gros bloc, résultant peut-être d'un soulèvement, avait dû se détacher du plafond ou du mur, libérant ainsi un espace de moins de trente centimètres. La chienne avait trouvé la sortie en se glissant là-dedans, au bas du mur.

– Il faudrait une bombe atomique pour déplacer ça, ricana Riddell.

Le jeune femme dit avec entrain :

– S'il n'y a que ça, on va demander aux Aborigènes de nous en faire descendre quelques-unes.

– Vous pouvez passer la main, inspecteur, vous sentirez le trou à environ trente centimètres du sol, l'informa Maddoch.

– Amenez la chienne, ordonna Bony.

Lucy fut amenée. Bony s'agenouilla et la poussa en avant, lui disant :

– Vas-y ! Cherche !

Lucy ne se fit pas prier. Elle disparut. Le silence leur permit d'entendre ses aboiements étouffés et comme personne ne la suivait, elle revint. Bony suggéra qu'ils essaient à nouveau de déplacer le roc.

Il les aida. Ils soulevèrent, tirèrent, poussèrent, grognant dans leur effort.

– Il doit résulter d'un soulèvement, dit Bony. Est-ce que quelqu'un parmi vous a déjà travaillé dans une mine ?

Jenks affirma avoir foré des puits dans le district du New England, en Nouvelle-Galles du Sud.

– On va essayer de le faire sauter, Jenks. Pourriez-vous creuser un trou dans ce roc pour qu'on y mette la charge ? Ça prendra un certain temps.

– Creuser avec quoi ? demanda Jenks.

– J'ai huit piquets de tente en acier et un petit marteau qu'on utilise pour enfoncer les piquets et réparer les pièges à dingo. Je vais aller les chercher.

Ils le suivirent jusqu'à son matériel. Il sortit de ses sacoches le marteau et les piquets et Jenks les examina avec soin.

– Ils sont pas en acier, ils sont en fer de bonne qualité, dit-il. Mais attendez, où est l'explosif ?

Bony sortit deux boîtes, contenant chacune cinquante cartouches de fusil ultra-puissantes.

– Nous allons extraire les balles. Avec la poudre, ça devrait marcher, fit-il remarquer.

– Ouais, et avec quels détonateurs on va la faire exploser ? persista Jenks.

Bony lui expliqua que chaque cartouche avait une amorce, ou détonateur, et que comme mèche, il leur faudrait utiliser des chiffons imbibés de pétrole. Ils y mettraient le feu et s'enfuiraient à toutes jambes.

– Ça ne marchera peut-être pas, les prévint-il. Mais on peut toujours essayer.

– Et comment ! approuva Riddell. Il faut tenter le coup, Ed.

– Enlevez d'abord le fourneau, conseilla Bony. Faites-le maintenant, comme ça Myra pourra continuer à faire son pain. Et attrapez cette chienne. Il va falloir l'attacher.

Une Lucy indignée fut attachée à la selle de monte et Bony s'assit à côté d'elle. Il entendait les coups sourds des « mineurs » au travail, et il observait Myra, absorbée dans sa cuisine, qui représentait un moyen d'évasion évident.

Havant vint s'asseoir à côté de Bony. Le faisceau de lumière solaire tomba entre eux et l'entrée de la galerie principale. Au-dessus de l'ouverture passaient des nuages blancs laineux et Bony supposait qu'ils se dirigeaient vers le sud.

– C'est très sage de votre part d'attendre des secours, docteur, lui dit-il quand il comprit que Havant lui laissait le soin d'engager la conversation. J'aimerais bien que les autres se montrent aussi raisonnables. Si nous réussissons à sortir, vous ne compromettrez pas nos chances en tentant quelque chose d'inconsidéré ?

– Bien sûr que non. Ça se retournerait contre moi, inspecteur. Quelles sont vos difficultés ? Que puis-je faire pour vous ? Je suis on ne peut plus désireux de vous aider.

– Mon plus grand souci, ce sont ces Aborigènes sauvages. Comme je vous l'ai dit, ils ne rôderont pas dans la plaine en pleine nuit car ils ont bien trop peur de Ganba. Nous ne sommes qu'à cinq kilomètres du désert du nord, où ils vivent et se sentent en sécurité.

« Si nous arrivons à utiliser le passage emprunté par la chienne, nous ne devrons en aucun cas tenter de partir pendant la journée. Il nous faudra absolument parcourir au moins quinze kilomètres dans la plaine avant le jour. Espérons que nous aurons de la chance, et que nos traces ne seront pas suivies. Seul, je n'aurais pas la moindre inquiétude. Avec les autres, dont une femme... vous connaissez leur état.

« A supposer que nous puissions éviter une hâte excessive, et même un certain affolement, il faut que ceux qui restent renoncent à utiliser ce passage. En fait, je vous demanderai de le boucher. Vous, vous pourrez résister à la tentation de vous enfuir, même la nuit, mais pensez-vous pouvoir raisonner Maddoch ?

– Oui. Mais pas la femme. Je serai content de la voir s'en aller avec vous.

– Vous ne faites pas partie de ses admirateurs ?

– Certainement pas, inspecteur. Elle m'inspire plutôt de la répulsion. Elle s'est comparée à une poule dans un basse-cour de coqs et à Daniel dans la fosse aux lions. En réalité, elle n'est pas une poule, ni un Daniel féminin. Elle est asexuée. Elle l'ignore, mais son mari, lui, le savait et c'est ce qui a provoqué l'animosité qui a conduit à sa mort.

« Elle a ce qu'on appelle, dans le langage courant, un dédoublement de personnalité, et je ne veux pas parler de schizophrénie. Une partie de son esprit révère Myra Thomas, et l'autre défend constamment une Myra Thomas qui a peur des hommes, de la sexualité, et des femmes qui voient la réalité derrière la façade. Alors prenez-la avec vous et emmenez-la au diable, inspecteur.

– Elle va partir avec nous, docteur. Maintenant, dites-moi, que pensez-vous de Mark Brennan ?

– A mon avis, c'est lui qui a été le moins affecté par son emprisonnement, et par conséquent par ces cavernes. Il se rend clairement compte qu'il dépend de vous pour sortir d'ici. C'est un gentil garçon par bien des côtés, mais... le psychiatre peut soigner l'esprit qui, un jour, a été sain ; il ne peut rien faire pour un esprit déformé dès la naissance. J'ai pu faire beaucoup pour Mitski. J'ai pu aider Maddoch. On ne peut rien faire pour Brennan. Mais vous trouverez en lui un excellent second. Riddell n'est qu'un corps, gouverné par une intelligence très faible. Jenks est un peu plus évolué, et d'après ce que j'ai découvert, c'est, de tous, le plus difficile à comprendre. Il y a beaucoup de bons côtés en lui. Quant au Dr Havant, eh bien, vous le connaissez. Vous l'avez trouvé vidé de l'envie de vivre. Vous vous apercevrez... Vous avez vu cette ombre ?

– Oui. Il y a quelqu'un là-haut.

Un avant-goût de liberté

– Allez tranquillement à la cuisine et dites-leur d'arrêter de creuser. Demandez à Brennan de venir me voir... sans aucune hâte.

Havant se leva et se rendit à côté. La jeune femme continua à faire sa cuisine. Bony bâilla délibérément, alluma une cigarette et évita de regarder vers l'ouverture, au-dessus de lui.

– Asseyez-vous, Mark, je veux vous parler, dit-il quand Brennan apparut. A partir de maintenant, je vais compter sur vous pour m'aider à maintenir un peu de discipline. J'étais en train de dire au docteur que notre plus grand obstacle, ce seraient les Aborigènes. Si vous levez prudemment la tête, vous pourrez en voir un, ou son ombre. L'ombre d'un homme avance plus vite que celle d'un nuage.

– C'est bien un Abo, inspecteur. Il est en train de nous regarder.

– Soyez naturel. Faites-vous une cigarette.

En levant les yeux, il ne vit rien d'autre que le bleu du ciel qui se perdait dans la lumière du crépuscule naissant.

– Vous êtes convaincu, Mark ?

– Oui, bien sûr. Pourquoi ?

Bony lui répéta ce qu'il avait dit au Dr Havant.

– Nous nous évaderons donc d'ici exactement comme si nous étions dans la prison de Coulburn. Ces Aborigènes sont nos gardiens, Mark. Mais nous n'avons pas de ronde de nuit à redouter, par conséquent, tout notre travail devra se faire la nuit. Je suis heureux que la présence de ce type vous ait convaincu. Vous pourrez m'aider à convaincre les autres.

– Bien sûr, pas de problème. Je comprends parfaitement que nous pourrions tout foutre en l'air et gâcher toutes nos chances. Il faudra houspiller les autres s'ils ne voient pas les choses de cette façon. Vous pouvez compter sur mon aide. Comme je vous l'ai dit, je tiens à sortir d'ici, et je ne vais pas laisser des gens m'en empêcher en discutaillant.

– Bien ! Comment se passe le forage ?

– On a percé à peu près cinq centimètres. Vous croyez que ces Abos nous ont entendus ?

– C'est possible, mais si nous ne continuons pas, ils n'y verront que du feu. Dites aux autres de venir ici, de se détendre, de faire semblant de s'ennuyer et d'en avoir assez. Je pourrais arriver à persuader Myra de nous faire du thé.

Lorsque Brennan repartit, Myra abandonna son fourneau et se planta devant Bony. Il se leva et l'invita à prendre place sur la selle de bât.

– Quel est le sujet de cette conférence ? demanda-t-elle d'un ton glacial.

– Les Aborigènes. Ils sont là-haut.

– Comment le savez-vous ?

– J'ai vu leurs ombres. Mark a vu un type qui nous regardait.

– Oh ! Je croyais que vous complotiez pour me laisser en plan.

– J'aurais dû le faire, mais ce n'était pas le cas. Vous avez une paire de chaussures de marche ?

– Ne dites donc pas de bêtises. Je n'avais qu'un pyjama et une paire de chaussons quand je suis tombée sur un homme qui m'attendait devant les toilettes du train. Il m'a frappée au lieu de me prier de m'habiller. Une dame n'est pas préparée à ce genre de traitement, vous savez.

– Trois cents kilomètres, c'est une longue marche quand on a les pieds nus.

– Les hommes n'ont ni bottes ni chaussures, inspecteur. Vous, vous êtes mieux loti.

– Les hommes ont des plantes de pied endurcies. Pas vous. Je vous préviens, si nous arrivons à nous échapper et si vous refusez d'attendre ici avec Havant et Maddoch, vous serez peut-être abandonnée en route.

– J'aimerais encore mieux ça que rester ici une seconde de plus que nécessaire. Vous ne savez pas ce que ressent une femme qui n'a rien à se mettre sur le dos.

– Mais je sais que vous devriez dire un grand merci au docteur.

– Lui ! s'exclama-t-elle avec mépris. Je ne voudrais pas rester avec lui pour un million de livres, même s'il pouvait mettre fin à ce qu'il a imposé vis-à-vis de moi. Bien que... je ne sais pas... un million...

– Et si vous nous faisiez à tous une bonne tasse de thé ?

– Du thé ! Nous sommes en train de parler de

succomber au péché et vous demandez du thé. Ça, on peut dire que j'adore les gens qui ont le sens de l'humour.

Elle parlait d'une voix calme et regardait Bony avec une admiration non dissimulée, des yeux sincères et un visage ouvert. Pourtant, Bony n'arrivait pas à savoir si elle était vraiment elle-même ou Mae West.

Elle prépara le thé, et donna à chacun un petit gâteau qu'elle sortit du four. Le Dr Havant avait bien éduqué les hommes et quand il proposa un jeu de dames, Riddell accepta. Bony invita Jenks à s'asseoir près de lui.

– Le roc est dur ? lui demanda-t-il.

– J'en ai connu de plus durs... et de plus tendres. J'ai déjà percé près de cinq centimètres avec un seul piquet. Quelle épaisseur a le rocher, à votre avis ?

– Une trentaine de centimètres, répondit Bony. Qu'est-ce que vous en pensez ?

– Ouais, à peu près. Ça va prendre un bon moment.

– On ne peut pas faire autrement. De toute façon, il vaut mieux ne pas faire exploser la charge avant minuit, pour plus de sûreté.

– Vous êtes sûr que ces Noirs sont là-haut ?

– Brennan en a vu un regarder par ici. J'ai vu leurs ombres. Le docteur aussi. Ils sont là-haut, ça ne fait aucun doute, Jenks.

– J'aimerais bien mettre la main sur l'un d'eux.

– C'est une satisfaction à laquelle vous ne survivriez pas longtemps.

– On emmène la gonzesse avec nous, si on arrive à sortir ?

– Oui, si elle veut nous accompagner.

– Ça va être sacrément embêtant.

– Il vaut mieux pour nous tous qu'elle s'en aille. Si elle restait, elle pourrait commettre une folie qui mettrait la puce à l'oreille aux Abos.

– Alors, il vaut mieux lui flanquer un bon coup et la balancer dans le Saut de Fiddler.

Cette suggestion était faite très sérieusement. Bony en fut choqué et regarda attentivement l'ancien marin. Un sourire élargit alors son menton recouvert d'un début de barbe grise.

– J'oublie tout le temps que vous êtes policier, inspecteur.

– Ça pourrait être dangereux, Jenks. Nous nous en sortirons si nous nous serrons les coudes et si nous ne nous affolons pas.

Bony expliqua à Jenks le genre d'opposition qu'ils allaient rencontrer et comme il l'avait fait à Brennan, il lui recommanda une extrême prudence. Une heure plus tard, il exposa la situation à Riddell.

– Joe, vous êtes le plus robuste, ici, conclut-il. Beaucoup de choses dépendent de vous. Il faudra emmener de l'eau et c'est vous qui en porterez la plus grande quantité. Au bout de deux ou trois jours, la vitesse ne sera plus aussi déterminante, mais la nourriture et la boisson resteront essentielles jusqu'au dernier kilomètre. Si nous nous trouvions dans une vraie prison et que nous projetions de nous évader, vous feriez votre part du boulot, et vous veilleriez à ce que chacun fasse la sienne. Oui ou non ?

– Et comment, inspecteur ! On va vous écouter

et si quelqu'un n'est pas d'accord, je lui casse la figure.

La clarté disparut du coin de ciel qu'ils apercevaient au loin et en dînant à la lueur d'une lampe, ils attendirent que la première étoile se montre au-dessus d'eux. Quand l'étoile s'encadra dans l'ouverture déchiquetée, Bony leur permit de continuer à percer.

Instantanément, ils redevinrent des petits garçons prêts à se lancer dans une aventure. Ils se relayèrent pour enfoncer le piquet de tente dans un trou dont le diamètre ne dépassait pas trois centimètres. L'aube annonçait un autre jour quand le trou fut suffisamment profond.

Ils y fourrèrent la poudre. Les amorces furent ajoutées et, avec un sourire joyeux, le gardien du carburant arrosa avec libéralité des cartons et chiffons déchirés pour servir de mèche. Sur la suggestion de Riddell, l'honneur de craquer l'allumette revint à Bony.

Dans la salle, ils attendirent, et Bony espérait que le vent matinal chasserait relents de pétrole et odeur de brûlé, et les dissiperait dans la plaine. L'explosion leur résonna aux oreilles, provoquant des acclamations et une ruée vers la cuisine. Le roc était éclaté en trois morceaux.

Ils les écartèrent et se battirent pour se mettre à plat ventre et regarder dans le petit trou, à peine un peu plus large que ce qu'il fallait à Lucy pour passer. Bony fut désespéré de les voir commencer déjà à se disputer. Une fois qu'ils eurent tous pu regarder dans le trou, il dit sèchement :

– Puis-je voir à mon tour ce que ça a donné ?

– Ouais, bien sûr, répondit Riddell.

Brennan eut la décence de se sentir honteux. Il lui dit :

– On voit le jour, inspecteur. Mais on dirait que nos chances ne sont pas fameuses.

Au bout d'un tunnel en forme d'entonnoir, Bony vit un espace plus grand. L'entonnoir grimpait fortement et mesurait moins de soixante centimètres. L'espace qui se trouvait derrière avait l'air d'un étroit passage qui s'élevait un tout petit peu moins brusquement que l'entonnoir.

Bony demanda qu'on lui amène une lampe et il la glissa à l'intérieur pour examiner la paroi rocheuse. Il remarqua alors de fines craquelures et l'espoir refleurit.

– Jenks ! appela-t-il. Vous voyez ces fissures ?

– Oui, ce sont bien des fissures, acquiesça Jenks. Je pourrais essayer de les faire craquer. Ou une autre charge pourrait faire bouger quelque chose. Il vous reste de la poudre ?

– Un peu.

– Allez, on s'y remet. Passez-moi ce marteau et ce bout de ferraille.

– Pas maintenant, dit Bony. Pas question de donner des coups de marteau avant la nuit. Voilà le piquet. Essayez de faire levier.

La pointe du piquet était émoussée et Bony en demanda un autre, se poussant sur le côté pour laisser à Jenks la place nécessaire. Il entendait la pointe en fer tâter le roc. De temps en temps, Jenks grognait.

– On pourrait arriver à bouger quelque chose en deux coups de marteau, dit Jenks.

On lui répondit d'attendre. Bony se redressa et croisa les regards des spectateurs formant cercle.

– Allez dans la salle. Chantez. Chantez ce que vous voudrez, mais ne vous arrêtez pas. Marquez la mesure pour faire le plus de bruit possible. Mais surtout, ne vous arrêtez pas.

Avec une ardeur de fêtards, ils tapèrent sur des assiettes en fer et Myra Thomas se mit à chanter « Long, Long Trail ». Bony fut étonné par la qualité de sa voix et bientôt d'autres voix se joignirent à la sienne.

– Allez-y, Jenks, dit-il en lui passant le marteau.

Même à proximité, les coups de marteau ne s'entendaient presque pas. Bony ne pouvait rien faire pour aider Jenks et cette attente lui donna l'occasion de préparer la suite des événements, pour le cas où l'ouverture pourrait être élargie.

« Long Trail » céda la place à « Bells of St. Mary » et « Bells » à « Three Blind Mice ».

– Ça bouge un peu, haleta Jenks.

Il changea de position, se passa un avant-bras nu sur un visage hérissé de poils, poursuivit ses efforts. Puis un bruit qui n'était pas celui du marteau se fit entendre, un bruit révélateur, et Jenks se recula pour examiner l'entonnoir à la lumière de la lampe que tenait Bony.

– Une grosse partie de la paroi peut très bien s'écrouler. Je sais ce qu'on va faire. Amenez-moi une corde que je pourrai attacher au piquet, et alors, on tirera dessus, en se mettant suffisamment loin pour ne rien risquer.

La chorale de l'Institut des Assassins Libérés attaquait à nouveau « Trail » quand Bony traversa la salle pour s'approcher de son attirail. De la main et de la tête, il les exhorta à continuer avec une énergie accrue. Jenks eut quelque difficulté à nouer la corde de façon que le piquet puisse faire levier. Il grommela et jura, puis sourit quand ils reculèrent vers l'entrée de la salle. Il cracha dans ses mains, agrippa la corde et fit un signe de tête à Bony. Celui-ci passa derrière lui et lentement, ils tirèrent.

Ils sentirent le piquet remuer. Ils virent l'entonnoir, qui se détachait sur la lointaine lumière, changer de forme... puis ne plus bouger. Ils essayèrent à nouveau avec un autre piquet, le premier étant tordu et inutilisable. Il y eut alors un grincement et brusquement, la forme de l'entonnoir fut à nouveau modifiée. L'entonnoir était devenu un tunnel.

– Ohé ! s'écria Jenks en s'élançant vers le trou, maintenant assez grand pour permettre à Riddell lui-même de passer sans effort.

– Attendez ! lui cria Bony.

Déjà à quatre pattes, prêt à ramper dans l'ouverture, Jenks se retourna pour se trouver face à face avec le canon d'un pistolet automatique.

– Levez-vous, Jenks. Si vous n'obéissez pas, je vous assure que je tire. Voilà qui est mieux. Il n'est pas question de sortir avant la nuit.

– Mince, un pistolet ! Vous aviez un pistolet ? Ça alors ! J'allais pas faire le moindre mal, inspecteur.

– Je me suis dit que c'était un risque, Jenks. Dans l'excitation du moment, bien sûr. Allez chercher toute la bande.

Ils se tinrent juste à l'entrée et virent Bony

accroupi sur ses talons, devant l'ouverture déchiquetée, le pistolet bien en vue. Il nota l'exaltation dans leur regard, le frémissement de leur bouche, le tremblement de leurs mains. On aurait dit qu'ils possédaient déjà la liberté. Avant qu'ils ne puissent parler, il appela Maddoch.

– Maddoch, j'ai confiance en vous, dit-il. Et si vous ne vous en montrez pas digne, je vous abattrai comme un lapin. Glissez-vous dans le trou, suivez le tunnel et voyez où il aboutit. Allez le plus loin possible, mais arrêtez-vous avant d'atteindre la sortie, s'il y a bien une sortie qui arrive à la surface. C'est clair ?

– Oui. Vous pouvez avoir confiance en moi, inspecteur.

Le petit bonhomme se glissa dans le trou. Ils l'entendirent bouger des pierres pour pouvoir passer puis le silence se fit. Bony dit :

– Brennan, venez ici. (Brennan s'avança et Bony lui demanda de s'arrêter à un mètre cinquante de lui.) Je vous fais également confiance, Brennan. Vous vous souvenez de ce que nous avons dit au sujet de la discipline ?

– Bien sûr. Qu'est-ce qu'il faut que je fasse ?

– Je ne veux tuer personne, Mark, mais je suis décidé à ce que notre évasion se fasse au bon moment, et sans désordre. J'espère que vous allez me soutenir. Cela vaut pour tout le monde. Je vous ai prévenus à plusieurs reprises, et maintenant, j'espère que vous allez vous conduire raisonnablement, pour le bien de tous.

La vague d'excitation initiale, qui avait menacé de les submerger, retomba et le ressentiment qui avait enflammé Jenks s'éteignit. En silence, ils attendirent le retour de Maddoch.

Maddoch arriva à la paroi brisée et eut vite fait de se faufiler par l'ouverture. Il était rayonnant de bonheur et son visage était transfiguré. Il fit son rapport à Bony :

– Le passage monte puis dévie légèrement sur la gauche. Il y a une longue fissure dans le plafond qui fait cinq centimètres de large et donne de la lumière. Quand j'ai aperçu la fin du passage, j'ai cru que je ne pourrais pas aller plus loin, mais j'ai pu. Il y a une fente étroite sur le côté et j'ai pu m'y glisser. J'ai abouti dans une sorte de tunnel. C'est juste assez grand pour moi, mais les parois ne sont pas en pierre dure et peuvent être facilement creusées pour permettre à Joe de passer. Le tunnel débouche sur une sorte de creux recouvert de chénopodes.

Triomphalement, il brandit des brins de ce buisson miniature. Ils l'entourèrent pour venir toucher ces feuilles veloutées et délicieuses. La jeune femme approcha une feuille de sa joue et Bony se dit que pour une fois, elle laissait deviner la femme en elle.

Maddoch attrapa le bras de Bony qui se retourna pour voir des yeux suppliants et des lèvres légèrement tremblantes.

– Je veux partir moi aussi, inspecteur. J'ai senti le goût du soleil, là-haut. Je l'ai senti sur ma main quand je l'ai glissée dehors, juste un instant. Il faut que je parte avec vous. Maintenant, je ne pourrais plus rester.

La plaine attendait

Au petit déjeuner, Bony sentit que les autres prisonniers étaient moins tendus que d'habitude, et il se dit que c'était parce qu'ils avaient bien dormi et qu'ils se rendaient compte que la discipline était essentielle. Après le repas, il avait dormi dans le trou élargi par l'explosion pour que personne ne puisse s'évader dans la plaine. Brennan avait choisi de rester dans le hall avec Havant, pour détourner les soupçons au cas où les Aborigènes reviendraient, et Myra s'était retirée dans sa « chambre », prétextant de rudimentaires travaux de couture.

En se réveillant, Bony trouva le médecin et Brennan endormis, et à en juger par l'angle que formait le rayon de soleil, il se dit qu'il devait être à peu près trois heures. Il partit en reconnaissance sur les traces de Maddoch, et il constata avec satisfaction l'exactitude de son rapport. Il suffirait d'une heure de travail à un seul endroit pour élargir le passage et permettre à la large carrure de Riddell de passer.

Il était en train de faire le café quand Myra entra dans la cuisine, où le fourneau avait été replacé. Elle lui posa deux questions.

– Vous voulez bien me faire une cigarette avec votre tabac ? Est-ce que nous partons cette nuit ?

Elle avait manifestement bien dormi. Elle était pleine d'entrain et d'esprit de corps. Il lui répondit qu'ils partiraient au début de la nuit, il lui roula une cigarette et lui versa du café.

– Il y a des préparatifs à faire, Myra, et je voudrais que vous cuisiez autant de pain que possible entre maintenant et, disons, sept heures. Préparez-nous un ragoût bien consistant pour le dîner. Quelles affaires personnelles voulez-vous emporter ?

– Quelles affaires personnelles ! Je n'en ai pas, à l'exception d'un peigne cassé, de ciseaux à ongles et d'un petit miroir. Est-ce que ça va être aussi difficile que vous nous l'avez dit ?

– Je n'ai rien exagéré... ça va surtout être dur pour vos pieds. Je vais vous faire des chaussures qui vont vous aider un peu. Je vous conseille à nouveau de rester ici.

– Je pars, inspecteur, dit-elle en pinçant soudain les lèvres. Je m'en sortirai, vous verrez, je ne serai pas plus faible que les hommes. J'ai de trop bonnes raisons de vivre.

– Vous flairez déjà les gros titres ?

– C'est une odeur divine.

– Alors débrouillez-vous pour je sente l'odeur plus ordinaire d'un repas pendant que je vais réveiller les autres.

Ils étaient rassemblés autour de la nappe de toile grossière quand Bony énuméra les préparatifs nécessaires. Le seul rebelle, maintenant, c'était Lucy, chagrine d'être attachée à la selle de chameau. Après le repas, il leur demanda d'allumer toutes les lampes et de les transporter dans la grande caverne où ils purent travailler sans que d'éventuels visiteurs, au-dessus, risquent de les voir.

Ayant mis de côté une couverture pour chaque voyageur, il demanda à Jenks de déchirer plusieurs autres couvertures en bandes, et à Brennan d'aller chercher des provisions comprenant viande en conserve, café et sucre, un sac de farine et divers autres articles dont allumettes et tabac. Riddell alla remplir un des bidons avec l'eau qui ruisselait à la Bijouterie.

– Maddoch ! Etes-vous toujours décidé à partir ? lui demanda Bony.

Maddoch fit un signe de tête affirmatif après avoir jeté un coup d'œil au Dr Havant. Le médecin dit qu'il attendrait avec toute la patience dont il pourrait faire preuve et qu'il n'était aucunement désespéré de devoir rester seul pendant quelque temps.

Ils enroulèrent les cinq couvertures autour des provisions et des autres articles en veillant à bien répartir le poids, puis les attachèrent avec les bandes découpées. Ils y fixèrent des bretelles pour pouvoir porter cette charge sur les épaules, comme les trimardeurs. Ces sacs à dos improvisés furent déposés dans la cuisine, avec le bidon d'eau et le grossier harnais que Riddell devrait enfiler pour le porter. Bony envisagea d'emporter la petite tente à une seule place du vieux Patsy, mais il décida d'y renoncer.

– Nous avons presque terminé nos préparatifs. Rien de tout cela n'est superflu, leur dit-il. La dernière chose qu'il nous reste à faire, c'est de fabriquer des chaussures avec des morceaux de couverture. Vous comprenez...

– J'ai les pieds assez endurcis, s'interposa Jenks, et Riddell protesta lui aussi.

Bony leur dit sèchement que les Aborigènes prenaient la précaution de se recouvrir les pieds de plumes, collées avec du sang, pour éviter qu'on ne suive leurs traces.

– Sinon, les touffes de laine conviennent aussi. Comme nous n'avons ni plumes ni laine, nous devrons utiliser des morceaux de couverture. Et nous devrons faire en sorte que ces chaussures ne tombent pas. Au début, elles seront un peu gênantes.

Ils confectionnèrent des semelles rembourrées auxquelles ils fixèrent des lanières de couverture qu'il fallait nouer jusqu'aux genoux, comme des bandes molletières, car Bony les prévint que les buissons nains piquaient.

– On dirait qu'on part pour le Pôle Sud, observa Myra. Si seulement j'avais un appareil photo ! Le succès qu'on aurait à la télévision ! Comment me trouvez-vous ?

Une main sur la hanche, elle se mit à traverser le sol inégal en dansant. Brennan se mit à rire tout bas et Bony ne put s'empêcher de sourire.

– Ça, Myra, ils en seraient baba devant leur télé. La pièce que vous avez sur la fesse fait un effet terrible, dit Brennan en gloussant.

Bony se rendit brusquement compte qu'il ne connaissait pas ce Brennan-là. La jeune femme, elle aussi, était différente. Même Maddoch avait changé. Il y avait de la vie dans ses yeux.

Un rayon de soleil jetait une lueur rouge sur la paroi circulaire de la salle quand Bony demanda à Havant de l'accompagner pour lui parler d'un certain travail qu'il devrait effectuer après leur départ. L'entraînant vers la sortie, il lui dit d'une voix douce :

– Là, derrière ce buisson, il y a ce qui pourrait vous faire renaître. Allez-vous refuser cette chance ?

– Tout à fait, inspecteur.

– Je dois donc accepter votre décision. Après notre départ, vous bloquerez hermétiquement cette sortie avec des déblais sur plusieurs centimètres, pour empêcher sa découverte accidentelle.

– Ça me fera toujours faire quelque chose. Je n'y manquerai pas.

– Comptez les jours en faisant des marques sur une pierre, lui conseilla Bony. Dois-je insister pour que Maddoch reste avec vous ?

– Non. Mais je suis persuadé que Maddoch aurait avantage à rester si les conditions sont telles que vous nous les avez décrites.

– Je n'ai pas exagéré. Avec un peu de chance, tout le monde supportera les efforts physiques. Ce qui m'inquiète, c'est le côté mental. Je crois que Maddoch supportera cette tension, tout comme Jenks, Brennan, et même la jeune femme. Je n'en vais pas moins essayer encore une fois de convaincre Maddoch.

Ils furent un instant silencieux, puis Bony dit :

– Qu'avez-vous l'intention de faire, quand vous aurez retrouvé une vie normale ?

– Oh ! s'exclama doucement Havant, comme si

cette question l'avait surpris. J'ai une petite ferme d'élevage, dans le sud du Riverina. Pendant mon absence, un gestionnaire s'en est occupé, et je comptais y aller après ma libération. Les autorités insisteront, je suppose, pour que je me plie aux conditions qu'ils me fixeront.

– Les autorités n'insisteront peut-être pas, dit Bony. Je ferai mon possible pour les convaincre des services que vous avez rendus ici à vos malheureux compagnons de captivité. Ces conditions pourraient être levées.

– Vous croyez ? Alors, je m'installerais quelque part, dans le nord de l'Australie, sous un autre nom. Je... euh... suis un peu nerveux à la pensée de toute la publicité qui sera réservée à cette affaire. L'enlèvement de Myra, tout particulièrement, a été trop sensationnel pour que son retour ne suscite pas de l'intérêt à l'échelon mondial. Elle commence elle-même à s'en rendre compte.

– Elle va essayer de tirer avantage de toutes ces épreuves, docteur. Je vous reverrai dans trois semaines, et je veux que vous me considériez comme un ami auquel vous pouvez faire appel en cas de besoin. Si vous n'avez pas assassiné Igor Mitski, s'entend. Est-ce que vous l'avez assassiné ?

– Non. Je vais vous dire pourquoi je ne l'aurais pas fait. A l'exception de Maddoch, Mitski était le seul homme cultivé ici. En outre, je ne suis plus attiré physiquement par les femmes, et Mitski a été tué par jalousie. Un meurtre était inévitable. Si Mitski n'avait pas été tué, un autre homme l'aurait été. Si vous n'étiez pas arrivé, d'autres auraient suivi le même chemin que Mitski, dans le Saut de

Fiddler. La seule chose qui a sauvé cette femme de sa propre folie, c'est le nombre de lions dans la fosse. L'assassin de Mitski avait l'intention de réduire ce nombre à un... lui-même.

– Vous pourriez bien avoir raison, docteur. Bon, je dois retourner à nos ultimes préparatifs de départ. Le soleil s'est couché.

En entrant dans la cuisine, ils entendirent des rires fuser dans la salle. Riddell avait réquisitionné la tondeuse à cheveux et il se taillait les favoris. Jenks se rasait, fronçant les sourcils dans sa concentration, et Maddoch dit qu'ils étaient en train de s'habiller pour aller au théâtre. Mais tous portaient leurs bottes en couverture, et pas un seul Aborigène en Australie ne pouvait manquer d'en tirer les conclusions qui s'imposaient. Bony rugit mentalement, car il leur avait dit de ne pas rester dans la salle.

– Vous n'auriez pas remarqué, par hasard, un Aborigène en train de vous observer ? demanda-t-il aigrement. Comme ils sont venus hier, ils peuvent bien se trouver ailleurs aujourd'hui. Espérons que nous aurons cette chance. Myra, ce pain sent bon. Et ce ragoût aussi ! Comment se présente-t-il ?

– Il sera prêt quand les gars auront fini de se pomponner.

Le dîner fut presque gai et Bony en fut content. Il espérait que cette humeur se poursuivrait pendant quarante-huit heures, même s'il savait que c'était impossible. Après le repas, Maddoch aida la jeune femme à débarrasser, et Riddell emporta les boîtes de viande vides et les déchets à la décharge, derrière la grande caverne.

– Il y a deux choses que j'ai oubliées, dit Bony. Un tomahawk et un ouvre-boîte. Si nous perdons l'ouvre-boîte, il nous restera toujours le tomahawk.

Cette plaisanterie leur parut excellente et il sentit qu'il devait profiter de leurs bonnes dispositions.

– Vous connaissez l'étendue de ces cavernes, dit-il pour les calmer. Il y a d'autres réseaux de galeries, qui couvrent une zone très importante. Ici et là, dans la plaine, on trouve des zones comparables. Les troupeaux les évitent car elles sont dangereuses. Vous imaginez facilement à quel point il est facile, dans l'obscurité, de tomber dans un trou comparable à celui qui est au-dessus de nous. Il y a d'innombrables crevasses et petits trous prêts à vous casser une jambe ou à vous rompre le cou.

« Il nous faudra parcourir quinze kilomètres avant le lever du jour, et il ne sera pas possible de voir si le sol est ferme ou caverneux. Donc, nous devrons avancer en file indienne. Je marcherai devant, avec la chienne pour profiter de deux yeux supplémentaires. Je voudrais que vous fermiez la marche, Mark, et que vous surveilliez constamment les cinq personnes qui avanceront devant vous. Il ne faudra plus parler une fois que nous serons à l'air libre, parce que les voix portent loin, la nuit, quand il n'y a pas de vent. Répétez, s'il vous plaît, Mark.

Brennan s'exécuta.

– Si quelqu'un doit absolument parler, qu'il le fasse le plus doucement possible. Et, ce qui est très important, si quelqu'un fait tomber quelque chose, ou si une chaussure se défait, nous devrons tous nous arrêter. Je vous montrerai comment porter votre balluchon comme les spécialistes. Je vous ai montré, Riddell, comment porter ce bidon d'eau. Bon... donc, pas de bavardage. Pas de bruit du tout pendant cette première nuit. Il ne faudra pas non plus craquer d'allumette.

Le jour ne s'était jamais retiré aussi lentement que lors de cette longue longue soirée.

– La lune devrait être là jusqu'à une heure du matin, dit Bony.

Le ciel était clair et engageant. Finalement, Bony leur dit :

– Allons-y. Jenks, vous me suivez. Docteur, apportez le marteau et le piquet.

Ils se glissèrent dans le trou du mur de la cuisine. Une fois à l'étranglement, Bony dit à Jenks d'élargir le passage. Cette tâche se révéla même moins ardue que Bony ne l'avait prévu. Il se retourna vers Havant.

– Bien, docteur, nous allons nous séparer pour quelques jours. Tenez bon. Déplacez-vous. Allumez les lampes comme d'habitude. Si nos geôliers viennent un soir avec des provisions ou un autre prisonnier, vous aurez besoin de toute votre présence d'esprit. Cherchez à gagner du temps, si c'est possible. Si nous ne sommes pas suivis et ramenés ici dans quatre ou cinq jours, vous pouvez être sûr qu'on finira par venir vous sauver. Au revoir !

Ils se serrèrent la main. Maddoch serra lui aussi la main du médecin, puis Brennan fit de même. La jeune femme lui dit :

– Nous nous reverrons bientôt, docteur... pas pour des raisons professionnelles.

Elle serra la main hésitante de Havant et Riddell

marmonna quelque chose au sujet d'un verre qu'ils boiraient ensemble. Jenks lui fit un grand sourire et un signe de tête.

La nuit fraîche, cloutée d'étoiles, illuminée par la lune, les absorba un par un, et on aurait dit qu'ils retrouvaient leur terre natale après un séjour sur une planète morte et lointaine. La plaine était gorgée d'odeurs, surtout pour eux.

Bony, qui s'était empressé de prendre Lucy dans ses bras pour que ses traces ne les trahissent pas, compta son monde. Il recula et les fit mettre en rang, le grand Brennan en queue. A leur silhouette, il savait qu'ils portaient leur fardeau comme il le leur avait montré.

Quand ils se mirent en route, la lune s'approchait du milieu du ciel et les ombres étaient courtes. Lucy voulait qu'on la pose par terre. Il dut lui donner une taloche car son corps, en se contorsionnant, l'empêchait de voir où il posait le pied.

Il avait l'esprit pleinement occupé. Ceux qui le suivaient n'avaient pas à faire attention en avançant, il leur suffisait de rester sur les talons de celui qui les précédait. Ce monde dépassait leur expérience, et même leur imagination. Il n'avait ni limites, ni bornes, ni relief pour attirer l'œil, rien, sauf la lune, très haut dans le ciel, froide et lointaine.

Tout d'abord, le pays leur sembla enchanté, mais bientôt, il perdit de son charme à cause de son immobilité. Rien ne semblait bouger sauf eux-mêmes. Ils levaient un pied, l'avançaient, puis levaient l'autre pour l'avancer encore plus loin. Leurs efforts leur semblaient stériles, hormis le fait qu'ils devaient suivre la silhouette qui marchait en tête. La raison pour laquelle ils devaient le faire leur échappa bientôt.

Bony porta la chienne pour parcourir les trois premiers kilomètres. Il la reposa alors à terre en espérant que les Aborigènes ne tomberaient pas sur ses traces. Il lui fut désormais plus facile d'avancer et la chienne, tenue en laisse, donnait plus d'assurance à son pas.

Il n'y a rien de pire que d'avancer sans se laisser distraire par ses pensées. Les vieux trimardeurs le savaient bien et ils s'obligeaient à penser à quelque chose.

Ils s'arrêtèrent deux fois pendant quinze minutes, avant que la lune ne se couche. Ensuite, l'effort musculaire leur coûta encore plus, sans que leurs performances en soient améliorées. Avec la lune au-dessus d'eux, ils avaient, au moins, pu voir défiler les buissons obscurs à côté d'eux.

Ils ne s'approchèrent pas de la grande muraille. Elle surgit brusquement devant eux, les dominant de toute sa hauteur et dissimulant la moitié des étoiles. Elle envahit toutes les pensées.

Non ! Pas question de faire l'ascension de cette falaise... non et non.

Bony leur dit d'un ton rassurant :

– Elle est seulement en paille. Nous allons devoir passer de l'autre côté, et là, nous pourrons nous risquer à allumer un feu et à faire du thé. Ensuite, nous nous reposerons pendant quelques heures. L'aube ne va pas tarder. Nous avons fait près de quinze kilomètres.

Dans la Nullarbor

Cette muraille de paille mesurait environ trois mètres de haut et autant de large. Bony ne tenait pas à savoir si c'était la même muraille qu'il avait écrasée à la pelle à une trentaine de kilomètres à l'ouest. Il se fraya un chemin en arrachant et en écrasant l'obstacle et les autres le suivirent sans grande difficulté. Une fois de l'autre côté, il les emmena sur la droite et leur fit parcourir plusieurs centaines de mètres. Il alluma alors un feu, bien à l'écart de la muraille, mais invisible pour quiconque se trouvait au nord.

A la lumière du feu, il vérifia l'équipement de ses compagnons et ne déplora aucune perte. Puis, pour des raisons psychologiques, il leur demanda de l'aider à creuser et à aplanir une cavité à l'intérieur de la muraille pour qu'ils puissent s'y coucher, créant ainsi l'illusion d'un abri sûr.

Il se limita à quatre heures de sommeil, avec Lucy attachée à l'une de ses chevilles. En se réveillant, il découvrit le soleil, qui dorait le toit fragile de leur chambre à coucher et argentait ses murs. On se serait cru dans une enveloppe tissée par des vers à soie, avec ces brins de paille à l'opalescence satinée. La paille frissonna et produisit une musique, celle d'un doux ressac dans l'entrée d'une grotte d'or et d'argent, et Bony sut que le vent se levait... une bénédiction venue du nord, parce qu'un vent du sud pourrait apporter leur odeur à plus de deux kilomètres et des nez aussi fins que ceux des Aborigènes risqueraient de la déceler.

D'après le soleil, il était neuf heures lorsqu'il fit un feu sur les cendres du précédent et remplit la bouilloire pour le thé. Accroupi sur ses talons, il réfléchit pour savoir combien de temps il pouvait laisser dormir ses compagnons, compte tenu de leur position par rapport aux Aborigènes sauvages.

Ils étaient maintenant à quinze kilomètres des cavernes et à vingt kilomètres des étendues désertiques où les Aborigènes campaient. Il était toujours possible, bien que peu probable, qu'ils décident d'aller vers les cavernes à l'aube. Ils y verraient peut-être les traces de l'évasion des prisonniers. C'était un risque qu'il fallait bien courir.

A supposer que les Aborigènes aient quitté le désert à l'aube et soient décidés à revenir avant le coucher du soleil pour éviter de passer la nuit dans la plaine, ils seraient capables de parcourir une trentaine de kilomètres. Et les fugitifs n'étaient qu'à vingt kilomètres du désert.

Il ne fallait pas s'attarder davantage.

L'eau était en train de bouillir. Il jeta une poignée de thé dans la bouilloire et attendit vingt secondes avant de la retirer du feu. Puis, en s'approchant du mur, il remarqua que le vent le faisait trembler et que le bruit du « ressac » était maintenant plus sonore et plus proche.

Il réveilla les dormeurs et leur dit de venir près du feu prendre leur petit déjeuner, après avoir rassemblé toutes leurs affaires.

En émergeant de la muraille, chacun d'eux s'arrêta et regarda fixement devant lui. Bony les observa pour voir comment ils s'en tiraient pour cette première confrontation avec la plaine. Ils écarquillèrent les yeux. Leurs expressions prouvaient qu'ils n'arrivaient pas à croire ce qu'ils voyaient, et Bony savait qu'il ne pouvait pas leur laisser le temps de réfléchir maintenant. Les bras chargés de leur matériel, ils se dirigèrent vers le feu avec raideur.

– Je croyais vous avoir entendu dire qu'on pourrait camper toute la journée dans ce truc en paille, objecta Riddell. On n'a pas dormi cinq minutes qu'il faut déjà se réveiller.

– Je pourrais dormir une année entière, dit la jeune femme en bâillant. On ne se lave pas ? J'en ai besoin.

– Pas avant qu'on trouve de l'eau, dit Bony. Je pensais effectivement qu'on pourrait rester là toute une journée, mais le vent fait maintenant trembler la muraille et s'il forcit, elle va se déplacer. Nous ne sommes pas encore allés assez loin pour être en sécurité. Alors mangez et buvez, et nous allons partir.

Ils furent moroses jusqu'à ce que Brennan demande pourquoi la muraille se trouvait là. L'explication fournit l'occasion de les distraire.

– Ça, c'est sûr, on dirait bien que quelque chose va arriver à cette muraille, dit Jenks. (Il était debout, un gobelet de thé dans une main, un sandwich à la viande dans l'autre.) Mince ! Alors c'est ça, la grande plaine de Nullarbor ! Eh ben, gardez-la, j'en veux pas ! Et si j'étais en mer, je dirais qu'on va essuyer une tempête.

– Oui, nous allons tout remballer et partir avant que ce mur nous tombe dessus et nous écrase. Nous trouverons un endroit plus sûr pour camper.

Bony roula son propre balluchon et celui de la jeune femme. Il fut également obligé d'aider les autres car ils n'étaient pas encore très habiles.

– Je vais me charger de votre balluchon, Joe, puisque vous avez l'eau, dit-il au grand gaillard. Aujourd'hui, je n'ai pas besoin de porter la chienne.

– D'accord ! C'est toujours ça, comme disait le singe quand il...

– Tenez-moi le miroir une ou deux secondes, demanda Myra et l'inspecteur Bonaparte, membre de l'I.A.L., lui tint le petit miroir pendant qu'elle se coiffa et « s'arrangea » la figure avec un bout de chiffon qu'elle humecta de la langue. Je suis vraiment horrible à faire peur. Vous ne pourriez pas me trouver un peu d'ocre rouge ou un truc que les Noirs utilisent ?

– On ne sait jamais sur quoi on va pouvoir tomber, Myra. Pour l'instant, je vous trouve très bien et très séduisante. Pendant que nous marchons, faites une liste, mentalement, de tout ce que vous achèterez dans les magasins.

– Ouais, grommela Riddell. Et moi, je vais penser à toutes les bières que je vais me payer.

– Où est-ce qu'on prendra l'argent ? demanda Brennan.

Maddoch dit avec entrain qu'il avait assez d'argent à la banque pour qu'ils ne dessoûlent pas pendant un an.

Sur cette note de gaieté, ils écoutèrent les instructions de Bony.

– Nous allons avancer à la file indienne, comme cette nuit. Nous marcherons une heure au soleil, et puis nous nous reposerons un quart d'heure. Myra, vous me suivrez, et vous Mark, vous fermerez la marche. Maintenant, vous pouvez parler autant que vous voudrez, et même chanter. En fait, ça vous aiderait, de chanter. Et ne regardez pas trop la plaine. Elle sera encore là ce soir.

Ils se mirent en route. Bony n'avait plus peur qu'ils tombent dans un trou ou qu'ils basculent au bord d'une sorte de falaise pour se retrouver dans un autre Trou du Pied-Bot. La chienne commença par tirer sur sa laisse. Bony la libéra et elle trotta en avant, enfin heureuse.

Ils ressemblaient à un petit véhicule à chenilles en train de ramper sur un aérodrome et bientôt le vent les dénicha, tirant les cheveux de la jeune femme, ébouriffant ceux des hommes. Quand, de temps à autre, Bony tournait la tête pour leur jeter un coup d'œil, il les trouvait en train de fixer la limite du monde, qui n'était pas tellement éloignée et ressemblait au bord d'une falaise qui pouvait bien ne pas avoir de base.

Puis Maddoch s'écria :

– Regardez la paille !

Le groupe s'immobilisa pour contempler le spectacle avec stupeur. Ils ne voyaient ni l'extrémité ouest ni l'extrémité est de ce qui semblait être un serpent jaune pâle, vivant et menaçant, le corps ondoyant dans un effort de digestion. Ici et là, il avançait vers eux, par endroits il roulait et roulait, et nulle part, il n'était mis en pièces. Bony savait qu'il pouvait rouler sur quelqu'un sans lui faire de mal, mais il avait l'air aussi lourd que du métal fondu. Croyant apparemment qu'étant le dernier de la file, il serait le premier à être écrasé, Brennan dit :

– Avancez. Qu'est-ce que vous attendez ?

Le mur se révéla un aiguillon opportun, le vent qui soufflait derrière eux en étant un autre, et Bony estima que leur vitesse avait presque atteint cinq kilomètres pendant cette première heure de marche. Puis la muraille parut se déplacer aussi vite qu'eux, de sorte qu'ils ne s'en éloignaient pas, même si elle rapetissait grâce à l'action du vent qui la déchiquetait peu à peu, laissant un tapis irrégulier derrière elle. Comme personne ne réclamait de repos, Bony continua à avancer pendant une heure de plus et quatre kilomètres s'ajoutèrent au total de la journée.

Un fichu temps ! Les Abos n'auraient pas envie de s'éloigner de leur camp. Tant mieux !

Continuant toujours, ils s'aperçurent qu'il leur fallait se pencher légèrement en arrière pour contrer la pression du vent. Ils avaient alors l'impression d'avancer sans grand effort. La muraille les suivait, pas tout à fait aussi vite qu'eux, puis elle se brisa. Ses extrémités avancèrent plus vite, lui donnant la forme d'un demi-cercle, jusqu'à ce que d'autres portions se désagrègent. Bientôt, de petites sections de muraille s'élancèrent dans la plaine comme des escadrons d'une cavalerie dorée, certaines avançant plus vite que d'autres, et souvent, les plus lentes se mettaient ensuite à courir plus vite que les autres. Une masse dépassa les voyageurs, semant ses brins de paille derrière elle, fondant à vue d'œil, se désagrégeant en amas qui formèrent de grosses boules. Et ces boules de paille s'amenuisèrent rapidement et finalement, elles s'effondrèrent et s'aplatirent au milieu des éternels chénopodes.

Après la désintégration de cette énorme barrière de paille, il n'y eut plus rien pour détourner l'attention des voyageurs et leurs muscles douloureux commencèrent à se plaindre, maintenant que le danger imaginaire était écarté.

Bony repéra une ceinture de nerpruns de plusieurs centaines de mètres de longueur, petite forêt d'arbustes de quatre-vingt-dix centimètres de hauteur dans la mer de chénopodes, et là, ils purent s'abriter du vent, tandis que la chaleur du soleil se faisait plus forte et que de petites mouches les agaçaient. Avec reconnaissance, ils s'assirent par terre et seul, Maddoch aida Bony à trouver du bois mort pour pouvoir faire chauffer de l'eau pour le thé.

Jenks maudissait les mouches et Riddell déclara qu'il n'irait pas plus loin ce jour-là, mouches ou pas mouches. Bony sourit à Maddoch qui essaya de lui rendre son sourire mais n'y parvint pas.

– Faites une cigarette pour Myra, lui demanda Bony en s'accroupissant près du feu et en s'en roulant une pour lui.

Ils devaient avoir parcouru treize kilomètres. Treize plus quinze, ça faisait vingt-huit. Ces brins de paille éparpillés effaceraient les traces qu'ils n'avaient pu éviter de laisser, par exemple les buissons écrasés par ses compagnons qui ne pensaient pas aux regards d'aigle capables de déchiffrer ces indices. Ils n'étaient pas encore assez loin de leur prison pour se sentir à l'abri de leurs geôliers.

Il espérait que les désagréments de ce camp de milieu de journée tourneraient à leur avantage. Une fois le repas avalé, il se détendit et attendit que ses compagnons aient envie de partir, laissant le feu s'éteindre alors que sa fumée aurait éloigné les mouches. Il était allongé, les yeux fermés, et il se représentait la plaine à l'échelle d'une carte. Il y planta des épingles imaginaires pour marquer les camps de Patsy Lonergan, ainsi que les cavernes, à l'est. Il était parti avec l'intention de décrire un côté d'un triangle, et il pensait qu'il était en train d'y parvenir, son objectif étant le Trou du Pied-Bot, où il y avait de l'eau, un peu de nourriture, et un abri assuré.

Retrouver le Trou du Pied-Bot revenait à chercher une aiguille dans une botte de foin, mais il y avait ce « rocher », ces terres surélevées, derrière l'horizon, pour l'aider à s'orienter, sous réserve qu'il fasse coïncider sa forme avec l'image mentale qu'il en avait conservée.

La plaine présentait un nouveau front à ces premières rafales de l'été. Apportée du vaste désert, la poussière marron clair s'étendait bien plus loin que l'horizon et donnait des reflets rouges à la lumière du soleil, elle teintait d'un doux pourpre les chénopodes et faisait virer les nerpruns au bleu roi. Le ciel était blanc, comme le ventre d'un requin. Et le vent se taisait, sauf aux endroits où il vous sifflait aux oreilles avec un son qui semblait provenir de votre tête. Et quand il vous soufflait dans le dos, on aurait dit que c'était le monde de l'invisible et de l'inconnu qui vous poussait.

Riddell se mit à crier et Bony ouvrit les yeux pour voir le grand gaillard agiter les bras et lutter contre les mouches tandis que dans sa colère et son désespoir, un déluge de mots orduriers s'échappait de sa bouche. Brennan répondit quelque chose et ils en vinrent immédiatement aux mains. Myra regarda Bony et haussa les épaules. Maddoch vint s'accroupir devant Bony. Des larmes coulaient sur son visage poussiéreux et formaient des filets de peinture rouge vif. Des mouches étaient agglutinées aux commissures de ses lèvres et lui rentraient dans le nez et au coin des yeux.

– Il va falloir rebrousser chemin, s'écria-t-il. Je préfère encore les cavernes.

– Vous allez avancer, pas reculer, Clifford, dit sévèrement Bony. Il n'est pas question de rebrousser chemin.

– Mais ça... j'étais loin d'imaginer ça, inspecteur.

Inspecteur ! Il ne s'agissait sûrement pas de lui, mais d'une incarnation précédente, et il voulait rectifier, dire qu'il était « Bony » pour ses amis. Il se souvint cependant que le respect, et même la crainte, devaient aller de pair avec le commandement.

– Pour quelle raison est-ce que ces fous se disputent ? demanda-t-il d'un ton glacial.

Maddoch se retourna pour les observer au

moment où les combattants étaient séparés par la forme trapue de Jenks, qui se faufilait entre eux et se dégageait comme si sa force physique n'avait pas été soumise à rude épreuve, pour retourner se placer entre eux.

– Autant repartir, dit Bony. Nous n'allons pas trop forcer et j'espère trouver une anfractuosité ou une caverne pour la nuit. Ça vous va ?

En posant cette question amicale, il ne doutait pas de leur réponse. Ils approuvèrent, presque avec empressement, et il tendit son balluchon à Riddell pour se charger du bidon d'eau à moitié plein.

La plaine déprimante les engloutit immédiatement. En quittant la ceinture de nerpruns, ils ressemblaient à des marins qui lèvent l'ancre et abandonnent un endroit sûr. Il n'y avait aucun bateau sous leurs pieds, aucun mur d'acier autour d'eux. Bientôt il n'y eut plus rien en poupe et plus rien vers quoi naviguer.

Il n'y avait que l'uniformité cauchemardesque d'une plaine qu'un ciel sans nuage ne venait pas troubler. Quand on voyage à dos de chameau, à cheval, en jeep, on peut exclure la Nullarbor de ses pensées et trouver un soulagement exquis dans un programme de cinéma qu'on se projette dans sa tête. Mais quand on marche, il faut garder les yeux ouverts et l'esprit collé à la réalité.

Quand le soleil déclara : « J'en ai assez de vous regarder » et se tourna vers des insectes plus intéressants, en dessous, ils n'avaient pas de caverne, pas de trou, pas de nerpruns pour s'y blottir. Le ciel s'embrasa sur la trace brûlante du soleil et la poussière, projetée très haut, tissa de splendides draperies écarlates devant l'espace, se fermant devant lui, semblant née de l'enfer. Ses replis virèrent au magenta, puis au noir, et finalement, la nuit miséricordieuse tomba.

Une petite étincelle jaillit dans l'obscurité, entretenue par un homme qui regroupa les extrémités embrasées de brindilles. Autour de lui, il y avait des silhouettes enveloppées du cocon de leur couverture, agitées dans leur sommeil. Bony était satisfait, non pas parce qu'il avait mangé, mais par les kilomètres qu'il avait fait parcourir à ces dormeurs agités, et parce que cette journée était, Dieu merci, terminée.

Un veinard

Le soleil se leva d'un bond et leur jeta un regard soupçonneux. Quelque part, entre le centre de la Nullarbor et sa lisière ouest, il y avait six ombres minces, et une septième, qui se perdait à plus d'un kilomètre. La septième ombre était celle de Lucy.

Il n'y avait pas de vent. Pas de nuages. L'air était frais et il n'y avait pas de mouches. C'était une de ces journées où on se demande ce qu'on fait là. On se réveille, on se lève, et voilà. On ne sait pas d'où on vient et où on va. Mais le problème, c'est que si on va quelque part, c'est sur des plantes de pied douloureuses, au bout de jambes courbaturées.

Bony inspecta sa troupe. Il ne s'agissait pas de policiers, mais d'une brigade crottée et abattue. Il dut rattacher le balluchon de Maddoch et la chaussure de Myra. Il fit glisser le bidon d'eau à moitié vide pour qu'il soit bien calé dans le creux de ses reins. La brigade voulait rester là pendant plusieurs heures. Maddoch les suppliait de retourner vers les cavernes.

– Nous nous dirigeons vers une grande dépression qui s'appelle le Trou du Pied-Bot, leur dit Bony pour les appâter. Il y a de l'eau, beaucoup d'eau, et des provisions que j'ai laissées en partant pour le nord. Nous pourrons y passer une semaine si c'est nécessaire. Mais maintenant, il faut avancer parce que notre unique réserve d'eau diminue. Allez, venez !

La jeune femme le suivit, et Brennan ferma à nouveau la marche. Brennan se mit à crier :

– Gauche, droite, gauche, droite, gauche... gauche... gauche.

Ce qui les aida considérablement, et quand Myra commença à chanter « Tipperary », tous se joignirent à elle, et ce fut encore mieux. Au bout de la première heure, leur moral était meilleur. Il se dégrada quand ils s'aperçurent que l'endroit où ils faisaient une pause ressemblait au camp du petit déjeuner, sauf qu'il n'y avait pas de boîtes de conserve vides ni de cendres. Et à l'arrêt suivant, ils ne s'attardèrent pas longtemps. De la compagnie les attendait lorsqu'ils firent halte après la troisième heure de route... une colonie de gerboises.

Là, ils allumèrent un feu et préparèrent une demi-bouilloire de thé. Bony fit de son mieux pour les intéresser au comportement de ce rongeur qui porte le nom scientifique de *Leporillus.* Leurs maisons avaient des formes et des tailles différentes, mais étaient toutes habilement construites avec des brindilles entrelacées, et toutes, sauf deux, avaient des toits sur lesquels étaient posées des pierres pour qu'ils résistent au vent.

Jenks donna un coup de pied dans une maison et Brennan retira les pierres du toit d'une autre. Un rongeur se précipita alors dehors. Il avait la taille d'un rat commun, il avançait par bonds, et ses longues pattes postérieures et ses courtes pattes antérieures lui donnaient vraiment l'apparence d'un marsupial.

Bony leur octroya deux heures de repos. Maddoch et Myra se couchèrent à plat ventre, le visage pressé contre leurs bras pour faire échec aux mouches, qui n'étaient pas réellement vicieuses. Seule, Lucy était heureuse. Elle flaira les maisons des rongeurs et Brennan se mit à rire bruyamment quand une gerboise fila par la porte de derrière tandis qu'un lapin s'échappait par l'ouverture principale d'une maison, de sorte que Lucy ne savait plus où donner de la tête.

Jenks était le plus agité. Il se levait souvent pour scruter la plaine, plissant les yeux, manifestant de la nervosité face à une situation qu'il acceptait mal.

– Combien on a fait, aujourd'hui ? demanda Riddell. A peine onze kilomètres ! Et la journée est déjà à moitié passée ! On ne parcourt que vingt-deux kilomètres par jour ?

– Nous en ferons plus quand nous serons endurcis, Joe, lui dit Bony.

– A quoi vous voyez qu'on a fait onze kilomètres ? insista le grand gaillard.

– D'après le soleil, nous avons marché pendant trois heures. La vitesse moyenne d'un homme qui n'est pas chargé est de quatre kilomètres à l'heure. Comme nous sommes chargés et fatigués, je suis généreux en évaluant notre vitesse à un peu plus de trois kilomètres et demi.

– Alors, à quelle distance sommes-nous des cavernes ?

– A une bonne soixantaine de kilomètres.

– Et à combien sommes-nous de ce Trou du Pied-Bot dont vous nous avez parlé ?

– Je ne peux pas le dire avec précision, Joe. J'espère que nous en sommes à moins de quatre-vingts kilomètres.

– Ah bon ! dit Riddell en réfléchissant. Alors il faudra nous faire sur la tête.

– Mais non, nous allons y arriver. Et nous ferons encore cent soixante kilomètres après ça. Vous en doutez ?

– Eh bien...

– Nous arriverons à destination, l'assura Bony.

Riddell remarqua l'étincelle dans les yeux bleus et il se retourna pour fixer l'absence de paysage avec Jenks.

– Vous croyez qu'on a roulé les Abos ? demanda Brennan à Bony, en s'asseyant à côté de lui.

– Je le saurai vraiment, disons, demain soir. C'est très possible, vous savez, qu'ils ne s'aperçoivent jamais de notre départ. Comme ils sont venus nous voir l'autre jour, ils se disent peut-être que nous ne posons pas de problème et ils s'occuperont peut-être de leurs affaires pendant plusieurs semaines. Vous croyez que vous pourriez vous charger du balluchon de Myra, cet après-midi ?

– Bien sûr, dit Brennan d'une voix traînante. Qu'est-ce que je ferais pas pour aider une dame ! Allons-y.

Gauche... droite... gauche. Rien à regarder. Le frottement sans fin du pied gauche... du pied droit... du pied gauche. Les yeux fixés sur les talons de celui de devant. Chanter ! Ras le bol de chanter.

Parler ! A quoi ça sert ? Rêver des lumières d'une ville, de bières qu'on avale, d'une orgie de femmes ! Des lumières, de la bière et des femmes ! Et eux, là, au milieu des chénopodes et des gerboises ! En train de ramper comme des poux ! Il aurait encore mieux valu rester avec le vieux toubib dans ces cavernes où il y avait de l'eau et pas de mouches, où on n'avait pas besoin de réfléchir, où il suffisait d'écouter les histoires du toubib. Quel idiot de s'être embarqué là-dedans.

Il était quatre heures passées quand Bony aperçut une ombre là où il n'aurait pas dû y en avoir, une ligne noire, à cinq cents mètres sur la droite. Il s'y dirigea et l'espoir put renaître, puis mûrir lorsque cette ombre s'épaissit. Il vit un Trou du Pied-Bot miniature.

Lucy s'élança en avant et disparut. Ils se trouvaient maintenant au bord d'une pente qui descendait vers une surface rocailleuse jusqu'au pied d'une falaise, en face. Il y avait de l'ombre... projetée par le rebord de la falaise. Il y avait une douzaine de robustes chénopodes, qui offraient du bois et non des broussailles, et permettaient de faire un feu pour cuire du pain. Si seulement il y avait de l'eau !

– Ça me paraît bien, s'écria Mark Brennan. Un trou, c'est toujours mieux que cette plaine.

Bony était d'accord avec lui. Il se retourna pour faire partager son soulagement. Il fronça tout de suite les sourcils. Il plissa les yeux en scrutant la plaine et demanda sèchement :

– Où est Maddoch ?

Ils se regardèrent, puis détournèrent les yeux

vers les chénopodes, dans la petite dépression de vingt-cinq ares environ.

– Quand je me suis retourné, il y a une demi-heure, Maddoch marchait devant vous, Jenks. Que lui est-il arrivé ?

Les yeux du marin s'écarquillèrent, malgré les mouches. Il considéra Bony comme s'il venait de lui poser une question éminemment stupide. Il jeta un coup d'œil à Myra Thomas. Il regarda partout autour de lui et sa mâchoire s'affaissa.

– Cliff ! s'exclama-t-il. Il était devant moi. Où est-il passé ? Je n'en sais rien. Il doit être dans le trou. Il a dû partir en avant sans qu'on le voie.

– Vous ne l'auriez pas frappé avec une pierre par hasard ? s'enquit doucement Brennan, et la subtilité de cette remarque ne le frappa même pas.

Bony se remémora l'image qu'il avait vue quand il avait regardé derrière lui pour la dernière fois. Ils n'étaient pas bien alignés, mais Maddoch était sans conteste parmi ceux qui le suivaient. Tout le monde marchait tête baissée et les épaules voûtées sous son fardeau. Probablement, et même certainement, Jenks et Brennan, qui suivaient Maddoch, avaient eu l'esprit ailleurs, et n'avaient donc pas remarqué sa défection.

– Il est retourné aux cavernes, supposa la jeune femme. Il a dit qu'il voulait le faire. Quel idiot !

– On devrait pouvoir le voir, s'écria Jenks en scrutant l'est.

Brennan acquiesça, tout en scrutant l'ouest, et Riddell, comprenant ce qu'ils faisaient, scruta le nord.

Bony était sûr qu'il pouvait repérer quelque

chose qui avait la taille de Maddoch à cinq kilomètres. Une demi-heure plus tôt, quand il avait vu Maddoch au milieu des autres, ils étaient à un peu moins de deux kilomètres de l'endroit où ils se trouvaient maintenant.

A supposer que Maddoch se soit esquivé sans se faire remarquer, dans l'intention de retourner aux cavernes, il se serait dirigé vers le nord, tout simplement parce qu'ils marchaient dans la direction opposée. Au bout de quelques minutes, il avait dû dévier vers la gauche ou vers la droite, selon la jambe qui faisait de plus grands pas.

Comme il n'y avait aucun objet naturel pour le guider, pour l'attirer, il avait inévitablement décrit un cercle. Le problème, c'était de savoir quelle était la distance qu'il avait pu parcourir avant de s'arrêter et de se mettre à décrire un autre cercle.

Bony avait beau être capable de voir un homme marcher à cinq kilomètres, ça ne voulait pas dire grand-chose dans cette plaine où l'illusion régnait, où les distances étaient trompeuses, où il n'était pas possible d'avoir un jugement sûr.

– Installez-vous, je vais aller le chercher.

Bony leur fit descendre la pente jusqu'à la surface plane du trou. Ils l'aidèrent à faire un feu. Remarquant que le museau de Lucy était humide, Bony découvrit une anfractuosité à moitié pleine d'eau et recouverte d'une vase verte.

– Vous pouvez utiliser cette flotte avec parcimonie pour vous laver, dit-il. Mais ne la buvez pas avant de la faire bouillir. Brennan, je vous confie le bidon d'eau propre. Vous voyez ce buisson ?

– Oui.

– Si je ne suis pas revenu avant le lever du soleil demain, faites un feu là-dessous. Vous avez compris ?

– Oui, mais... vous ne pouvez pas nous laisser comme ça. Qu'est-ce qu'on va faire si vous n'arrivez pas à retrouver votre chemin ?

– Oui, qu'est-ce qu'on va faire, inspecteur ? répéta Jenks. Si Maddoch a choisi de filer, c'est son problème. S'il lui arrive quelque chose, il l'aura bien cherché.

– Ça, c'est bien vrai, nom de Dieu ! lâcha Riddell. Laissez-le crever.

Bony fixa chaque homme à tour de rôle en l'obligeant à baisser les yeux.

– Laisser Maddoch ! Je ne peux pas laisser Maddoch. Je ne sais pas encore qui a assassiné Mitski et il faut que j'emmène l'assassin de Mitski avec moi.

On dit que l'homme passe sa vie à tenter de retourner à la protection du ventre maternel, et c'était ce qui poussait le petit bonhomme qui aimait la paix et la sécurité à rechercher la mère qu'il avait perdue car, tout jeune, il s'était retrouvé abandonné, sensible et solitaire. Il s'était marié, non pas avec une mère protectrice et consolatrice, mais avec une mégère, et la tragédie était inévitable.

Pour Maddoch, la prison, puis la détention dans les cavernes avaient représenté une protection contre le monde rude qu'il redoutait. Il ne l'aurait jamais reconnu, même intérieurement, mais la période qu'il avait passée en prison avait été la plus heureuse de sa vie, et celle qu'il avait passée dans les cavernes de la Nullarbor lui avait fourni bien des compensations, même si elle l'avait forcé à se passer du confort le plus élémentaire. Le besoin de protection avait atteint son paroxysme quand il avait observé les petites maisons des gerboises.

L'inspecteur Bonaparte n'allait pas rebrousser chemin, donc il décida de lui fausser compagnie et de rechercher le confort douillet et la sécurité de ces cavernes dans lesquelles il n'y avait ni mouches, ni soleil aveuglant, ni gauche, droite, gauche, droite éreintant.

Peu à peu, il sortit de la file ; lentement, il recula et les deux derniers hommes le dépassèrent sans lever la tête. Pendant un moment, il les observa. Puis il se rendit compte qu'à tout moment, l'inspecteur pouvait le voir planté là comme un imbécile. Il se coucha donc au milieu des chénopodes et ne bougea plus.

Et puis il se mit à courir. La course devint un trot, le trot une marche rapide. Il jeta un coup d'œil derrière lui. Le groupe s'était évanoui. Il était libre de continuer et d'aller rejoindre le Dr Havant qui l'attendait. Le Dr Havant serait tellement content de le voir, tellement heureux d'apprendre que Clifford Maddoch ne pouvait pas supporter de le laisser tout seul et était revenu lui tenir compagnie.

Pour l'instant, il se rendait compte que le soleil avait disparu. Hum ! Il devait avoir fait beaucoup de chemin. Il ne pouvait plus être très loin. Il trébucha et tomba sur la poitrine, se remit maladroitement debout et fixa avec une curiosité bovine ce qui avait heurté son pied.

Mais ce n'était pas aussi important que ça, et il

fallait qu'il retrouve le Dr Havant. Le soir rapprocha l'horizon et tout était tellement calme qu'il entendait un doux froufrou quand un de ses pieds effleurait un buisson. Puis soudain, il y eut le clair de lune, et il sut qu'il devait être près des cavernes car il en était sorti au clair de lune.

Ensuite, un bruit lointain s'abattit sur lui, et il fut envahi par une voix qui hurlait. Il ne reconnut pas le cri de la grue d'Australie.

Il était étendu à terre. Il sentait la fraîcheur des chénopodes sous son visage. Il courait, il savait qu'il courait. Il savait qu'il avançait à quatre pattes, il était certain qu'il s'approchait de plus en plus du petit trou qui le conduirait au Dr Havant. Ce petit trou ! Maddoch hurla de joie. Sa femme ne serait jamais capable de se glisser dans ce petit trou. Elle était trop grosse, bien trop grosse, cette garce à la voix perçante.

La lune était là-haut. Pendant un bon moment, il la fixa, mais l'astre persista à bouger, de sorte qu'il dut tourner la tête alors que ça lui faisait mal. Fichue lune ! Il ferma les yeux et elle disparut. C'était le jour. Il regardait son bras, vit sa main, reposant sur le sol, la paume en l'air. Et à côté de sa main, il y avait un kangourou, qui faisait sa toilette, comme un chat.

Un kangourou ! Le Dr Havant saurait peut-être comment le tuer et ils pourraient lui manger la queue. La soupe de kangourou était un plat de luxe, ça, c'était sûr. Il en avait goûté un jour à un dîner, quelque part. Le kangourou ne s'occupa pas de lui, ne le remarqua même pas. C'était marrant ! Le kangourou vint lui renifler les doigts. Alors ça !

Plutôt extraordinaire ! En fait, le kangourou bondit et s'assit dans sa main.

Il était parfait du museau à la queue. Sa fourrure était fauve et il y avait une minuscule rayure blanche le long de son ventre doux et chaud. Avec une violence étrange, Maddoch referma la main et emprisonna l'animal.

S'asseyant sans ouvrir la main, dans un effort spasmodique, Maddoch fixa la queue de son prisonnier et rit avec joie en pensant au cadeau qu'il allait offrir au solitaire Dr Havant. Il essaya de se lever, n'y réussit pas, essaya à nouveau, tenant toujours le kangourou dans sa main fermée. Un pied apparut devant lui, Maddoch leva les yeux et vit sa femme. Il ouvrit la bouche pour hurler et la femme se transforma en inspecteur Bonaparte qui lui dit :

– Un compas géant n'aurait pas tracé un cercle plus parfait que celui que vous avez décrit et que j'ai suivi, Clifford. Allons, venez, maintenant. Levez-vous, nous allons aller au camp. Il y a du café et quelque chose à manger qui vous attend.

Un bras le leva. Il savait qu'il traînait ses pieds qui le brûlaient.

– Où étiez-vous quand Mitski a été tué, Clifford ? demanda la voix persuasive.

Ce ne fut qu'après plusieurs tentatives qu'il réussit à dire :

– Je revenais de la Bijouterie, inspecteur. Je l'ai vu près du roc.

– Vous ne l'avez pas tué, n'est-ce pas ?

– Non. Comment aurais-je pu le faire ? Je n'étais pas...

– Bien sûr que non, Clifford. Allez, levez vos

pieds et aidez-moi un peu. Nous n'avons pas à aller loin. Dans la plaine de Nullarbor si jolie, quelle ivresse d'être avec ses amis. Je t'aide, tu m'aides aussi, et nous avancerons sans soucis. Vous ne saviez pas que j'étais poète, hein ?

– Je... je veux retrouver les cavernes et le docteur, inspecteur.

– Pas maintenant, Clifford. Nous sommes dans la Nullarbor. Ce n'est pas une région d'Australie, c'est l'Australie elle-même, la véritable Australie que connaissent les Aborigènes, les trimardeurs endurcis, les bouviers et les pauvres abandonnés comme nous. Pour ceux qui arrivent en voiture sur les routes, pour les hommes politiques qui ne s'enfoncent à l'intérieur des terres qu'à la fraîcheur hivernale, l'Australie se déguise. Vous et moi, nous la voyons sans masque, nous la voyons telle qu'elle est réellement. Vous avez de quoi être vraiment heureux.

« Allons, levez les pieds. Voilà qui est mieux. Vous finirez par aimer l'Australie, comme moi. Pour ça, il faut se mettre à plat ventre, enfouir le visage dans le sable et les cailloux brûlants, respirer l'odeur de ce pays, sentir dans votre estomac vide à quel point il est proche de vous, le courtiser avec une voix empâtée par le manque de salive. Et alors, Clifford, comme c'est arrivé à beaucoup d'autres avant vous, cette Australie belle et nue deviendra le grand amour de votre vie.

Comme c'était loin ! Que disait l'inspecteur ? Qu'est-ce que quoi ?

– Qu'est-ce que vous avez dans la main, Clifford ? Montrez-moi.

Une halte, grâce à Dieu. Maddoch ouvrit la main.

– Vous voyez, vous avez déjà capturé l'essence même de l'Australie. Ne savez-vous pas que les savants, les écrivains et les photographes parcourent l'Australie en camion et en caravane et ne voient jamais, jamais, de souris-kangourou, et à plus forte raison, n'en ont jamais tenu dans la main. Vous êtes vraiment un veinard !

La plaine attaque à nouveau

Ils avancèrent de front pour éviter d'être retardés comme ils l'avaient été à cause de Maddoch. Au début de cette expédition, il était primordial de suivre un chef de file pour réduire les risques de blessures. Puis le chef dut imposer un rythme susceptible de décourager d'éventuelles poursuites, et même quand cette menace diminua, la vitesse demeura un facteur important, car la nourriture et l'eau étaient extrêmement limitées.

L'état de Maddoch les obligea à camper un jour entier dans la dépression peu profonde où, heureusement, Lucy avait trouvé de l'eau. Après cette journée de repos, Maddoch était suffisamment rétabli pour se mettre en route et la nouvelle disposition des marcheurs, si elle ralentissait l'allure, s'avérait meilleure pour leur moral.

Bony les incita à chanter et quand ils se lassèrent, il convainquit Brennan de jouer au sergent-major en les faisant avancer au pas cadencé. Ce rôle convenait parfaitement à Brennan. Riddell ne cessa de maugréer. De temps à autre, Jenks sautait pardessus un buisson au lieu de l'écraser sous ses pas, et son agilité amena Bony à lui demander s'il n'avait pas fait de claquettes.

– Pas à proprement parler, répondit Jenks. Mon vieux se disait que je ferais un boxeur assez bon pour gagner de quoi lui acheter son whisky, alors il m'a payé des leçons de gymnastique. Il a claqué son fric et il s'est tué à boire avant que j'arrive à un bon niveau. Mais j'ai quand même appris à me défendre contre les Irlandais de Liverpool, et avec eux, on est obligé de réagir vite. Comment vous me trouvez, Joe ?

– Vous ne vous débrouillez pas trop mal, Ed. Quelle plaie, ces mouches !

Dans l'après-midi de leur seconde journée, l'anxiété abandonna Bony lorsqu'il aperçut une élévation de terrain bleutée, loin à l'ouest, et il fut rassuré sur la direction qu'il avait prise. Au coucher du soleil, ils durent camper à découvert, et cette bosse fut balayée par la lumière aveuglante, mais une fois le soleil couché, son relief fut nettement accusé et correspondit à l'image mentale que Bony en avait gardée.

Par conséquent, le lendemain matin, il modifia leur trajectoire et mit le cap sur le sud pour atteindre le Trou du Pied-Bot.

Le vent se leva mais il n'avait pas la violence de la tempête qui avait désintégré la barrière de paille. Il venait de l'ouest, il faisait gonfler les voiles de petits nuages isolés et faisait filer leur ombre sur le sol argenté de la plaine, donnant une impression d'insécurité accrue dans ce monde nébuleux.

– Nous devrions arriver au Trou du Pied-Bot aujourd'hui, dit Bony à ses compagnons. Nous serons alors plus ou moins à mi-parcours. Nous pourrons y camper deux jours pour nous reposer, réparer nos chaussures, nous laver et faire de la lessive, et plus généralement, pour nous préparer à bien attaquer la deuxième partie du trajet.

– Voilà qui me paraît fantastique, dit Myra.

Elle marchait à côté de lui. Il portait son balluchon et il lui avait remis ses chaussures en place, mais elle était excessivement fatiguée. Pourtant, la carotte de la célébrité qui dansait devant ses yeux l'attirait avec force.

– Nous pouvons très bien passer à côté du Trou du Pied-Bot, avertit Bony. Bien qu'il soit bien plus grand que l'autre trou dans lequel nous avons campé, nous pouvons passer à cinq cents mètres de lui, surtout par un temps comme ça où les ombres des nuages se déplacent aussi rapidement. Alors que tout le monde ouvre l'œil.

– Quand devrions-nous y arriver ? insista Myra.

Jenks, le marin, lâcha :

– Mince alors, laissez l'inspecteur se débrouiller. Vous vous repérez à ce drôle de rocher qu'on voit à l'horizon, inspecteur ?

Bony lui répondit affirmativement.

– Enfin, Myra, comment voulez-vous que l'inspecteur nous dise à quelle heure on va arriver au port alors qu'il n'y a rien qui lui permette de faire des relèvements croisés, nom de Dieu ? Ecoutez, si on tombe sur ce Trou du Pied-Bot, on pourra dire qu'il est champion, voilà.

Brennan tenta de suggérer qu'ils se dirigent vers le plateau, voulant dire par là le roc de terres élevées.

– C'est une région désolée, Mark, lui expliqua Bony. Il y a des petits arbustes, du sable, des salins, le désert, sans eau, rien pendant plus de trois mille kilomètres, et puis l'océan Indien.

Ils faisaient la pause de la matinée quand Brennan insista pour qu'ils se dirigent vers le plateau et quittent la plaine. Il parlait d'une voix tremblante. Quand Maddoch répéta fermement les paroles de Bony, Brennan l'envoya rouler à terre. Là-dessus, Riddell prit le parti de Maddoch et Jenks s'empressa de se lever. La jeune femme dit avec irritation :

– Vous avez raison, continuez à vous entre-tuer, espèces de babouins velus, de héros crasseux. Ça, la bagarre, ça vous connaît, mais dès qu'il s'agit de marcher un peu, ce sont des gémissements et des grognements à n'en plus finir. Taisez-vous donc ! Vous me rendez malade !

– Vous seriez encore plus malade si vous étiez restée dans les cavernes avec le toubib, hurla Jenks dont les poils, au lieu de rester respectablement collés à son visage, se hérissaient comme les piquants d'un porc-épic furieux.

Bony fut heureux qu'il n'y ait pas de babouins en Australie. Il dit sur le ton que l'on prend pour s'adresser à des enfants indisciplinés :

– Nous allons consacrer notre énergie à lever un pied, puis l'autre, et à répéter ce mouvement. Voilà ce qu'il faut faire.

Une éternité plus tard, le soleil indiqua qu'il était treize heures, et quand un nuage s'installa, ils campèrent pendant une heure pour déjeuner, le corps endolori, les nerfs à vif, et dans l'après-midi, même la perspective d'atteindre le Trou du Pied-Bot, avec toutes ses promesses de confort, ne parvint pas à les sortir de leur silence morose. Les encouragements prodigués gaiement par Bony ne purent rien y faire non plus. Les ombres l'inquiétaient également et représentaient un problème supplémentaire. Plus d'une fois, il fut obligé de s'arrêter pour s'assurer que l'une d'elles n'était pas le Trou du Pied-Bot.

A quatre heures, ils se reposèrent, et les nerfs de Brennan lâchèrent. Il se leva, fixa le roc bleu du plateau lointain, et se dirigea droit dessus.

– Où allez-vous comme ça ? lui cria Riddell.

– Revenez, espèce de détraqué ! hurla Jenks.

Brennan se retourna et leur hurla des injures. Il continua à se diriger vers cette zone terrible de mort assurée.

– Taisez-vous, ordonna Bony. Attendez. Vous allez voir.

Brennan avait parcouru une centaine de mètres et tandis que les autres l'observaient, il avança encore d'une autre centaine de mètres. Deux cents mètres, ce n'est pas grand-chose dans la plaine de Nullarbor quand on a l'impression de voir jusqu'à quatre-vingts kilomètres. En allant chercher Maddoch, Bony s'était aperçu qu'il ne s'était éloigné que d'un kilomètre, et pourtant, personne ne le voyait.

En regardant Brennan, à deux cents mètres d'eux, ils virent l'ombre d'un nuage courir sur lui, l'avaler, et dans cette obscurité relative, Brennan agita brusquement les bras en tous sens et tomba en avant.

– Qu'est-ce qui lui arrive ? demanda Jenks d'un ton affecté.

L'ombre déserta Brennan et s'abattit sur eux. De la poussière s'élevait près de l'homme prostré. Des touffes de végétation semblaient voler autour de lui.

– Ne bougez pas. Je vais le chercher, dit Bony.

Arrivé à mi-chemin, il se retourna pour voir s'ils lui obéissaient.

Brennan avait creusé des petits trous pour y planter les doigts. Il était allongé de tout son long et ses orteils protégés par des bouts de couverture étaient profondément enfoncés dans le sol. Entre ses bras, sa figure était pressée contre la poussière. Il avait la tête tournée vers l'ouest, vers une autre ombre de nuage qui arrivait à toute vitesse.

– Brennan ! Levez-vous ! lui ordonna Bony. Allez, Brennan ! Debout.

Brennan s'écrasa encore plus contre le sol de la plaine et Bony lui donna un petit coup de poing entre les épaules.

– Non... non ! hurla Brennan sans relever la tête. Couchez-vous... couchez-vous vite... vous allez être éjecté dans l'espace.

– Sûrement pas, Mark. Asseyez-vous. Tout va bien. C'est seulement les nuages qui donnent l'impression que le monde tourne. Allez, levez-vous ! Le Trou du Pied-Bot est juste devant nous.

D'un geste vif, Bony retourna Brennan sur le dos, comme il aurait retourné une tortue sur la plage. Les yeux de Brennan étaient résolument fermés. Lucy arriva et lui lécha le visage. C'est ça qui lui fit ouvrir les yeux. Il haletait, moins de fatigue que de terreur, et Bony l'aida à se remettre debout, le soutenant tandis que ses yeux perdaient lentement leur fixité. Il put alors se tenir tout seul et pendant un petit moment, il se passa la main sur les yeux et regarda Bony avec effroi et stupéfaction.

– Bon Dieu ! J'avais vraiment l'impression

d'être fichu, inspecteur. J'arrivais pas à m'accrocher. La terre tournait de plus en plus vite. Je ne peux pas vous dire... Vous ne pouvez pas savoir...

– Si, je sais parfaitement, lui assura Bony. J'ai déjà ressenti ça. Vous êtes un imaginatif, comme moi, et la plaine peut nous jouer des tas de tours. Les imaginatifs sont plus vulnérables que les autres, mais ce sont eux qui font l'ascension de l'Everest et qui traversent la Nullarbor. Ça va mieux ?

Brennan fit un signe de tête affirmatif. Il jeta un coup d'œil autour de lui, semblant décidé à se mettre à l'épreuve. Puis il regarda la mince silhouette qui était à ses côtés et croisant les yeux bleus, il dit :

– Vous êtes un chic type, mon vieux. Je vais bien, maintenant. Si je recommence à faire des bêtises, flanquez-moi une bonne calotte.

– Je lèverai le bidon d'eau si je le porte à ce moment-là, Mark. Je connaissais un type qui disait toujours, quand ça allait mal : « Y a rien d'autre à faire que de fumer une bonne petite cigarette. » Nous, nous pouvons dire : « Y a rien d'autre à faire que de faire une bonne petite marche. » A propos, où étiez-vous exactement quand Mitski a été tué ?

– Moi ? Dans le passage qui mène à l'évacuation de l'air. Je vous l'ai déjà dit.

– Myra était avec vous, n'est-ce pas ?

– Oui. C'est là qu'elle a perdu son foulard.

– Qu'est-ce que vous faisiez tous les deux là-bas ?

– Moi ? répéta bêtement Brennan. J'essayais de la calmer. Je me faisais encore des illusions.

– Pourquoi étiez-vous allé là-bas ?

– Eh bien, elle avait plus ou moins fait des

avances à Mitski et l'ambiance n'était pas terrible. Le toubib avait engueulé Jenks à cause de quelque chose qu'il avait dit. Je ne sais pas quoi. C'était la veille. J'ai annoncé à Myra que je voulais lui parler sérieusement. Elle est venue avec moi, et quand je lui ai expliqué ce qui allait probablement se passer si elle continuait à faire mine de préférer quelqu'un, elle m'a plus ou moins laissé entendre que c'était moi qu'elle préférait. Et quand j'ai agi en conséquence, elle s'est fâchée. C'est à ce moment-là que nous avons entendu Mitski hurler.

– C'était pas plus mal que j'arrive parmi vous, Mark.

– Ouais. Je vais vous dire quelque chose, inspecteur, bien que ça soit pas mes oignons et que les types de Goulburn me le reprocheraient. Ce matin-là, Myra a trouvé sur son lit la pierre avec laquelle Mitski a été tué. C'est ce qu'elle m'a dit, en tout cas. Je l'ai balancée dans le Saut de Fiddler.

Il l'avait balancée dans le Saut de Fiddler... l'instrument contondant qui avait servi au crime. Tout simplement. Et pourquoi ? Parce que les types de Goulburn lui en auraient voulu d'aider un officier de police. C'était là une espèce de fidélité, née d'épreuves partagées et d'un objectif commun, qui refusait certains principes de loyauté pour en ériger d'autres.

– Y avait-il du sang sur la pierre ? demanda Bony.

– Ouais. Une tache, à un endroit. C'est bien ce qui a tué Mitski.

– Quand Myra a-t-elle trouvé la pierre sur son lit ?

– Quand, inspecteur ? (Brennan fronça les sourcils, obligé de faire travailler son esprit.) Elle l'a dit, parce que je lui ai demandé. Je le sais. C'était après avoir préparé les trucs du petit déjeuner.

– Elle ne me l'a pas signalé, Mark.

– Je lui ai dit de ne pas le faire.

– Pourquoi ?

– Oh, vous savez c'que c'est. Mince alors ! Vous devez bien le savoir.

– Peut-être. Celui qui a assassiné Mitski a essayé de faire porter le chapeau à Myra. A moins que ce ne soit Myra qui ait commis le meurtre, et qui vous ait raconté qu'elle avait trouvé la pierre sur son lit.

– Les deux sont possibles, inspecteur. Pourquoi vous embêter avec ça ? Mitski est mort. Son corps est au fond du gouffre. Laissez-le en paix, laissez-le en paix.

Ils rejoignirent les autres et Bony expliqua que Brennan avait eu un accès de vertige. Personne ne dit rien, mais l'expression qu'il surprit dans les yeux de la jeune femme et de Maddoch lui apprit qu'ils savaient de quoi il parlait. Eux aussi, ils auraient besoin d'être surveillés.

En avant. Des efforts sans but. Quand vous marchez dans une rue, il y a un lampadaire devant vous vers lequel vous pouvez vous diriger, vous le dépassez et vous le laissez derrière vous. Il y a toujours quelque chose qui se passe. Là, rien ne se passait. Seule l'ombre des nuages filait et il fallait s'en montrer reconnaissant. Vous veniez de nulle part, vous n'alliez nulle part, car il n'y avait rien. Vous comptiez vos pas : cent, mille, un million, et vous n'aviez pas avancé d'un pouce.

Le soleil se dirigea vers le plateau qui rompait la platitude de l'horizon ouest. Les nuages s'asséchèrent, les petits en premier. Les ombres des hommes s'allongèrent. Des nuages ! Et après ? Des ombres ! Et après ? L'essentiel, c'était que vos pieds avancent ! Qu'ils continuent... Qu'ils sautent pardessus ce buisson rouge sang !

Brusquement, Bony s'arrêta. Machinalement, ils s'arrêtèrent eux aussi. Bony observa Lucy. La chienne avait le bout du nez tourné vers le sud-ouest. Sa queue fine tremblait. Elle regarda derrière elle et Bony lui cria :

– Vas-y... cherche !

Lucy vira pour se laisser guider par son flair... par l'odeur que son nez avait repérée. Ils la suivirent. De temps en temps, elle leur faisait signe avec sa queue.

Les ombres des nuages avaient disparu mais une autre ombre se profila devant eux, s'épaississant et s'allongeant.

– Qu'est-ce qu'elle renifle comme ça ? demanda Riddell.

Brennan lui répondit :

– Du rosbif, de la pâte cuite au four sous le rôti, des panais et des choux de Bruxelles.

– Ça doit être ça, ricana Jenks.

Le commandant de l'expédition se sentit obligé de rester digne. Il dit :

– Je me demandais qui serait le premier à apercevoir le Trou du Pied-Bot. Je pensais que je devrais vous l'indiquer, mais Lucy m'a facilité la tâche. C'est tout droit. Et des amis à moi attendent de nous y accueillir. Comme Lucy, je les flaire.

La Taverne de la Mi-Parcours

Ils restèrent debout, silencieux, quatre hommes et une femme écrasés de fatigue, et Bony était légitimement fier de les avoir amenés jusque-là. Ils regardèrent Lucy tandis qu'elle bondissait comme une chèvre pour descendre dans le Trou du Pied-Bot et courait comme un lièvre à la rencontre des chameaux qui l'accueillirent avec une affection altière mais réelle.

– Eh bien, nous y voici, dit gaiement Bony. Il va falloir le contourner pour emprunter le seul chemin qui y descend. Cet endroit ne vous dit peut-être rien, mais pour moi, il sent la maison.

Millie les observa avec une feinte indifférence mais Curley étendit ses pattes postérieures et referma ses pattes antérieures en un geste d'impatience évident. En arrivant sur le site des anciens feux de camp, ils déchargèrent leurs paquets et le bidon d'eau de leurs corps épuisés et s'effondrèrent sur le sol.

Ce fut Bony qui alluma le feu et posa une bouilloire d'eau dessus.

Ces quatre hommes, qui avaient résisté aux épreuves de la prison et à l'extrême ennui d'une détention dans l'un des donjons de la nature, étaient maintenant dans un état qui se détériorait rapidement. La jeune femme était encore poussée par une détermination de fer, souhaitant survivre pour profiter de récompenses qu'elle n'avait certainement pas méritées, et c'était elle qui était la moins affectée par la plaine. Il est vrai que Bony avait eu pour elle autant d'égards que possible. Mais elle trouvait ça normal, et il réfléchissait au besoin impitoyable qu'elle avait de profiter des autres.

Elle était maintenant assise les yeux fermés, faisant un ultime effort pour accepter la puissance démesurée de l'étendue qui les environnait et les ordres de Bony. Jenks se contentait de regarder dans le vague. Mark Brennan soupira de soulagement après une épreuve qui n'avait rien à voir avec la fatigue, et Maddoch s'était étendu à plat ventre pour s'enfouir le visage dans les bras.

Compte tenu des circonstances, ils s'en étaient remarquablement sortis ces derniers jours. Ils avaient plutôt parcouru trente kilomètres que vingt-cinq par jour.

Bony servait le thé quand Lucy vint lui faire comprendre que les chameaux et elle avaient soif. Il lui donna de l'eau dans son vieux chapeau de feutre mais il se dit que donner à boire aux chameaux serait plus difficile. Riddell, à qui il exposait ce problème, lui repondit, en parfait gentleman, que les chameaux pouvaient bien crever. Myra répliqua alors violemment, ce qui traduisait de façon explosive l'état de ses nerfs.

Comme Lucy n'avait pas réussi à les aider, Millie, suivie par Curley, s'avança pour faire part de leur protestation. N'ayant pas d'entraves, elle se dirigea silencieusement vers le camp et posa son museau sur la bouilloire vide. Intéressé, Curley se précipita sur le groupe, le dispersant vivement, et flaira les balluchons, semblant à la recherche de croûtes de pain. Puis il tendit son long cou, lançant un appel à Bony, tandis que sa lèvre supérieure fendue se contractait, sèche, brûlante, ayant besoin d'eau, et que ses grands yeux noirs suppliaient.

Bony demanda à nouveau leur aide à ses compagnons et, d'un air revêche, ils la lui accordèrent. Ils devaient empêcher les animaux d'approcher avec des bâtons pendant qu'à l'aide d'un bidon d'un peu plus de deux litres, Bony transvasait environ trente-cinq litres d'eau de l'anfractuosité dans une sorte de grand bassin rocheux.

Le soleil était allé se coucher et le crépuscule enveloppait le Trou du Pied-Bot quand ils finirent leur repas. Bony suggéra que chacun s'isole dans une grotte pour dormir, et ni Riddell ni Jenks n'eurent besoin de davantage d'encouragement. Maddoch était presque inconscient et Brennan le traîna dans une caverne, l'enroula dans sa couverture et alla s'installer dans sa propre cachette.

Puis tout fut calme et de plus en plus noir. Les chameaux s'étaient installés à terre et Bony soupesait le sac qui contenait le reste de farine.

– Allez vous coucher, vous aussi, dit-il fermement à Myra. Il y a une grotte en face qui sera parfaite pour vous.

– Qu'est-ce que vous allez faire ?

– Cuire du pain quand il y aura des braises. Comment vont vos pieds ?

– Ils me font encore mal. Ils auraient besoin d'être lavés. J'ai besoin de me laver entièrement. Est-ce que je pourrais mettre de l'eau dans le bassin et me plonger vraiment dedans ?

– Oui, l'eau ne manque pas. Je vais vous en verser.

– Vous croyez que je ne risque rien ?

– Bien entendu. Les chameaux ne vous feront pas le moindre mal.

– Je ne pensais pas aux chameaux, inspecteur.

– Les hommes sont tous au lit.

– Tous sauf un, dit-elle, légèrement moqueuse.

La colère monta lentement en lui, rougissant son front foncé et faisant flamboyer ses yeux. Sans rien dire, il ramassa le bidon et transvida l'eau. La jeune femme se blottit près du feu en attendant son retour, puis, prenant une couverture, elle confectionna un rideau de fortune.

Elle resta absente une demi-heure. Son corps était rafraîchi, et Bony espérait que ses idées l'étaient également. Il lui dit :

– Restez un instant. Je veux vous parler. Inutile de perdre votre temps en allusions sexuelles. C'est un langage que je ne comprends pas. (Il remua le pain qui cuisait dans les cendres et décida qu'il n'était pas encore cuit.) Où étiez-vous quand Mitski a été tué ?

– Je vous l'ai dit, inspecteur, dans la cuisine.

Elle était parfaitement calme.

– Je sais bien que vous me l'avez dit, mais où étiez-vous ?

– Eh bien, je ne peux que...

– Je veux la vérité, Myra. Pourquoi ne voulez-vous pas reconnaître que vous étiez avec Mark Brennan dans le passage qui mène à l'évacuation de l'air ?

– Parce que je ne veux pas reconnaître que j'étais seule avec l'un de ces assassins, voilà pourquoi. Je suppose que Brennan est allé le crier sur les toits.

– Non. Je savais que vous deviez être allée là-bas parce que l'appel d'air a emporté votre foulard. C'est grâce à lui que j'ai trouvé l'ouverture de la caverne.

« Quand nous aurons rejoint une zone civilisée, nous serons entourés par les policiers et les agents de la Sécurité... parce qu'ils pensent que votre disparition était délibérée, pour vous permettre d'aller espionner les secrets de la base de lancement des fusées. Je peux vous disculper d'un mot, ou bien, et je n'hésiterai pas à le faire, je peux m'arranger pour que vous soyez gardée pendant des semaines... sous l'inculpation de meurtre.

Ces mots la calmèrent et la lueur vacillante du feu dansa dans ses prunelles insondables.

– Je veux savoir qui a tué Igor Mitski, poursuivit-il. A vous de vous disculper. Qui, ou qu'est-ce qui vous a permis de bâtir votre théorie selon laquelle le meurtrier de Mitski avait l'intention d'éliminer tous ses rivaux pour être le seul lion de la fosse ?

– C'était l'idée de Havant. Il a prédit que ça arriverait, et au moment où nous étions tous en train de regarder Mitski, en voyant bien qu'il avait été assassiné, il a dit : « Qui sera le prochain ? »

– Avez-vous tué Mitski ?

– Bien sûr que non. Il était parfaitement inoffensif, comme vous.

– Savez-vous qui l'a tué ?

– Pourquoi ? Je devrais le savoir ?

– Répondez-moi. En comptant Mitski, il y avait six hommes avec vous. En supposant qu'un seul soit resté avec vous, qui auriez-vous le plus redouté, parmi ces six ?

– Riddell.

– Dans ces conditions, avec qui auriez-vous préféré rester, à supposer, encore une fois, que vous ayez eu l'intention de préserver votre chasteté ?

– Quelle façon pudique de dire les choses ! dit-elle d'un air moqueur. Je pourrais citer Maddoch, mais... il y a des araignées venimeuses et d'autres pas.

– Donc, vous pensez que Maddoch aurait très bien pu tuer Mitski ?

– Oui. Riddell a accusé Maddoch, mais Riddell n'est qu'une brute. Je vais vous dire quelque chose, cher inspecteur. N'importe lequel d'entre eux m'aurait attaquée s'il n'avait pas eu peur d'être tué dans la mêlée. Voilà ce que j'ai tendance à croire.

– Vous incluez le Dr Havant ?

– Je n'ai pas voulu rester là-bas avec lui, d'accord ?

Bony retira le pain des cendres et arrangea le feu pour y cuire une autre miche. Elle l'observa d'un air prudent.

– Que comptez-vous faire quand vous en aurez fini avec la plaine... et avec moi ? demanda-t-il.

– Les journalistes seront là, et il y en aura beaucoup. J'ai tout prévu, sous réserve que vous ne me gâchiez pas le travail. Les hommes joueront leur petit rôle, n'ayez crainte. Mais je vais insister sur la théorie poule parmi les coqs. Ils ne peuvent pas dire qu'ils m'ont séduite. Je vais raconter comment j'ai réussi à déjouer leurs tentatives répétées. Ça sera une nouvelle sensationnelle, non ? Je pourrais également raconter comment j'ai dû vous résister, mais je ne le ferai pas, parce qu'il y a beaucoup de choses en vous que ma grand-mère admirerait. Je connais quelqu'un à Melbourne qui est le roi de la publicité. Je vais en faire un scénario pour U.S.A. Radio, je passerai à la télévision, et cet agent de pub n'hésitera pas à soutenir une fille courageuse. L'Australie peut aller se faire voir. Je toucherai de l'argent des Etats-Unis, comme tous les meilleurs artistes américains et anglais. Le grand art, c'est de ne pas trop livrer d'informations pour qu'on vous sollicite. Je possède cet art, ça, c'est sûr.

Bony la croyait facilement en ce qui concernait l'art de ne pas trop livrer d'informations. Il lui dit avec ironie :

– On dirait que nous ne risquons pas de nous marcher sur les pieds.

– C'est tout ce que vous avez à dire ? Bonne nuit, inspecteur. J'espère que vous me faites confiance, maintenant.

– Pour tout, sauf pour l'assassinat de Mitski.

– Bon Dieu ! Vous me faites penser à Némésis.

– D'autres y ont pensé avant vous. Bonne nuit, Myra.

Il resta accroupi sur ses talons, veillant à ce que le feu ne brûle pas trop vite, pour économiser le bois, et il regarda les petits trous qui apparaissaient à la surface de la fine pellicule de cendres qui recouvrait la miche de pain, et les minuscules jets de vapeur qui s'en échappaient. La brume de cendres qui recouvrait ses pensées ensevelies au fond de son esprit se déchira et une voix surgie du passé lui dit : « C'est une coriace. »

Myra Thomas était une coriace. Son procès pour meurtre ne l'avait pas amollie. Ses épreuves dans les cavernes n'avaient pas entamé sa résistance. Elle avait dû être comme ça à la naissance, et aucun Pygmalion n'aurait pu y faire quoi que ce soit.

Bon, il allait accorder un jour de repos à tous ces gens, car la plaine allait encore davantage exiger d'eux. Il savait qu'il y aurait des situations explosives qui allaient requérir toute sa clairvoyance. Il savait également qu'à ce moment-là, ses compagnons se trouveraient dans un état d'épuisement extrême. Bien entendu, il était impossible de faire confiance à Myra Thomas. Elle continuerait d'utiliser tout le monde à sa guise, par conséquent, une fatigue accrue ne la freinerait pas beaucoup.

Lucy s'approcha de lui et le regarda d'un air plein d'espoir. Elle avait été bien nourrie et elle ne pouvait donc avoir faim. Un mouvement derrière lui obligea alors Bony à se retourner. Il y avait là les deux chameaux, la tête basse, la lèvre supérieure frémissante comme les narines de gens affamés qui sentent un bon repas. Ils avaient été de bons compagnons. Ils pourraient encore l'être. Il se demanda s'ils ne pourraient pas porter la jeune femme et Maddoch sans selle, et il conclut que ce serait possible, mais que ça engendrerait des problèmes qui les retarderaient dangereusement. Il décida donc d'y renoncer.

Il sortit le pain des cendres, il le mit debout contre la bouilloire pour qu'il sèche et détacha de petits bouts de la première miche pour que le chien aille les apporter à Millie et Curley, qui attendaient.

Ayant placé le pain là où les chameaux ne pouvaient pas l'atteindre, il alla chercher de l'eau et se baigna. Ensuite, il emporta sa couverture à l'abri d'un roc, un peu plus loin. Là, il s'attacha la chienne à la cheville et fit le tour du cadran. Le soleil était amical quand il se réveilla. Il vit les autres autour du feu de camp et s'aperçut que les chameaux avaient disparu.

Bony fut accueilli presque gaiement. Plus tard, dans la matinée, alors qu'ils étaient encore enclins à traînasser, il leur conseilla de se baigner et de laver leurs vêtements, car ils devraient partir le lendemain matin.

Brennan et Riddell protestèrent.

– Il serait sage que vous restiez tous ici jusqu'à ce que je revienne avec un moyen de transport, leur recommanda-t-il, et des objections s'élevèrent immédiatement. Bon, chacun décidera pour lui. Je partirai à l'aube demain.

Riddell continua à maugréer, mais Brennan céda, plein de bonne volonté, tout comme Jenks. Maddoch resta silencieux. Il aurait encore besoin qu'on s'occupe de lui.

Dans l'après-midi, il proposa ses vieilles bottes d'équitation à Myra qui s'aperçut qu'elle pouvait les porter une fois ses pieds enroulés dans des bouts de couverture. Il fit ce qu'il put pour réparer les chaussures improvisées des autres qui savaient maintenant ce que les chénopodes pouvaient faire à des pieds nus.

Quand le soleil se leva le lendemain, le Trou du Pied-Bot se trouvait à près de deux kilomètres derrière eux.

Le dernier assaut de la plaine

Un jour ? Deux ? Il y a combien de temps que nous nous sommes reposés dans cette décharge que l'inspecteur a appelée le Trou du Pied-Bot ? Qu'est-ce que ça peut foutre ? Il ne voulait pas regarder cette fichue plaine. Ce n'était pas la peine. Il n'y avait rien à voir, rien que ce précipice au bout, on avait l'impression qu'on allait y tomber. Il n'y avait même pas de nuages à observer, et quand il regardait Joe, Ed ou ce drôle de type qu'était Clifford, il avait l'impression de se regarder lui-même.

Mark Brennan avançait. Il était fatigué de se murmurer « gauche, droite, gauche ». Mais il l'entendait encore, et ce n'était pas sa voix qui le criait. Il se rappela la voix, l'homme et le lieu. Le lieu, c'était une route bordée par des prairies vertes. Il y avait des eucalyptus au bord de la route et au loin, des collines verdoyantes. L'homme était un sergent qui avançait à côté d'un peloton composé de types comme lui. Il avait des rubans, le sergent, des médailles gagnées pendant la Première Guerre mondiale.

C'était une bonne équipe. Beaucoup d'entre eux

s'étaient fait tuer, et quelques-uns étaient morts après avoir été faits prisonniers. Dommage qu'il ne soit pas parti avec eux. Dommage qu'il se soit mis en colère à cause de cette fille. La garce ! Pendant qu'il faisait son devoir envers son pays, elle n'avait rien eu de plus pressé que d'épouser ce combinard qui n'avait aucune intention d'aller se battre, mais qui voulait rester à la ferme pour se faire un paquet de fric avec le marché noir.

Il les avait arrêtés net. Ah, ils croyaient avoir fière allure en sortant de cette église. Bien sûr, tout compte fait, c'était rudement idiot d'avoir fait ça. Ça valait pas le coup d'être en taule pendant que tous les gars étaient à l'étranger, en train de faire les jolis cœurs et de combattre l'ennemi, à leurs moments perdus. Ça valait pas le coup, pour des tas d'autres raisons. Il aurait pu les laisser en paix, et au bout de quelque temps, cette garce aurait mené une vie d'enfer à son mari, sans le secours du soldat Mark Brennan.

Ça valait pas le coup de démolir son vieux comme ça non plus. Parce qu'il était un type bien, son père. Sa mère l'avait mal pris, elle aussi, mais elle s'en était sortie, elle avait continué à s'occuper de la ferme et elle attendait qu'il revienne l'aider. Et c'est ce qu'il aurait fait s'il n'avait pas été kidnappé et enfermé dans ces cavernes. Mieux vaut tard que jamais. Maintenant, il était sur le chemin de la ferme, et il allait peut-être rejoindre sa vieille mère. Sur le chemin ? Quel chemin ? Allez, continue à lever les pieds. Lève-les, toi, là-bas ! Lève-les ! D'accord, sergent ! D'accord !

Un brave type, ce sergent. Comment s'appelait-il, déjà ? Les gardiens aussi, ils étaient corrects. Y en avait de mauvais, mais pas beaucoup. La plupart étaient réglos. Le gouverneur aussi. Il lui avait souhaité bonne chance. Et il serait déjà rentré chez lui s'il n'avait pas eu le béguin pour cette pépée en voiture. Il l'avait prise au mot quand elle lui avait proposé de l'emmener. S'il la retrouvait, il l'étranglerait. Elle lui avait payé une goutte de café et elle l'avait bel et bien drogué. Il l'étranglerait, ça oui ! Hé ! là, attends un peu, monsieur Mark Brennan. Pas question. Tu es déjà passé par là. A partir de maintenant, ce qu'il faut faire, c'est déposer des fleurs sur la tombe du vieux et s'occuper de la vieille.

Gauche, droite ! Vous affolez pas, sergent ! Je tiens bon. Ne vous inquiétez pas. Voilà que je traverse cette maudite plaine avec l'inspecteur Bonaparte. L'inspecteur Bonaparte ! C'est pas un mauvais bougre. Une fois qu'il est sur les traces d'un type, il fait comme le tigre de Tasmanie, il ne lâche plus. C'est un brave type, quand même. Un sacré brave type. Sans lui, j'aurais été cuit. S'il arrivait à se fatiguer ! Espère toujours ! T'as déjà vu des yeux comme ça, Mark, espèce de pourri ? T'as déjà vu ça ?

– Qu'est-ce qu'y a, Clifford ? Qu'est-ce que vous avez dit ?

– Rien, Mark. Rien du tout.

Qu'est-ce qu'il y a à dire ? Il faut que je fasse attention avec mes pieds. Il faut que je réfléchisse à l'endroit où il faut les poser, et ça rend l'effort de les lever encore plus pénible. Ne m'interrompez pas, Mark. Pas maintenant. Ça pourrait me faire oublier de lever les pieds et de les reposer, et alors, je n'arriverais plus jamais à marcher. Comment le pourrais-je ? Dans quel livre est-ce que c'était ? Qu'importe le titre. L'auteur disait que tout le monde devait marcher sur cette terre et qu'il devait faire un certain nombre de pas avant de s'allonger avec un soulagement exquis pour mourir. Vous ne savez pas ? Je pense que dans très peu de temps, je vais atteindre le nombre de pas qui m'a été alloué, des années avant l'heure.

Un zombi ! Freda m'a traité de zombi. C'est effectivement comme ça que je me suis senti quand elle a continué à hurler dans ma tête, sans jamais s'arrêter. Je n'aurais pas été aussi désespéré si elle n'avait pas hurlé. Et dire toutes ces choses dans mon propre bureau, avec Kendal et Mace en train d'écouter. Les répéter sans arrêt le soir où nous avons quitté la réunion du conseil municipal. Qu'est-ce que les gens croyaient que je voyais sur leur visage ?

J'ai essayé d'avoir pitié. Je ne lui aurais pas donné de strychnine si j'avais connu ses terribles effets. Je lui aurais donné du cyanure à la place. Allons, Clifford Maddoch ! N'oublie pas de lever les pieds et de les reposer par terre... l'un, puis l'autre, l'un, et l'autre. C'est ça, Clifford. Comme l'inspecteur Bonaparte. Il n'oublie pas, lui. Il n'oublie jamais rien.

Que j'ai été idiot d'écraser cette petite souris-kangourou ! J'aurais pu la garder dans ma poche et l'envoyer à un empailleur de Sydney, comme ça, personne n'aurait pu dire que je ne suis pas allé au fin fond de l'Australie. Dommage que Mitski soit mort. C'est marrant qu'il ait eu une voix si semblable à celle de ma femme. Mitski aurait composé une chanson pour cette petite souris-kangourou. Maintenant, il est quelque part, au fond du Saut de Fiddler. Le Saut de Fiddler ! Le Trou du Pied-Bot ! Le Gros Plateau d'Argile ! Le Désespoir de Curley ! Quels drôles de noms.

Je vais faire douze pas de plus avant de lever les yeux pour voir s'il y a quelque chose à regarder. Un, deux, trois... dix, onze, douze. Rien. Rien du tout, sauf des chénopodes, et le ciel. Deux choses. Je vais essayer encore une fois. Je vais en faire vingt-quatre avant de lever la tête.

– Désolé, Riddell. Ce n'est pas vous qui me faites rire.

Un sacré petit merdeux. J'l'ai toujours détesté, ce prétentieux, ce culotté. C'est lui qu'a cogné Mitski. J'l'ai vu faire. Il se déplace comme un poids coq. S'il avait été un homme, comme moi, Joe Riddell, il aurait pas donné du poison à sa bonne femme. Il l'aurait attrapée par les pieds et aurait fait craquer le ciment du mur du jardin avec sa tête. Il aurait toujours pu prétendre qu'elle était tombée de la fenêtre du premier. Moi aussi, j'aurais dû être un peu plus futé, d'ailleurs. Tuer ce crâneur parce qu'il râlait à cause de sa vache n'était pas malin. Y a pas d'quoi être fier. J'aurais dû le pousser dans la fourche d'un arbre et le laisser le cou dedans. J'aurais pu raconter qu'il grimpait toujours aux arbres pour chercher des nids d'abeilles.

Bon Dieu ! Encore combien de temps va-t-il falloir continuer ? Ça fait des semaines et des semaines qu'on avance dans le vide, c'est tout c'qu'on fait. J'aurais dû rester avec le vieux Havant. C'est c'que j'aurais fait, si cette salope était restée. J'aurais fini par savoir ce qu'elle avait dans l'ventre.

Mince ! Ces hauteurs, là, ont l'air différentes d'hier. On doit les longer. Voilà un lapin. J'ai pas vu de lapin depuis celui qui a filé quand Mark a trifouillé dans ces espèces de cabanes. Ah, ça me donne faim. Je l'avalerai avec sa fourrure et tout. Une fois sorti de cette fichue plaine, j'emprunterai quelques sous à Maddoch – j'aurai qu'à jouer au bon vieux copain – et je m'achèterai cent miches de pain, une demi-carcasse de bœuf, deux poitrines de porc fumées, dix douzaines d'œufs, et j'irai me planquer quelque part. La ferme, c'est fini pour moi. Vivre avec les vaches, c'est terminé. Les femmes ? J'm'en fous, des femmes. De la bouffe... de la graille... de la mangeaille... c'est tout ce qui m'intéresse. Je vais manger, manger, manger.

Le soleil se lève à l'est, se couche à l'ouest... se disait mentalement Edward Jenks. On ne peut pas me rouler. On se dirige vers le sud. On se rapproche de plus en plus de ce plateau. Le condé connaît son boulot, ça, il faut le lui reconnaître. Il a plus de vigueur que tous les autres réunis. Mince alors ! Joe est complètement claqué, ce gros lard. Mark titube comme un ivrogne et Clifford ne pourrait pas courir un mètre même si sa bonne femme surgissait devant lui.

Et il y a moi. Ed le coriace, on m'appelait. Bon, je ne m'en suis pas aussi mal sorti jusque-là. Je ne suis pas encore fichu, hein, et je vais le leur montrer dès que j'en aurai l'occasion... et à cette salope aussi. Aucune femme ne fait la loi avec moi ; c'est pas comme celle de Cliff. Tout compte fait, y a plus personne qui tient le coup, à part ce flic qui se fait appeler inspecteur. Il paraît qu'il a une sacrée réputation. Mais M. Edward Jenks, matelot de deuxième classe, lui aussi, il en a une sacrée. Ils n'emploient pas la même méthode, c'est tout. Dans un jour ou deux, on va arriver quelque part. Et alors, on va tout reprendre à zéro, et si jamais je tombe sur cette Myra Thomas dans une rue sombre, hein, qu'est-ce que vous en dites, monsieur Jenks et madame Thomas ?

Maintenant, les nuits n'étaient que de simples interludes. Les périodes de repos décidées par Bony n'avaient pas l'air réelles. Myra Thomas tenait à cause de ses rêves de puissance et de gloire. Jenks levait les yeux de temps à autre, non sur la plaine qui les obligeait à se retrancher en eux-mêmes, mais sur la silhouette féminine vacillante en tenue masculine. Aucun d'eux ne remarqua les corbeaux qui vinrent à leur rencontre, arrivant de la « côte ». On aurait dit des colombes chargées de les conduire vers les terres et les arbres où elles nichaient la nuit, à l'abri des chiens sauvages et des renards.

Le lendemain devait être le dernier de cette expédition et pendant l'après-midi, ils longèrent la côte, dépassant un promontoire après l'autre. Bony observait le soleil, réglait leur vitesse, et ce soir-là, ils campèrent à l'abri d'une petite « île » sur laquelle poussaient quelques mulgas. Ils n'avaient plus qu'une boîte de viande et deux de poisson. Leurs réserves étaient épuisées.

Une dispute s'éleva car trois boîtes ne pouvaient pas servir d'assiette à six personnes.

– Mince ! Dans quoi je vais manger ? grogna Jenks.

La jeune femme lui répondit sur un ton méprisant :

– Vous n'avez qu'à laisser parler vos instincts. Mettez donc votre bouffe par terre, ça vous conviendra très bien.

Jenks jeta un coup d'œil à Riddell, espérant qu'il le soutiendrait. Bony s'empressa de proposer un gobelet pour tenir lieu d'assiette dorée. Il vida la moitié d'une boîte de harengs à la sauce tomate dans un gobelet pour lui-même et tendit la boîte contenant l'autre moitié à Myra en disant :

– Dans notre dernier campement, nous avions encore des assiettes et des fourchettes, vous vous rappelez. Quelqu'un les a oubliées. Maintenant, nous n'avons plus que nos doigts.

– Ed s'en servira pendant le restant de ses jours, lâcha la jeune femme.

– On fait l'arrogante, Myra ? La semaine prochaine, on verra Mme Myra Thomas, la célèbre meurtrière, se promener dans Pitt Street. Et personne ne pensera que cette belle en train de se pavaner est restée seule avec un tas d'hommes dans la plaine sans le moindre buisson ou arbre pour se cacher. Vous allez raconter à votre cher public toutes les angoisses que vous avez eues ?

– Je vais tout lui raconter sur vous, Jenks. Par exemple votre façon de vous empiffrer comme le cochon que vous êtes.

– Et aussi comment vous étiez la poule au milieu

des coqs, je suppose. Comment vous avez résisté aux coqs et sauvé votre honneur ? Et comment vous avez buté votre mari parce qu'il vous trouvait asexuée, comme l'a dit le Dr Havant. J'aurais pu y remédier. Mince alors, vous n'êtes même pas une femme ! Tout c'que vous savez faire, c'est bavasser et rouler les gens. N'importe quelle fille à deux sous qu'on trouve derrière les quais est plus femme que vous. Vous n'êtes même pas née femme. Attendez un peu que je dise mon mot à la T.S.F.

– Ça, sûrement pas. Ils veillent bien à ne pas laisser les microbes traîner autour d'eux.

– Et si vous arrêtiez un peu ? soupira Maddoch. Personne n'a envie d'écouter votre échange d'amabilités.

– Ne venez pas mettre votre grain de sel là-dedans, Clifford. Vous savez bien que cette garce nous a tous montés les uns contre les autres. Vous savez comment elle s'est arrangée pour que quelqu'un cogne ce pauvre Mitski. Elle aurait pu le liquider elle-même, seulement elle était en train de se faire violer par Mark à ce moment-là, pas vrai, Mark ?

– Ne me mêlez pas à ça, supplia Brennan. J'ai trop mal aux jambes pour réfléchir. Laissez-nous en paix... la paix... voilà ce qu'il nous faut. Pourquoi les femmes ont-elles été inventées, bon sang ?

– Ce sont de belles menteuses, dit Jenks d'une voix suave. Elles ont des jambes douces et des lits bien douillets. Il me tarde d'en voir, ça fait des années que j'en ai pas vu. Je...

– Il se passera encore plusieurs années avant que vous revoyiez des femmes, belles ou non, si vous oubliez de m'obéir quand nous arriverons dans cette propriété, l'interrompit Bony. Il y a des hommes blancs et des femmes blanches, et nous dépendrons d'eux pour la nourriture, les vêtements, et le transport jusqu'à la gare. Vous pourrez même reconnaître quelqu'un qui a joué un rôle dans votre enlèvement, et si vous perdez votre sang-froid ou si vous frappez quelqu'un, vous vous retrouverez sûrement à nouveau derrière des barreaux pour purger le reste de votre peine... plus un petit extra.

– Ah ! Alors comme ça, vous pensez qu'on pourra voir quelqu'un avec qui on aura envie de se disputer, inspecteur ? insista Jenks d'une voix dure.

– Oui. Vous n'avez jamais pris la peine de dissimuler votre désir de vengeance, Jenks. Pour vous empêcher de faire quelque chose qui pourrait se solder par le retour en prison de Mark, de Joe et de Clifford, j'ai presque envie de vous arrêter maintenant.

– Vous inquiétez pas, inspecteur, lâcha Riddell.

– Non, laissez-moi faire, ajouta Brennan. Que quelqu'un m'empêche d'être libre et il se retrouvera avec mon poing dans le bide.

– Bon, d'accord. Vous voyez cette étoile ?

– Cette étoile rouge ? demanda Myra. Assez bas ?

– Exactement, Myra. C'est une lumière dans la maison. Nous arrivons au domaine qui s'appelle Mount Singular. Vous croyez que vous pourrez aller jusque-là ?

– Tout de suite ! Je vais essayer, je vous le promets.

Elle se leva sans le moindre signe de fatigue et les autres furent tout aussi prestes.

– On en est à quelle distance, d'après vous ? demanda Brennan.

– A six kilomètres et demi, à peu près. Mais ce sont des kilomètres difficiles, et il y a une côte dure au bout. J'aimerais y arriver avant minuit, avant que la plupart des radios ne s'arrêtent. Nous allons avancer à la file indienne. Mark, vous fermez la marche. Plus de bavardage. Plus d'allumettes.

Maddoch dit d'une voix rendue aiguë par l'excitation :

– Nous n'avons plus besoin de porter quoi que ce soit, n'est-ce pas ?

– Non, plus rien, gronda Riddell. Nous-mêmes, c'est tout.

La surexcitation les aiguillonna pendant le premier kilomètre. Puis Brennan tomba, jura furieusement et se remit debout. La jeune femme trébucha et dut être aidée, et en fait, elle demanda une halte et la permission de frotter une allumette pour utiliser son petit miroir. Le promontoire sur lequel était construit Mount Singular s'éleva finalement devant eux comme un mur, se détachant sur le ciel étoilé, et « l'étoile » qui leur était apparue fit penser à la lune derrière un nuage.

Comme ils l'avaient fait bien longtemps auparavant, la nuit où ils avaient quitté les cavernes, ils suivirent leur chef de file, qui avait des yeux pour voir et un nez pour sentir. Il leur fit contourner les rocs, enjamber les rigoles peu profondes. Une fois arrivé à la base nord du promontoire, Bony s'arrêta et chercha le chemin le moins rude en regardant la masse rocheuse se détacher sur le ciel.

– Est-ce que vous sentez ce que je sens ? leur demanda-t-il.

– Du kérosène, répondit la jeune femme.

– De l'essence ! affirma Brennan.

– Un garage ! proposa Maddoch.

Ils se trouvaient sur un espace dégagé, et Bony les fit avancer jusqu'à ce qu'ils soient bloqués par un obstacle. Ils n'apercevaient que les bras levés de Bony. Ils le virent se pencher en avant, puis l'entendirent frapper du bois avec une pierre.

– Des portes à l'entrée d'une grotte, dit-il. Des portes en bois. (Il s'allongea sur le sol pendant une ou deux secondes.) Il y a du pétrole et de l'essence de l'autre côté. Les portes sont assez larges et assez hautes pour admettre un hélicoptère. Et maintenant, allons-y, c'est l'ultime effort. Pour la dernière fois, rappelez-vous qu'il ne tient qu'à vous de retourner à la vie et à la lumière, ou de retourner en prison.

Ça aurait pu être pire

La pièce était grande, pourvue de meubles massifs et de deux lampadaires. Contre le mur, en face de la porte-fenêtre, une table solide en séquoia supportait l'émetteur-récepteur devant lequel était assis Charles Weatherby.

Son jeune frère, Edgar, était complètement absorbé dans une revue d'aviation. Les épouses de ces deux hommes étaient installées plus près de la porte-fenêtre. L'une cousait, l'autre ne faisait rien et fixait un tableau qu'elle ne voyait même pas. Elle ne sembla pas entendre quand la plus âgée prit la parole. Elle n'écoutait pas non plus son beau-frère qui était en train de dire :

– Oui, Jim. Deux cents bêtes. Elles devraient arriver à Kalgoorlie le 17. J'ai obtenu la permission de les faire passer par Lancefold, où il y a largement de quoi brouter derrière la propriété. Tu peux jeter un œil quand les gars arriveront chez toi avant d'aller en ville ? Terminé.

Une voix dit dans le haut-parleur :

– O.K., Charles. Je vais y veiller et je resterai en contact avec tes hommes jusqu'à ce qu'ils arrivent à Lancefold. C'est le chef de tes gardiens de troupeaux qui les conduit ? Terminé.

– Non, répondit Weatherby. J'ai dû le garder ici pour rassembler un troupeau qu'on va faire descendre dans la plaine. Nous n'avons pas profité de la dernière pluie, ici, et la végétation va bientôt sécher sur pied. Et chez vous, comment vont les choses ?

L'interlocuteur répondit que les « choses » allaient raisonnablement bien. Weatherby était en train de parler de ce qu'allaient pouvoir brouter les bêtes quand la porte s'ouvrit sans bruit et qu'une silhouette apparut. Son frère se leva immédiatement.

La silhouette ressemblait à un Aborigène sauvage qui porterait pour la première fois de sa vie des vêtements récupérés dans une mission. Ses cheveux bruns étaient trop longs, et les poils de sa barbe naissante emmêlés. Il avait les pieds nus et son pantalon pendait en lambeaux au niveau des genoux. Ce sauvage traversa la pièce, vint se placer à côté de l'émetteur-récepteur et pointa un automatique sur l'aîné des Weatherby.

– Debout ! Reculez ! Encore un peu ! lui ordonna-t-il.

Le grand gaillard lui obéit. Les yeux du sauvage étaient dissimulés par les ombres que projetaient les abat-jour des lampadaires, mais le pistolet, lui, était parfaitement visible.

– Qui êtes-vous, nom de Dieu ? Qu'est-ce que vous...

– Inspecteur Bonaparte, alias William Black. Il y a cinq cartouches ultra-puissantes dans cette arme. Dehors, il y a des amis à moi : des messieurs qui s'appellent Clifford Maddoch, Mark Brennan, Edward Jenks et Joseph Riddell. Une Mme Myra Thomas est avec eux. Et il y a également votre chef des gardiens de troupeaux. Vous êtes intelligents, vous devez tous deux vous rendre compte que cette situation n'est pas sans danger pour vous et vos épouses. Appelez tout de suite Kalgoorlie.

– Ça, sûrement pas, murmura le plus jeune en avançant de quatre pas. Vous n'allez pas tirer. Tout ça n'est que du bluff. Vous, inspecteur ? Et puis quoi encore ?

La porte-fenêtre trembla et l'une des femmes poussa un cri. Les hommes se retournèrent pour voir à l'extérieur leur chef des gardiens de troupeaux flanqué par des réincarnations des premiers aventuriers de la brousse. Puis l'aîné des Weatherby s'adressa à Bony :

– Ils ont tous été libérés ? demanda-t-il d'une voix crispée.

– Tous sauf le Dr Havant. Pourquoi hésiter ? Ce sont des hommes dangereux. Appelez-moi immédiatement Kalgoorlie.

– Non ! s'écria l'autre homme. Nous aussi, nous avons des armes.

– Les morts ne sont jamais très doués pour viser, lui rappela Bony en ajoutant : Moi, je vise toujours bien.

– Charles ! lui dit sa femme. Fais ce qu'il dit. Il a raison. Appelle Kalgoorlie.

L'aîné des Weatherby s'effondra dans la chaise placée devant l'émetteur-récepteur, abaissa un commutateur et tourna un bouton. A nouveau, la porte-fenêtre trembla. Les femmes se trouvèrent confrontées à la menace du dehors. Le plus jeune des frères haussa les épaules et retourna à son fauteuil, la résignation se lisant dans ses yeux sombres.

– Ici Mount Singular ! J'appelle Lancefold. J'appelle Kalgoorlie. Ici Mount Singular. J'appelle Kalgoorlie de toute urgence. Terminé.

Il changea le réglage et une voix grave et sonore leur arriva.

– Ici la base de Kalgoorlie, Mount Singular. Je vous entends parfaitement.

– Ici l'inspecteur Bonaparte, je vous parle de Mount Singular, Kalgoorlie. Attendez un instant. Madame Weatherby ! Faites entrer ces gens avant qu'ils n'enfoncent votre porte. Un tout petit instant, Kalgoorlie.

Ceux qui étaient à l'extérieur se précipitèrent dans la pièce, poussant le chef des gardiens de troupeaux devant eux. Bony leur enjoignit de ne pas faire de bruit en levant la main.

– Brennan, venez ici. Vous autres, ne bougez pas pendant une minute. Mark, surveillez ces Weatherby pendant que je parle à Kalgoorlie. Prenez un message, Kalgoorlie. Terminé.

Bony fit signe à l'aîné des Weatherby, puis le haut-parleur annonça que Kalgoorlie était prêt :

– Nous avons été prévenus que vous essaieriez de nous contacter, inspecteur.

Weatherby s'activa avec ses commutateurs et ses boutons et Bony lui répondit :

– Merci, Kalgoorlie. Voici un message pour le commissaire Wyeth – à transmettre par téléphone. L'inspecteur Bonaparte lui signale qu'il se trouve à Mount Singular, avec Mme Myra Thomas, et les hommes suivants, qui n'ont pas pu respecter les clauses de leur libération conditionnelle : Mark Brennan, Joseph Riddell, Clifford Maddoch et

Edward Jenks. Malgré des provocations extrêmes, ces hommes se conduisent avec une réserve exemplaire, mais la situation pourrait exploser et j'ai besoin de secours de toute urgence. Vous avez bien entendu, Kalgoorlie ? Terminé.

– J'ai parfaitement entendu, inspecteur. Restez à l'écoute.

Le silence se fit, et c'est alors que la réaction aux événements qu'ils venaient de subir se fit sentir. Les espoirs de Bony pour adoucir cette épreuve émotionnelle furent ruinés par Maddoch qui montra du doigt le cadet des Weatherby et hurla :

– Je vous reconnais. C'est vous que j'ai rencontré dans le train en allant chez mon frère, c'est vous qui m'avez assommé sur le quai. C'est vous qui m'avez kidnappé. Espèce d'ignoble individu !

– Ha, ha, ha ! fit tout bas Jenks, entre les poils d'une barbe qui ressemblait à un balai de cheminée. Espèce d'ignoble individu ! répéta-t-il en se moquant de Maddoch. Maintenant, nous savons qui vous êtes et nous savons pourquoi vous gardez cet hélicoptère dans la grotte, en bas de la falaise. Ça fait longtemps que j'attends ce moment.

– Jenks ! lui dit sèchement Bony.

Jenks resta tendu, prêt à l'action. Il jeta un regard furieux à Bony, puis il baissa les yeux sur le pistolet. Riddell prit la parole :

– Mince alors ! Arrêtez donc cet échange d'amabilités et apportez-nous de la bouffe et une ou deux bouteilles de whisky. La discussion peut attendre.

– C'est sûr, approuva la jeune femme. Il n'est pas question que vous commenciez une bagarre, Jenks. Pas au moment où la célébrité est proche. Casser la figure à ces gens et démolir leur maison ne nous avancera à rien, sinon à retourner en prison. Soyez un peu adulte, espèce d'idiot.

– Passez-moi le pistolet, inspecteur, supplia Brennan. Vous êtes trop bien élevé pour vous occuper de ça. Je ferai tenir Ed tranquille pendant que vous réfléchirez à autre chose. Moi, je n'ai plus envie de faire de la taule. J'ai déjà eu largement ma dose.

– Surveillez cet émetteur, Mark, lui ordonna Bony. Mesdames, apportez-nous de quoi manger et du café ou du thé, je vous prie.

La plus âgée des deux femmes fit un signe d'assentiment et se dirigea vers la porte. Myra Thomas bondit derrière elle en criant :

– Je veux prendre un bain et je veux des vêtements propres. Je veux...

Le haut-parleur transmit une voix de stentor :

– Ici le commissaire Wyeth, j'appelle l'inspecteur Bonaparte. A vous, Mount Singular.

Bony recula vers le récepteur et dut se retourner vers l'aîné des Weatherby pendant une seconde. Jenks en profita. L'ancien marin bondit sur Edgar Weatherby en esquivant Riddell. Il referma les doigts sur la gorge d'Edgar, qui était assis, et il pesa sur lui, l'empêchant de se lever. Le haut-parleur continua d'annoncer que le commissaire Wyeth appelait l'inspecteur Bonaparte. Riddell ne tarda pas à réagir, il faut le lui accorder, mais il fut plus lent que le chef des gardiens de troupeaux aborigène, qui, saisissant une chaise, en abattit le siège sur le crâne lisse de Jenks.

Cet acte réveilla un sentiment de loyauté. Brennan s'élança devant Bony et s'allia à Riddell pour maîtriser le chef des gardiens de troupeaux. Maddoch resta un peu en retrait. Il attrapa une autre chaise puis s'écroula par terre, se retourna sur le ventre et se mit à pleurer de rage. La plus jeune Mme Weatherby hurla et s'enfuit de la pièce. Son mari passait la main sur sa gorge douloureuse et le commissaire Wyeth continuait d'appeler l'inspecteur Bonaparte. Parce que les hommes blancs étaient en état de faiblesse, le mobilier subit des dommages considérables avant que l'homme noir ne soit finalement assommé.

– Transmettez, ordonna Bony. Bien ! Ici l'inspecteur Bonaparte, commissaire. Un petit contretemps m'a empêché de répondre immédiatement à votre appel. Envoyez des secours dès que possible. Je vous prie de noter que les personnes mentionnées dans mon premier message ont été incarcérées dans des cavernes par ces Weatherby, au nord de la plaine. Mobile... peu commun, mais plausible. J'ai le plaisir de vous communiquer qu'ils se sont bien conduits et qu'ils continuent à le faire. Ils méritent un traitement de faveur. Terminé.

– Quelle histoire, Bonaparte. Quelle histoire. Il y a aussi un dénommé Fiddler, un Mitski et un Dr Havant. Est-ce qu'ils sont impliqués là-dedans ? Terminé.

– Oui. Fiddler et Mitski sont morts. Nous avons laissé Havant dans les cavernes parce qu'il n'était pas en état de faire trois cents kilomètres dans la plaine.

– Grosse affaire, Bonaparte. Un complot organisé ?

– Bien organisé. Il vaudrait mieux ne pas en parler à la presse, jusqu'à ce que vous jugiez bon de le faire. La Sécurité n'a pas à intervenir. C'est à nous d'agir. Terminé.

– Bien ! L'agent de Rawlinna est en chemin et on va demander à Easter de partir tout de suite. Je vais affréter un avion et le pilote arrivera de jour pour qu'on le voie atterrir. Dites à ceux qui sont avec vous que votre rapport sur eux va être pris en considération et qu'ils n'auront pas à s'inquiéter. J'ai Perth en ligne. Restez à l'écoute.

Brennan sourit en regardant les yeux bleus peu engageants de Bony.

– Merci d'avoir présenté les choses aussi avantageusement pour nous, inspecteur.

– Nous avons plusieurs heures devant nous, Mark. Est-ce que Jenks est mort ? Et cet Aborigène ?

– L'Abo pourrait bien l'être. Aucune chaise n'a encore été capable de tuer Jenks. Sacré bonhomme !

– Joe ! Où est donc passé Riddell ?

– Il est parti chercher de quoi manger, je crois. Il ne pouvait plus attendre.

– Rappelez-le.

Brennan s'approcha de la porte et l'appela. Riddell revint. Il avait un gigot de mouton dans les mains et il mordait dedans. Bony soupira.

– Joe, asseyez-vous là, mangez, et surveillez ces deux hommes. Mark, cherchez de quoi attacher Jenks, dépêchez-vous. Il faut que je jette un coup d'œil à Clifford. Il me semble complètement claqué.

Avec une reconnaissance qu'il prit soin de ne pas laisser voir, Bony s'assit confortablement, mangea des sandwiches et sirota du café chaud. Il sentait qu'enfin il maîtrisait la situation et qu'il avait placé tous ces gens à un endroit stratégique en attendant les secours.

Maddoch dormait d'épuisement sur le canapé. Riddell s'attaquait toujours à son gigot. Brennan était l'âme de cette petite fête. Il faisait manger des sandwiches à Jenks, qui était assis par terre, les bras liés au corps, les pieds attachés, le dos au mur. Le chef des gardiens de troupeaux avait simplement les pieds et les mains attachés. Il était toujours inconscient. Les deux femmes et leurs maris étaient assis, l'air menaçants. Seule, Myra Thomas était absente. La plus jeune Mme Weatherby se leva et rapprocha sa chaise de façon à presque toucher le genou de Bony avec le sien. Son mari essaya de se lever, laissa retomber les bras, résigné, et bourra une pipe d'un air absent.

Les yeux sombres de Mme Weatherby sondèrent le visage de Bony.

– J'ai bien entendu, inspecteur ? Vous avez dit que Mitski était mort ?

– Oui. Il a été tué par un roc qui lui est tombé dessus, madame Weatherby.

– J'en suis très heureuse, inspecteur. Vous savez, bien entendu, qu'il a assassiné ma petite fille ? (Bony fit un signe de tête affirmatif.) Il lui a donné un coup de poing. Et puis il l'a attrapée par les pieds, il l'a balancée et il lui a frappé la tête contre le montant de la porte. Vous trouvez que c'est une chose à faire ?

– Pas du tout, madame Weatherby. Mais je pense que vous vous trompez sur les détails. N'est-ce pas, Mark ?

– Pas tant que ça, inspecteur. Une femme a toujours raison, vous savez bien.

– Ce n'est pas exactement la version que vous m'avez donnée, Brennan.

– C'est bien ce qu'il a fait à ma petite Mayflower, inspecteur, poursuivit la jeune femme, la voix douce, mais les yeux de plus en plus durs et les narines commençant à frémir.

Sa sœur lui dit :

– Jean ! Tu ferais mieux de laisser l'inspecteur. Il va nous permettre d'aller nous allonger jusqu'à ce que tout cela soit fini. Je vous en prie, inspecteur.

– Oui, allez-y, acquiesça Bony.

Brusquement, Mme Edgar Weatherby se leva et les mots s'organisèrent en phrases suraiguës, la digue émotionnelle venant de céder :

– Non ! hurla-t-elle. Non, je resterai. C'est moi qui en ai eu l'idée depuis le début et je tiens à en assumer toute la responsabilité. Je suis la mère de la petite assassinée. J'ai persuadé mon mari de se joindre à moi pour punir le coupable. J'ai rassemblé tous ces autres gens qui réclamaient justice pour leurs proches assassinés. Et maintenant, écoutez-moi, tous, parce que, après ce soir, je n'ouvrirai plus la bouche sur cette affaire. Mon mari non plus, ma sœur et son mari non plus.

Bony remarqua qu'elle faisait un effort pour se maîtriser. Ses muscles faciaux se mirent en mouvement, sa bouche se raffermit au-dessus du menton carré. Elle était maintenant une maîtresse femme.

– Ça n'aura rien d'original, inspecteur, si je vous raconte ce qui se passe dans ce pays, surtout dans les Etats contrôlés depuis longtemps par les basses classes. Nous savons tous qu'il y a en Australie une partie de plus en plus importante de la population qui n'a cure de la criminalité, et une certaine catégorie de gens qui éprouve de la compassion envers les assassins. La preuve ? Quand cette Thomas a été acquittée, elle a été acclamée par une foule immense rassemblée devant le tribunal.

« Notre but est d'obtenir justice au nom de ceux qui ont été assassinés. Nous devons bien accepter le verdict prononcé par un juge, mais la justice est traînée dans la boue quand une bande d'hommes politiques se moquent de la peine prononcée par le juge et relâchent le meurtrier des années avant qu'il n'ait purgé sa peine. Ils bafouent la justice pour se rendre populaires.

« Ils se prêtent au jeu des hommes et des femmes qui ont l'envie de tuer au fond de leur cœur mais manquent du courage nécessaire pour frapper. Ils se prêtent au jeu de ceux qui en veulent aux lois, à la police, à toutes les entraves qui les empêchent de donner libre cours à leurs odieux penchants.

« Ah, la pendaison était un châtiment trop sévère pour le meurtrier de ma petite fille ; trop cruel pour l'assassin de ces jeunes mariés ; trop barbare pour l'assassin du fermier qui n'avait pas envie de voir ses bêtes maltraitées ; impensable pour la femme meurtrière ; trop dur pour l'avorteur ! Ils ont donné douze ans au meurtrier de mon enfant. Et puis ceux qui courent après les électeurs s'en sont mêlés et l'ont relâché au bout de onze ans. Quant à Mark Brennan, qui ne devait jamais être relâché, il l'a été. Maddoch et les autres ont été relâchés des années avant d'avoir purgé la peine qui leur avait été imposée par un juge compétent. Hier... c'était la mort. Aujourd'hui... quelques années de prison. Demain... ce sera quelques mois de détention.

– Aujourd'hui... on vous élit membre de l'Association, dit Mark Brennan d'une voix traînante.

Mme Weatherby se retourna pour regarder fixement Brennan. Elle fronça les sourcils et ne fit pas plus cas de lui que s'il était un moustique.

– Le monde est en pleine dégénérescence, ses règles se pourrissent parce qu'il est dirigé par des hommes assoiffés de pouvoir, poursuivit-elle. Mon mari, les hommes de ma famille gémissent mais restent les bras croisés. Alors il a bien fallu que je fasse quelque chose, inspecteur. Il fallait absolument que j'obéisse à ma voix intérieure et que j'apporte la paix à ceux qui avaient été assassinés. Je ne veux pas nommer ceux qui m'ont aidée. Vous ne trouverez jamais de preuve. Nous avons même eu des alliés au Département de la Justice, qui nous prévenaient de la date à laquelle un meurtrier devait être libéré. Nous avons donc pu les intercepter et les conduire à ces cavernes. C'est tout ce que j'ai à dire. Je n'en dirai pas plus.

Le silence se fit dans la pièce. La jeune femme au menton carré et aux yeux hantés continua à faire face à Bony qui, en ce moment, ressemblait lui-même à Ned Kelly [1]. Il demanda :

– Combien de temps aviez-vous l'intention de garder ces hommes en captivité ?

– Jusqu'à leur mort.

Au moment où elle se leva pour s'approcher de sa sœur, une jeune dame superbement vêtue de lin blanc entra dans la pièce.

– Maintenant, je suis prête à manger, annonça Myra Thomas.

Les épouses des Weatherby passèrent devant elle en se dirigeant vers la porte. Pour elles, Myra Thomas était une chose innommable.

1. Célèbre hors-la-loi australien. *(N.d.T.)*

Un titre bien mérité

Jenks s'exclama :

– Non mais ! Visez-moi un peu cette grande dame !

– On dirait que j'ai raté quelque chose, dit la jeune femme en s'adressant à Bony. Demandez à quelqu'un d'aller me chercher un truc à manger et à boire. Je meurs de faim.

– Y a plein de trucs à manger dans la cuisine, grommela Riddell. Vous feriez bien d'y aller et de bouffer là-bas, Myra. Ici, c'est une réunion d'hommes.

– Est-ce que cet émetteur peut joindre Kalgoorlie ? demanda-t-elle à Bony et, comme il lui faisait un signe de tête affirmatif, elle ajouta : Est-ce que la presse s'est manifestée ?

– Non. Allez vous trouver de quoi manger. Et j'aimerais encore un peu de café.

– Vous avez du toupet, inspecteur ! Je ne suis pas votre bonne.

Les yeux presque violets flamboyèrent de colère mais le visage soigneusement enduit de crème et de poudre ne trahit aucun sentiment particulier.

– Apportez du café à tout le monde, Myra, dit

Bony. Nous avons de longues heures d'attente devant nous. Vous pourriez vous assurer que les deux dames se sont bien retirées dans leur chambre. Essayez de rendre service, pour une fois.

– Et apportez un p'tit verre de gnôle à ce nègre, lui dit Jenks. Non mais quel flemmard !

L'Aborigène gémit et Jenks reprit :

– Hé ! Inspecteur ! Si on m'enlevait ces cordes ? Je vais rester tranquille. Je vous donne ma parole.

La jeune femme apporta le café. Bony aida le chef des gardiens de troupeaux à se redresser et à retrouver ses esprits. Il fit une cigarette pour Jenks en lui disant que s'il la laissait tomber de ses lèvres, il n'aurait qu'à la ramasser par terre avec la bouche. Ensuite, tout le monde se tint tranquille et attendit.

Riddell et Brennan dormaient, l'aîné des Weatherby semblait lui aussi endormi, et la jeune femme était plongée dans des magazines quand le haut-parleur dit :

– Le commissaire Wyeth part à l'instant, inspecteur Bonaparte, et il va atterrir à l'aube. Il m'a chargé de vous dire qu'Easter arrivera vers quatre heures du matin et le sergent Lush, de Rawlinna, une heure plus tard. Terminé.

– Merci, Kalgoorlie. Tout est calme, ici.

Il était quatre heures moins vingt quand ils entendirent la jeep et quelques instants plus tard, le brigadier Easter entra par la porte-fenêtre. Bony se leva pour aller à sa rencontre et Easter mit cinq secondes à le reconnaître.

– Monsieur Easter ! s'exclama Myra. Comme je suis contente de faire votre connaissance. Je suis

Myra Thomas. Puis-je vous apporter du café et un sandwich ?

Easter fut tout remué mais il réagit en homme.

– J'en serai ravi, madame Thomas.

Il jeta un coup d'œil aux autres, il se posa des questions en apercevant l'Aborigène et Jenks étendus par terre, il regarda Bony dans les yeux pendant une bonne seconde, puis il s'assit.

– Tout ce qu'on m'a dit, reprit-il, c'est que vous étiez arrivé ici, inspecteur, et que vous aviez besoin d'aide.

Bony lui raconta ses aventures à partir du moment où ils s'étaient séparés devant la barrière de la propriété. Il lui présenta avec politesse et gravité ceux qu'il avait ramenés des cavernes, et il lui résuma ce que Mme Edgar Weatherby leur avait raconté. Easter fut encore plus ébranlé, mais il réagit en policier. Bony pouvait lui raconter des histoires.

– Avant d'arriver ici, Easter, nous avons découvert sans difficulté une grotte dans laquelle ils gardent l'hélicoptère. Ensuite, nous sommes allés voir le chef des gardiens de troupeaux et nous l'avons amené avec nous. Comment M. Weatherby s'est procuré l'appareil et comment il l'a amené ici sans se faire remarquer, tout cela pourra être éclairci plus tard. Il a peut-être été pilote pendant la guerre. Nous pouvons élucider deux autres choses tout de suite, ou dès que vous aurez avalé quelque chose. Comme le sergent Lush ne va pas tarder à arriver, vous aurez peut-être envie de manger pendant que nous réglons ces deux questions.

– C'est une bonne idée, inspecteur. Je suis prêt.

– Riddell ! Brennan ! Aidez l'Aborigène à se relever.

Le gardien de troupeaux fut mis debout. Il avait besoin de repos et il avait une peur bleue.

– Vous êtes sorcier, lui dit Bony tandis que le blanc des yeux de l'homme s'élargissait. Quand je suis parti avec les chameaux, on vous a dit de me suivre ? Dites la vérité. Vous n'avez pas besoin d'avoir peur de ce qui va vous arriver. Jusqu'où m'avez-vous suivi ?

– Jusqu'au forage. Sammy Pickup, il est parti à cheval derrière des bœufs et il a vu les chameaux dans la plaine. Il a dit au patron.

– Le patron vous a dit de parler au sorcier du nord ?

– Ouais. C'est ça. Le patron a dit je dois parler avec l'homme Luritja. Je m'assois. Je parle et je parle et alors je sais l'homme Luritja il entend et il parle à moi.

– Qu'est-ce que le patron vous a demandé de lui dire ?

Le sorcier jeta un coup d'œil aux Weatherby, mais l'aîné avait l'air encore endormi et le plus jeune fixait ses souliers.

– Alors vous avez ramassé des petits bâtons, vous avez mis de la magie dedans en les frottant avec votre pierre churinga, insista Bony. (Le visage de l'Aborigène s'éclaira et il fit signe que oui.) Vous avez fait du feu avec les petits bâtons, vous vous êtes assis devant les flammes et alors votre esprit vous a quitté pour voler dans les airs et aller rejoindre l'esprit de l'homme Luritja. Qu'est-ce que vous lui avez dit ?

– Je lui dis le patron demande de lui dire que vous allez dans le désert pour chercher les pièges de Patsy Lonergan. Le patron demande de dire à l'homme Luritja de rester par là et si vous trouvez où les hommes blancs sont cachés, il doit vous mettre avec eux, vous et tout ce que vous avez, mais pas fusil et cordes. Luritja dit « très bien ». Il dit la prochaine fois la machine volante vient, il faut laisser beaucoup tabac et provisions au même endroit. Alors je dis au patron et le patron dit « bon ».

– Très bien, lui dit Bony. Vous pouvez partir. Détachez-le.

Myra Thomas lui agrippa le bras en lui disant :

– Est-ce que c'est vrai, tout ça ? Tout ce que vous avez dit est exact ?

– A ma connaissance, oui, Myra, dit-il.

– Non mais quelle histoire ! Quel scénario ça va faire ! (Elle se retourna et sauta presque sur l'aîné des Weatherby, le secouant et lui disant :) Du papier. Vite, du papier. Et un stylo.

– Je ne m'étais pas trompé ? demanda Easter.

Bony lui sourit en lui faisant un signe de tête affirmatif et dit :

– Maintenant, nous en arrivons à Edward Jenks. Faites-le lever, je vous prie.

Brennan et Riddell l'aidèrent. Maddoch s'approcha, ainsi que la jeune femme avec un bloc et un stylo.

– Le brigadier Easter va vous arrêter, Edward Jenks, pour vous inculper du meurtre d'Igor Mitski. Il est de mon devoir de faire tout mon possible pour que vous soyez convaincu de ce crime.

« Riddell a dit qu'il croyait avoir vu Maddoch frapper Mitski, mais la blessure était trop haute, ce qui innocente Maddoch, à cause de sa différence de taille avec la victime. Bien que vous ne soyez pas aussi grand que Mitski, vous ne l'êtes pas beaucoup plus que Maddoch, ce qui explique l'erreur de Riddell. Mais à la différence de Maddoch, vous êtes sportif. Vous êtes capable de sauter assez haut, comme nous avons tous pu le constater maintes fois. C'est en sautant que vous avez frappé Mitski à la tête avec la pierre, car à ce moment-là, vous vous trouviez à la même hauteur que votre victime.

– Vous n'arriverez pas à le prouver, inspecteur, ricana Jenks.

– Avant de tuer Mitski, Jenks, vous aviez à l'esprit l'image d'une poule au milieu de plusieurs coqs et vous avez décidé d'éliminer tous vos rivaux. Ce plan vous a paru moins attrayant quand vous m'avez reconnu.

– D'abord, vous n'avez aucun témoin, affirma Jenks.

Il parcourut du regard les trois assassins libérés et Bony les vit acquiescer.

– Vous pourriez vous tromper, Jenks, dit-il d'un ton glacial. Quand vous m'avez reconnu et que vous avez songé à ma réputation, vous vous êtes dit que vous deviez vous débarrasser de la pierre. Vous en avez eu l'occasion quand j'ai demandé des lampes supplémentaires. Vous êtes allé les chercher dans la cuisine. Vous avez déposé la pierre sur le lit de Myra pour l'impliquer dans le meurtre. Et pourquoi l'avez-vous fait ? Parce qu'elle vous avait provoqué.

– Espèce de bâtard ! lui lâcha Myra Thomas. Je témoignerai contre vous. Et vous autres aussi... sinon gare.

Jenks fut formellement inculpé par Easter et un peu plus tard, Riddell attira Bony à l'écart pour lui dire :

– Nous sommes maintenant tirés d'affaire, inspecteur. Ce qui s'est passé dans ces cavernes ne compte plus. Je regrette un peu...

– Je crois que je comprends, Riddell. La loyauté entre voleurs n'existe pas. Mais la loyauté entre assassins est possible. J'aurais pu y mettre un terme. Je vais maintenant vous dire quelque chose que vous ignorez. Jenks a essayé de faire accuser Myra en déposant sur son lit la pierre avec laquelle il avait tué Mitski, et ce n'est pas là quelque chose que vous auriez dû dissimuler. Je pourrais tous vous faire inculper de complicité.

Riddell haussa les épaules et Maddoch dit :

– Vous pourriez, inspecteur, mais vous ne le ferez pas. Nous avons joué le jeu, vous le jouerez aussi. Vous n'allez pas nous faire une crasse.

– Quelle crasse il va pas nous faire ? interrompit Brennan.

Maddoch lui expliqua la situation et Brennan ajouta :

– Vous feriez pas ça, inspecteur. Il y a à peine une heure, quand Jenks menaçait de se déchaîner, je vous ai dit que vous étiez trop bien élevé. Vous ferez votre boulot. Ça oui. Mais vous n'irez pas jusqu'à nous fourrer à nouveau au trou. Vous savez pas ?

– Quoi, Mark ? lui demanda Bonaparte en souriant.

– Nous nous en sortions très bien avant que cette garce soit parachutée au milieu de nous. Nous ne l'avons jamais élue membre, vous savez. Il faut savoir dire non, quelquefois. (Au-dehors, on entendit un bruit de toupie qui s'amplifia pour devenir un rugissement sourd.) Voilà d'autres poulets qui arrivent. Ils vont pulluler dans une minute. Vous garderez le contact, inspecteur, une fois que tout ça sera un peu retombé ?

– Oui. Pourquoi pas ?

– Bravo ! Quand nous aurons récupéré le père Havant, l'Institut devra avoir sa petite réunion annuelle. Vous viendrez ?

– Eh bien, je suppose que ce sera mon devoir, en tant que membre, acquiesça Bony.

Il sortit de sa poche la petite tablette de pierre sur laquelle Brennan avait gravé son titre. Easter s'approcha, regarda par-dessus son épaule et voulut savoir ce que voulaient dire les initiales. Lentement, Bony énonça :

– Membre de l'Institut des Assassins Libérés. Je l'ai bien mérité, Easter.

ACHEVÉ D'IMPRIMER SUR LES PRESSES
DE COX & WYMAN LTD.
(ANGLETERRE)

N° d'éditeur : 2109 – Dépôt légal : octobre 1991
Imprimé en Angleterre